14e PÉCHÉ MORTEL

Né à New York en 1947, James Patterson publie son premier roman en 1977. La même année, il obtient l'Edgar Award du roman policier. Il est aujourd'hui l'auteur de plus de quarante best-sellers traduits dans le monde entier. Plusieurs de ses thrillers ont été adaptés à l'écran.

Maxine Paetro a travaillé pour plusieurs agences de publicité new-yorkaises de 1975 à 1987. C'est ainsi qu'elle a rencontré James Patterson et qu'a débuté leur collaboration, notamment sur la série des *Women's Murder Club*.

Paru au Livre de Poche :

Bikini
Bons baisers du tueur
Crise d'otages
Dans le pire des cas
Dernière escale
Garde rapprochée
Les Griffes du mensonge
Invisible
Lune de miel
Lune pourpre
La Maison au bord du lac
Moi, Michael Bennett
Œil pour œil
On t'aura prévenue
Private Los Angeles
Promesse de sang
Le Sang de mon ennemi
Tapis rouge
Un si beau soleil pour mourir
Une nuit de trop
Une ombre sur la ville
Zoo
Week-end en enfer

Les enquêtes d'Alex Cross :

Cours Alex Cross !
Des nouvelles de Mary
En votre honneur
Grand méchant Loup
La Lame du boucher
Le Masque de l'araignée
Moi, Alex Cross
La Piste du Tigre
Sur le pont du Loup
Tirs croisés
Tuer Alex Cross

Les enquêtes du Women's Murder Club :

2e chance
Terreur au 3e degré
4 fers au feu
Le 5e Ange de la mort
La 6e Cible
Le 7e Ciel
La 8e Confession
Le 9e Jugement
10e anniversaire
La 11e et Dernière Heure
12 coups pour rien
13e malédiction

JAMES PATTERSON

ET MAXINE PAETRO

14e péché mortel

TRADUIT DE L'ANGLAIS (ÉTATS-UNIS) PAR NICOLAS THIBERVILLE

JC LATTÈS

Titre original :

14th DEADLY SIN
Publié par Little, Brown and Company,
un département de Hachette Book Group.

ISBN : 978-2-253-09265-0 – 1re publication LGF

Pour Suzie et John, Brendan, Alex et Jack

PREMIÈRE PARTIE

1

Par un lumineux matin du mois de mai, Joe Molinari se promenait dans le parc avec sa chienne Martha, border collie intelligente et joueuse, et Julie, son adorable petite fille âgée de neuf mois. Le soleil, ce jour-là, brillait d'un éclat aveuglant.

Installée dans son porte-bébé, le ventre calé contre le large torse de son père, Julie agitait ses petits doigts en direction du lac, persuadée de formuler des mots bien réels que son père comprenait.

— Tu as un permis pour pointer du doigt toutes ces choses ? lui demanda Joe.

— Bien sûr, répondit-il en imitant la voix qu'aurait eue Julie si elle avait été capable de parler. On sait très bien qui est le boss, ici. Je pointe du doigt en babillant et tu m'emmènes voir les canards. *Illico presto*.

Joe ébouriffa les cheveux de sa fille et raccourcit un peu la laisse de Martha tout en observant la scène. Il suivit des yeux le chemin jusqu'au banc, détaillant les personnes qui promenaient leur chien ou déambulaient avec une poussette, les ombres qui se dessinaient entre les arbres, la circulation par-delà la surface éblouissante du lac. Son regard s'attarda sur un type d'âge moyen qui fumait une cigarette, les yeux rivés sur l'écran de son téléphone portable.

Une habitude héritée de son passé d'agent fédéral et de sous-directeur du département de la Sécurité intérieure, un poste qu'il avait quitté récemment pour se lancer dans une activité de consultant spécialisé dans l'évaluation et la gestion des risques, notamment auprès de grandes entreprises et d'organismes gouvernementaux.

Depuis six mois, il enchaînait les journées de dix-huit heures, travaillant principalement dans son bureau, installé faute de mieux dans la chambre d'amis. C'était un projet complexe, jalonné de complications aussi bien pratiques que d'ordre politique, mais il était confiant. Il s'installa sur un banc face au lac, juste devant les canards.

Julie se mit à rire aux éclats en agitant les bras tandis que Joe la détachait du porte-bébé pour la prendre sur ses genoux. Martha s'approcha et tenta de nettoyer le visage de Julie à grands coups de langue avant que Joe n'intervienne en la forçant à s'allonger à côté de lui. Julie, qui adorait Martha, émit un long gazouillis tandis que le portable de Joe se mettait à sonner.

Il prit le téléphone dans la poche de sa chemise et vit que l'appel provenait de Brooks Findlay, l'homme qui avait sollicité son expertise pour le compte du port de Los Angeles. Joe se représenta l'ancien joueur de football à la carrure athlétique, avec ses fossettes et ses cheveux blonds clairsemés.

C'est étrange de recevoir un coup de fil de sa part aussi tôt, songea Joe en prenant l'appel.

— Joe ? Brooks Findlay à l'appareil. Je ne vous dérange pas ?

La voix de Findlay, terne et métallique, alerta tout de suite Joe.

Il y a un problème…

2

— Vous ne me dérangez pas, fit Joe. Mais je ne suis pas devant mon ordinateur.

— Ce n'est pas grave. Écoutez, Joe, j'ai le regret de devoir mettre fin à notre collaboration. Ça ne fonctionne pas. Désolé.

— Comment ça ? s'étonna Joe. Quel est le problème, au juste ? Je ne comprends pas.

Un groupe de jeunes bruyants pénétra dans son champ de vision, jouant à s'envoyer un ballon de foot. Au même instant, Julie commença à lui indiquer de nouvelles directions. Joe garda la main contre son ventre en espérant qu'elle n'allait pas se mettre à pleurer. Quand elle le voulait, Julie pouvait vraiment donner de la voix !

— Enfin, Brooks, j'ai passé des mois à bosser sur ce projet. J'estime avoir au moins droit à une explication pour corriger le tir si…

— Merci, Joe, mais ce n'est pas de mon ressort. On va en rester là, si vous le voulez bien. Je vous rappelle que vous êtes toujours soumis à une clause de confidentialité, et, euh, vous recevrez bientôt votre chèque. Je dois vous laisser, j'ai un double appel. Bonne continuation.

Il raccrocha.

Joe observa longuement son téléphone avant de le remettre dans sa poche. *Waouh.* Pas la moindre excuse. On ne lui laissait même pas l'occasion de s'expliquer en face à face. Rien d'autre qu'un coup de massue inutilement brutal.

Joe se remémora ses dernières conversations avec Findlay pour tenter d'y repérer un indice, quelque chose de l'ordre du reproche et qui lui aurait échappé – mais il ne trouva rien. Findlay lui avait toujours paru satisfait de son travail. Et Joe était certain de la solidité de ses analyses préliminaires – sa mission portait sur les protocoles de sécurité liés à l'activité des porte-conteneurs dans le port de Los Angeles.

Il n'avait rien vu venir.

Une fois encaissé le choc initial, Joe fit face à sa nouvelle réalité. Il y aurait déjà la perte de revenus, puis viendrait l'humiliation d'avoir à expliquer cet échec à la prochaine personne qui lui ferait passer un entretien professionnel.

Cette pensée lui était insupportable.

Il aurait voulu appeler Lindsay, mais d'un autre côté, quel aurait été l'intérêt de lui gâcher sa journée ?

— Tu te rends compte, Julie ? lança-t-il à sa fille qui s'agitait de plus en plus. Papa vient de se faire virer par téléphone, comme un malpropre !

Il la remit dans le porte-bébé et elle tendit la main pour lui toucher la joue.

— Ça va aller, Julie Anne. Bon, je pense qu'il est l'heure de rentrer. Et je boirais bien un smoothie à la banane en arrivant. Qu'est-ce que tu en penses ?

Julie semblait sur le point de pleurer.

Comme si les sentiments de Joe se reflétaient sur sa fille.

— Ne pleure pas, ma puce. On reviendra voir les canards, je te le promets. On pourra même revenir tous les matins pendant quelque temps. Et si je rajoutais un peu de pêche dans le smoothie ? Tu aimes ça, les pêches, non ?

— *J'adore* ça, papa, répondit Joe avec sa fausse voix de bébé.

Il promena son regard autour du parc et se mit en route.

— On y va, Martha ? Allez, hop !

La chienne se mit à bondir en aboyant, et Joe rallongea sa laisse au maximum pour qu'elle puisse gambader tant qu'ils étaient dans le parc. Ils parcoururent les deux blocs qui les séparaient de leur appartement.

En arrivant chez lui, Joe ne pensait plus du tout à ses histoires de fruits, de glace et de yaourt. C'était plutôt cet enfoiré de Findlay qu'il aurait aimé passer au blender.

3

Les fenêtres donnant sur Bryant Street laissaient filtrer la lumière du soleil, qui venait éclabousser le sol en lino de la salle de la brigade.

J'étais installée à mon bureau ; mon coéquipier, l'inspecteur Rich Conklin, se tenait derrière moi sur ma droite, et Warren Jacobi, le chef de la police, venait de surgir sur ma gauche.

Quelques années plus tôt, Jacobi avait reçu plusieurs balles dans la jambe et la hanche, des blessures qui l'avaient fait vieillir prématurément. Il avait une bonne vingtaine de kilos en trop, des articulations capricieuses et grinçantes, et un sens de l'humour que la douleur, avec le temps, avait rendu tout aussi grinçant.

— Attends un peu de voir ce que je t'ai apporté, grommela-t-il en me tendant un CD.

Il laissa échapper un long soupir pendant que mon vieil ordinateur s'allumait paresseusement.

J'introduisis le disque et le lecteur se mit à vrombir. Une vidéo, datée de 3 h 06 du matin, apparut sur mon écran. Elle provenait d'une caméra de surveillance bas de gamme, positionnée sous la lumière tremblotante d'un lampadaire installé dans un coin de rue presque désert du malfamé Tenderloin. La qualité des images s'avérait plus que médiocre, insuffisante en tout cas pour espérer identifier les personnes présentes sur l'enregistrement.

— Nous sommes à Ellis Street, fit Jacobi. Et voici les salopards qui nous intéressent, ajouta-t-il en pointant de son index dodu les trois silhouettes qui venaient d'entrer dans le cadre.

Les types portaient des casquettes noires à visière et des coupe-vent bleu marine siglés SFPD en grosses lettres blanches dans le dos. Équipés d'armes automatiques, ils se dirigeaient d'un pas vif vers la porte d'un comptoir ouvert toute la nuit. L'enseigne annonçait *Prêts sur salaire. Encaissement de chèques*.

Je me redressai sur mon siège et me tournai vers Jacobi.

— C'est quoi ce bordel ?

— Impossible d'avoir une image plus nette ? demanda Jacobi. On distingue à peine les traits de leurs visages.

— Désolée, je ne peux pas faire mieux.

Nous restâmes plusieurs longues secondes à observer les flics qui s'avançaient le long de la rue sombre bordée d'édifices bas et trapus. La zone accueillait de nombreux commerces. Les trois hommes entrèrent en file indienne dans le bureau éclairé.

Quelques instants plus tard, les lumières s'éteignirent dans le bâtiment. Les portes s'ouvrirent brusquement et l'un des « flics » s'enfuit en portant une sacoche, suivi de près par ses deux complices, eux aussi munis de sacoches.

À présent qu'ils couraient en direction de la caméra, je scrutai leurs visages pour voir s'il était possible de les analyser à l'aide d'un logiciel de reconnaissance faciale.

Mais les trois étaient rigoureusement *identiques*.

Je compris soudain. Ils portaient des masques en latex qui dissimulaient complètement leurs traits. Une poignée de secondes après avoir quitté le comptoir, les flics avaient disparu du champ de la caméra.

— J'espère vraiment que ces gars-là ne sont pas de la maison, lança Jacobi.

4

La scène que je venais de visionner me rendait malade. À l'instar de Jacobi, j'espérais vraiment que ces trois types étaient des braqueurs à l'humour douteux et non d'authentiques officiers de police.

— Il y a des victimes ? demandai-je.

— Une. Le propriétaire a refusé de donner la combinaison du coffre. Il a été retrouvé criblé de balles mais il a réussi à articuler quelques mots à l'arrivée des secours avant de succomber à l'hémorragie. Il a dit que c'étaient des flics qui avaient fait le coup. Le jeune qui bossait pour lui a été interrogé sur place. D'après lui, le coffre contenait environ soixante mille dollars.

Conklin poussa un petit sifflement.

— C'est le deuxième hold-up commis sur le même mode cette semaine, reprit Jacobi. Il y a quelques jours, trois hommes en coupe-vent et casquettes du SFPD ont braqué une épicerie espagnole. L'attaque n'a pas fait de victimes, mais là aussi, le butin était conséquent. Inutile de vous préciser qu'il faut à tout prix arrêter cette clique, sinon ce sont tous les flics en uniforme qui vont en subir les conséquences.

Nous hochâmes la tête et Jacobi poursuivit :

— L'anti-banditisme est déjà sur l'affaire, mais j'ai prévenu Brady que j'allais vous mettre sur l'enquête, maintenant qu'il y a un mort.

» Boxer, je crois que tu connais Philip Pikelny, à la tête de l'anti-banditisme ? Prends contact avec lui. Conklin et toi, vous allez bosser en équipe avec eux. Autant vous dire que je considère ce dossier comme la priorité *number one*.

— Entendu, chef.

Marmonnant à part soi, Jacobi s'éloigna d'un pas lourd.

L'anti-banditisme allait effectuer une enquête de voisinage dans Ellis Street tandis que nous ratisserions le comptoir en priant pour que les braqueurs aient laissé une trace exploitable de leur passage. Ou en espérant qu'une balance nous fournirait un indice.

Je contactai Phil Pikelny et lui répétai les instructions de Jacobi. Le sergent me livra les éléments dont il disposait pour le moment.

— La scène est encore inaccessible, m'expliqua-t-il. La scientifique devrait avoir terminé d'ici la fin de la journée.

Il ajouta qu'il allait nous faire parvenir les images des caméras de surveillance du premier hold-up du « gang des coupe-vent ».

— Les enregistrements sont chez le district attorney, mais je vais demander à ce qu'ils vous envoient une copie au plus vite.

J'appelai ensuite l'Administration et demandai les emplois du temps de tous les flics de la division sud – nous pouvions déjà commencer par établir la liste de ceux qui n'étaient pas de service aux jours et heures où les braquages avaient été commis.

Pour moi, la question principale demeurait de savoir si ces hommes étaient des policiers ou de simples braqueurs *déguisés* en policiers. Dans un cas comme dans l'autre, l'effet de surprise provoqué par l'uniforme leur offrait probablement quelques précieuses secondes avant que leurs victimes ne comprennent qu'elles étaient en train de se faire braquer.

Mon coéquipier alla chercher des burritos pendant que je préparais du café en salle de pause. Manches de chemise retroussées, nous nous installâmes ensuite à nos bureaux respectifs, l'un en face de l'autre. L'enquête pouvait commencer.

5

Quelques heures après mon appel à Phil Pikelny, Conklin et moi attendions toujours la vidéo que devait nous envoyer le bureau du district attorney. Je jetai un coup d'œil à ma montre. J'avais encore le temps.

— J'ai rendez-vous, fis-je à mon coéquipier, et je ne peux pas arriver en retard. Je serai de retour dans deux ou trois heures.

Richie ouvrit le tiroir de son bureau et en sortit un fin paquet emballé dans du papier brillant. Une carte était glissée sous le ruban qui entourait le cadeau.

— Tiens, tu donneras ça à Claire de ma part. Essaie de me rapporter une part de gâteau.

Il ponctua sa phrase d'un sourire à faire fondre la banquise. Conklin est non seulement beau comme un dieu, mais il a en plus oublié d'être vaniteux.

Je pris le paquet, ainsi que celui que j'avais rangé dans mon propre tiroir de bureau, puis me dirigeai vers le parking, de l'autre côté de la rue. Deux blocs et dix minutes plus tard, je garai mon vieil Explorer le long du trottoir face au Bay Club, et plaçai mon insigne sur le tableau de bord. Je marchai jusqu'au coin de la rue et arrivai devant le Marlowe Burger, un fabuleux café-restaurant installé dans un immeuble en brique. Des citations littéraires sur le thème de la nourriture et du vin étaient gravées sur les fenêtres de la devanture.

Jetant un coup d'œil à travers la vitre, j'aperçus Yuki et Claire assises à une table au fond de la salle. Elles étaient au beau milieu d'une intense conversation, et à voir leurs visages, elles ne semblaient pas partager le même point de vue. Je franchis la porte et pénétrai dans le restaurant, décoré dans un style industriel. Yuki me repéra aussitôt, comme si elle attendait du renfort.

Elle m'appela par-dessus le brouhaha qui se répercutait en écho sur les surfaces carrelées et métalliques :

— Lindsay !

Je me dirigeai vers mes amies, et Claire se leva pour me serrer dans ses bras. Elle était splendide, en pantalon noir et pull à col en V qui laissait voir son pendentif en diamant – un papillon. Claire essaie toujours de perdre quelques kilos, mais je trouve qu'elle est très bien comme ça.

— Salut, Butterfly. Joyeux anniversaire.

— Ça fait plaisir de te voir, Linds.

Je m'installai sur une chaise à côté de Yuki, toute fine et impeccablement vêtue d'un tailleur bleu ; ses cheveux lisses et brillants tombaient sur le col de son chemisier en soie couleur crème, et une rangée de perles ornait son cou délicat. Lors de notre dernière rencontre, une semaine plus tôt, je l'avais trouvée beaucoup plus joyeuse.

— Ça va, Yuki ?

— Bien, merci.

Nous échangeâmes une accolade, et je venais juste de retirer ma veste quand Cindy arriva à notre table, resplendissante, épanouie comme une rose au lever du jour.

Il y eut de nouvelles embrassades, puis Cindy déposa son paquet sur la pile de cadeaux emballés de papiers scintillants qui s'amoncelaient au centre de la table.

Nous fîmes signe au serveur. Je salivais d'avance à l'idée de déguster la spécialité maison : un hamburger préparé avec du bœuf de Niman Ranch, agrémenté d'oignons caramélisés, de bacon, de fromage et d'aïoli au raifort, le tout blotti entre deux tranches de pain chaud et beurré, et servi avec des frites croustillantes. J'étais surtout ravie de partager ce repas avec mes amies.

C'est Cindy qui avait un jour baptisé notre petit groupe le Women's Murder Club. Même s'il s'agissait d'une plaisanterie, ce nom reflétait parfaitement la réalité de nos vies. J'était flic à la brigade criminelle ; Claire exerçait la profession de médecin légiste ; Yuki était l'une des étoiles montantes au bureau du district attorney, et Cindy Thomas travaillait comme journaliste spécialisée dans les affaires criminelles au *San Francisco Chronicle*.

Depuis peu, Cindy était également l'auteur d'un livre intitulé *Mackie et Fish, L'histoire vraie d'un couple de tueurs en série*. L'ouvrage relatait le parcours de deux psychopathes que Conklin et moi avions bien connus dans le cadre de l'une de nos enquêtes. Cindy s'était emparée de l'affaire et nous avait aidés à mettre fin aux agissements de l'un de ces tueurs.

Son livre sortait à la fin de la semaine, et j'étais presque certaine que c'était cette perspective qui la rendait aussi rayonnante.

Lorsque nous eûmes commandé à boire, Claire annonça sans préambule :

— Yuki va quitter son travail !

— C'est pas vrai ! m'écriai-je à l'unisson avec Cindy.

— J'y pense, retourna Yuki. Nuance… C'est juste une idée, quoi ! Un truc auquel je réfléchis en ce moment.

— Oh, mon dieu ! Tu es enceinte ! s'exclama Cindy, m'ôtant les mots de la bouche.

Yuki était mariée à mon supérieur, l'inflexible mais juste lieutenant Jackson Brady, depuis quelques mois seulement. Je n'eus pas le temps de me préparer à l'idée qu'ils allaient avoir un enfant, car Yuki répondit aussitôt, avec le débit ultra-rapide qui constituait sa marque de fabrique :

— Non, non, non, je ne suis pas enceinte. Et maintenant, si vous n'y voyez pas d'inconvénient, je propose qu'on commande. Je dois à tout prix assister à une déposition dans une heure.

La sonnerie de mon téléphone retentit à cet instant.

Sous le regard furibard de mes trois amies, je consultai le numéro affiché sur l'écran. Nous avions une règle très stricte lors de nos réunions : interdiction de prendre le moindre appel.

— Désolée, m'excusai-je. Je dois répondre.

6

Je m'isolai dans un coin et pressai la touche verte.

— Que se passe-t-il ? demandai-je à Brady.

— Un homicide au croisement de la 24e et de Balmy Alley. Conklin et toi allez juste effectuer les premières constatations. Verrouillez la scène et restez sur place en attendant qu'on vienne vous relever. Jacobi veut vous voir bosser exclusivement sur le dossier du gang des coupe-vent.

Je raccrochai et rejoignis mes amies.

— Désolée, fis-je. C'était le boss. Je dois y aller.

Exaspérée, Yuki jeta sa serviette en l'air.

— Des infos à me communiquer ? demanda Cindy.

Journaliste jusqu'au bout des ongles, Cindy ne perd jamais une occasion de grappiller quelques renseignements.

— Je ne peux rien te dire pour l'instant, répondis-je.

— Combien de fois vais-je devoir te prouver que tu peux me faire confiance ? retourna Cindy. Sans compter que tu as une dette envers moi.

C'était vrai. J'avais confiance en elle, effectivement. Et elle m'avait sauvé la vie quelques mois plus tôt.

— Je sais, mais je t'assure que je ne peux rien te dire.

J'enfilai ma veste et la boutonnai.

— Je n'en reviens pas ! lança Claire.

L'expression de son visage m'arrêta net dans mon élan. Elle semblait vraiment contrariée. Et même plus que ça.

— Tu n'en reviens pas de quoi ?

— On a vécu exactement la même scène l'année dernière, le jour de mon anniversaire. Et aussi il y a deux ans.

— Vraiment ?

— Vraiment. Même si je reconnais que l'année dernière, on avait quand même eu le temps de commencer le repas au momment où tu as quitté la table en quatrième vitesse. Fouille dans ta mémoire, Lindsay. Ça remonte à quand, la dernière fois où tu m'as vue souffler mes bougies ?

— Je suis désolée, mais je n'ai vraiment pas le choix. Je me rattraperai, Claire, promis. Je vous le promets à toutes, moi y compris.

Je m'excusai une dernière fois, envoyai des baisers à la ronde et quittai le restaurant d'un pas pressé. J'appelai Rich tout en regagnant ma voiture pour lui dire que j'arrivais dans une dizaine de minutes.

Le moteur de mon vieil Explorer démarra au premier tour de clé, et je m'engouffrai dans la circulation chargée de Mission District.

7

Balmy Alley et la 24e avaient pris des allures de carambolage géant.

Trois véhicules de patrouille s'étaient déjà garées à la hâte, et une quatrième arrivait derrière moi. Les deux rues avaient été condamnées, obligeant les voitures à faire marche arrière sur l'unique voie libre de la 24e. Les piétons s'étaient amassés derrière le ruban jaune. Portable à la main, ils n'avaient manifestement rien de plus intéressant à faire que de rester à observer, bouche bée, le spectacle d'un corps ensanglanté gisant sur le passage clouté.

Je m'arrêtai le long du trottoir, sortis mon appareil numérique de la boîte à gants et allai rejoindre Conklin, qui discutait avec un jeune flic en uniforme. Il me présenta à l'officier Martin Einhorn.

Les yeux sombres du jeune homme se posaient alternativement sur Conklin et sur moi tandis que nous marchions vers le corps. Il transpirait à grosses gouttes et s'exprimait d'une voix haut perchée et saccadée. C'était probablement la première fois qu'il se retrouvait confronté à une authentique scène de crime.

— J'étais en train de mettre une contravention à la Mazda rouge, juste là. La victime traversait la rue. Il y avait beaucoup de monde sur le passage piéton, des gens qui traversaient dans les deux sens, principalement des touristes.

Il fit un geste du menton en direction des fresques murales colorées qui illustraient les atteintes aux droits de l'homme perpétrées au cours des cinquante dernières années.

— Je n'ai pas vu l'agression, ajouta-t-il. J'ai seulement entendu des cris, et la foule s'est dispersée en hurlant. C'est là que j'ai vu… cette femme.

Il s'interrompit un moment, le temps de reprendre ses esprits.

— J'ai aussitôt prévenu les secours. L'ambulance est arrivée très vite mais les gars m'ont dit qu'elle était morte et je leur ai demandé de laisser le corps à l'endroit où il se trouvait.

— Vous avez bien fait.

Einhorn hocha la tête, puis nous expliqua qu'une voiture de patrouille était arrivée quelques minutes plus tard.

— On a bouclé la rue et on a pris les noms d'un maximum de personnes présentes au moment des faits, mais beaucoup de gens essayaient de partir et on n'était pas assez nombreux pour tous les retenir. Il y a ce couple, là-bas, M. et Mme Gosselin. Le mari, Nathan Gosselin, a assisté à l'agression.

Tandis que Conklin se dirigeait vers les deux témoins, qui se tenaient à l'écart devant un bureau de tabac, je photographiai un plan large de la scène afin de déterminer la position du corps par rapport aux bâtiments, aux véhicules et aux piétons. Je me glissai ensuite sous le ruban jaune et allai me présenter aux deux officiers chargés de protéger le cadavre et la scène de crime.

— Faites attention, sergent, il y a du sang partout, me dit l'un des deux.

— Merci de me prévenir.

J'enfilai une paire de gants en latex et m'approchai de la victime.

8

C'était une vision horrible.

La femme, allongée sur le flanc, était de type caucasien, les cheveux châtains longs jusqu'aux épaules, et semblait âgée d'une cinquantaine d'années, peut-être un peu moins.

Manifestement soucieuse de son apparence, elle portait un luxueux imperméable déboutonné par-dessus un ensemble en laine à présent imbibé de sang. L'hémorragie provenait d'une longue entaille qui partait du bas de l'abdomen pour remonter jusqu'à la cage thoracique. Il avait fallu de la force et de la détermination pour infliger une telle blessure, et aussi un couteau muni d'une lame longue et tranchante.

La victime s'était vidée de son sang à vitesse grand V. Elle n'avait peut-être même pas eu le temps de comprendre ce qui lui arrivait.

Je pris plusieurs clichés de la blessure, ainsi que des gros plans des mains de la victime – elle ne portait pas d'alliance –, de son visage et de ses pieds, qui me firent penser à deux poissons échoués sur une plage.

Un authentique sac Louis Vuitton gisait à côté d'elle. Je l'ouvris et en photographiai le contenu : une paire de running, une trousse de maquillage, un boîtier de lunettes de soleil Jimmy Choo, un livre de poche et un portefeuille en cuir marron, neuf et d'excellente facture.

La victime s'appelait Tina Strichler. La date de naissance inscrite sur son permis de conduire indiquait qu'elle était âgée de cinquante-deux ans. Elle était domiciliée à six blocs de l'endroit où elle venait de mourir. Strichler possédait de nombreuses cartes de crédit, ainsi qu'une série de cartes de visite – elle exerçait la profession de psychiatre. Je trouvai également plusieurs tickets de caisse correspondant à des achats récents, et deux cent vingt-deux dollars en espèces.

Je tapai le nom de Strichler sur mon téléphone en utilisant une application qui me permettait d'accéder aux bases de données du SFPD – elle n'y était pas répertoriée. Cela ne me surprit guère. Pour le moment, je ne disposais d'aucun élément susceptible de m'expliquer la raison pour laquelle rien ne semblait lui avoir été dérobé. Pourquoi avait-elle été poignardée en plein jour, au beau milieu d'une artère extrêmement fréquentée, sous l'œil potentiel d'un nombre incalculable de smartphones ?

Je contournai le cadavre et photographiai la foule amassée sur les trottoirs, au cas où le tueur aurait décidé de se mêler aux badauds pour observer la scène de crime.

Conklin s'approcha de moi et me dressa un bref compte rendu des déclarations faites par les témoins.

— Les Gosselin traversaient Balmy Alley en direction de la victime. Mme Gosselin n'a remarqué le tueur qu'au moment où il a poignardé la victime au niveau du ventre. C'était un Blanc de taille moyenne, en veste ou chemise de couleur noire. Elle croit se rappeler qu'il avait les cheveux châtains mais sans pouvoir l'affirmer.

Conklin avait l'air exaspéré, et je partageais ce sentiment. Avec autant de monde, nous n'avions que deux témoins, dont l'un n'avait pratiquement rien vu.

— Après l'agression, le type a poursuivi son chemin et disparu dans la foule. M. Gosselin n'a rien vu de tout ça. Il s'est rapproché de sa femme lorsqu'il l'a entendue hurler. Après, ç'a été le chaos. Tout le monde s'est dispersé en courant.

Une voiture banalisée s'arrêta près de nous. Deux gars de notre brigade en sortirent : Fred Michaels et Alex Wang, deux nouvelles recrues de Brady.

Nous les saluâmes et leur communiquâmes les premiers éléments recueillis.

— Je vous enverrai une copie de mes notes et de mes photos dès que je serai de retour au Palais, ajoutai-je.

C'était à regret que je leur laissais les rênes, mais Conklin et moi avions déjà un meurtre à élucider de notre côté. Nous regagnâmes le Palais chacun dans sa voiture, et c'est au moment de tourner dans Bryant Street qu'une pensée me frappa comme une gifle en plein visage.

Claire avait raison.

Il y avait effectivement eu des meurtres commis le jour de son anniversaire lors des deux années précédentes. Et j'étais presque certaine qu'aucune de ces deux enquêtes n'avait abouti.

9

Lorsque je franchis le seuil de mon appartement à la fin de cette horrible journée, Martha m'accueillit en remuant la queue et en aboyant, dans un joyeux élan d'enthousiasme. Je la serrai contre moi et, tenant ses pattes avant, effectuai quelques pas de danse avec elle.

— Joe ? appelai-je ensuite.

— Je donne le bain à Julie, me répondit sa voix.

O.K.

J'accrochai ma veste au portemanteau, me débarrassai de mes chaussures et rangeai mon arme dans le placard, que je verrouillai à double tour. Suivie de près par Martha, je me rendis à la cuisine. J'avais emménagé avec Joe dans cet appartement lumineux de Lake Street juste après notre mariage. Un an plus tard, j'y avais donné naissance à notre fille, un soir de tempête, en pleine coupure d'électricité et alors que Joe était en déplacement.

Une nuit qui resterait gravée à jamais dans ma mémoire.

Je remplis la gamelle de Martha puis servis deux verres de chardonnay bien frais. Toujours accompagnée de Martha, je les apportai dans la salle de bains, où je retrouvai les deux personnes que j'aimais le plus au monde. Mon sourire s'élargit jusqu'aux oreilles.

— Mais qui c'est, ce beau bébé qui sent bon ? gazouillai-je.

Je me baissai pour embrasser Joe, qui était agenouillé au bord de la baignoire. Julie me fit un sourire adorable et tendit ses bras vers moi en poussant des cris aigus. Je posai les verres sur la table de toilette et embrassai les petites mains de mon bébé avant de donner à Joe la serviette rose où étaient brodés les mots BABY GIRL.

Je sais que les parents sont souvent un peu gagas avec leur premier enfant, mais en l'occurrence, cette serviette était un cadeau de naissance.

— Moi aussi, j'aurais besoin d'un bon bain chaud, fis-je tandis que Joe soulevait Julie pour l'envelopper dans la serviette.

— Vas-y, me répondit mon merveilleux et séduisant mari. Je commande chez Pizza Pronto ?

— Génial. Saucisse, champignons, oignons ?

— Tu as oublié les jalapeños.

— Exact.

La pizza arriva *pronto*.

Autour de ce repas façon *junk food*, je mis Joe au courant de l'enquête sur le gang des coupe-vent. Une fois la pizza terminée et le bébé endormi, Joe s'isola dans la chambre d'amis pour travailler et j'allai m'installer sur le canapé avec mon ordinateur portable.

Même si j'avais passé la majeure partie de ma journée à bosser sur cette affaire, je ne pouvais m'empêcher de repenser à Tina Strichler, la psychiatre poignardée en pleine rue quelques heures plus tôt.

À présent que j'avais le ventre plein et un peu de temps libre, je me sentais obligée d'effectuer quelques recherches sur les homicides survenus le jour de l'anniversaire de Claire lors des deux années écoulées.

Ces affaires semblaient être passées à travers les mailles du filet.

10

Mon mari se tenait derrière moi, ses mains expertes s'activant pour me masser la nuque. J'étais complètement nouée.

— Oooh, si je pouvais travailler à la maison tous les jours…

— On m'appelle l'homme aux mains qui valaient trois milliards.

— C'est donc toi ? fis-je en éclatant de rire.

— Je te ressers un peu de vin ?

— Merci, ça va.

— O.K. Bon, je vais aller faire un tour avec Martha.

— À tout à l'heure.

Dès que Joe et Martha eurent quitté l'appartement, j'allai vérifier si Julie dormait bien avant de me remettre au travail.

Je rentrai mon mot de passe pour accéder à la base de données du SFPD. L'index consistait en une simple liste de victimes ; chaque affaire était datée et classée dans l'une des trois catégories : enquête en cours, enquête classée ou enquête suspendue. Le nom de l'inspecteur en charge de chaque dossier était également indiqué.

Recherchant des meurtres commis à une date précise, je ne mis pas bien longtemps à isoler deux femmes assassinées le jour de l'anniversaire de Claire. J'observai les noms en essayant de me remémorer les circonstances de chaque meurtre.

Les choses s'étaient déroulées exactement de la même manière qu'aujourd'hui : j'avais à chaque fois reçu un appel me demandant de me rendre sur les lieux de la scène de crime, car j'étais un officier gradé, en service, et que je me trouvais à proximité de l'endroit où le corps venait d'être découvert.

J'ouvris les dossiers consacrés aux deux enquêtes.

Deux ans plus tôt, une certaine Catherine Hayes avait été assassinée devant le *coffee shop* de son père, dans le quartier de Nob Hill, où elle travaillait pendant la journée avant de se rendre à ses cours du soir en comptabilité. Ce 12 mai, elle fumait une cigarette sur le trottoir en discutant avec un ami au téléphone, lorsqu'elle avait été poignardée dans le dos avant d'être égorgée.

Il n'y avait pas de témoins, et l'ami au téléphone n'avait rien entendu d'autre que les cris de la victime. Hayes n'avait pas été détroussée. Le tueur n'avait rien laissé derrière lui : ni couteau, ni message écrit, ni traces d'ADN, ni fragments de peau sous les ongles de la jeune femme. Les indices étaient minces, voire inexistants, et les investigations n'avaient donné aucun résultat. Catherine Hayes laissait derrière elle une famille et des amis dévastés par le chagrin. Son assassin courait toujours.

Il en allait de même pour celui de Yolanda Pirro, une poétesse qui avait participé l'année dernière à la *12k Bay to Breakers Race*, une course organisée tous les ans depuis plus d'un siècle. La plupart des coureurs étaient costumés ; certains couraient même nus, ou à reculons, déguisés en poisson, comme s'ils remontaient le courant d'une rivière. Imaginez le tableau.

Le corps de Pirro avait été découvert le lendemain de l'épreuve, dans un fourré d'arbustes proche de l'arrivée. Elle portait une tenue de running classique, rien qui aurait pu la distinguer parmi la foule.

Elle avait été poignardée à plusieurs reprises, et chaque coup était susceptible d'avoir provoqué la mort. Son mari et ses amis proches, effondrés, avaient déclaré ne pas lui connaître d'ennemis. C'était une poétesse qui travaillait comme bénévole dans un jardin collectif et aimait pratiquer la course à pied.

Elle n'avait aucun lien avec Catherine Hayes, et les deux femmes n'avaient aucun ami, ni aucune famille ou connaissance en commun. La division nord avait pris l'enquête en main mais n'avait ni suspects, ni témoins – alors même que la course avait rassemblé des dizaines de milliers de personnes, coureurs et spectateurs confondus. L'affaire Yolanda Pirro n'avait jamais été résolue.

Ce dernier meurtre ressemblait comme deux gouttes d'eau à celui de Tina Strichler.

Commis au beau milieu de la foule, et pourtant sans témoins.

Le profil de ces trois victimes s'avérait assez identique : des femmes blanches, séduisantes, d'un âge compris entre trente-quatre et cinquante-deux ans, et qui vivaient dans une zone densément peuplée, à des adresses distantes d'à peine quelques kilomètres les unes des autres.

Avaient-elles autre chose en commun ?

Une. Toutes trois avaient été poignardées à mort.

Je fixais l'écran de mon ordinateur, réfléchissant aux liens possibles entre ces trois assassinats, lorsque Joe déposa un baiser sur ma tempe.

Je tendis les bras vers lui à la manière de Julie, et Joe me décocha un grand sourire et m'embrassa tendrement avant de s'installer à côté de moi sur le canapé.

— Tu en es où ? me demanda-t-il.

— Je consultais des vieux dossiers.

— Ah oui ?

Je lui racontai tout.

11

J'ouvris les yeux à 3 h 15. Peut-être les piments étaient-ils à l'origine de mon cauchemar. Ou peut-être avais-je senti que Joe était réveillé à côté de moi, les yeux grands ouverts lui aussi.

En tout cas, je savais que quelque chose n'allait pas.

Je me tournai vers mon mari et posai la main sur son bras.

— Ça va, Joe?

Il me répondit par un soupir dont le souffle parvint presque à soulever le rideau de la fenêtre, à l'autre bout de la chambre. Quelque chose le tracassait et l'empêchait de trouver le sommeil, mais quoi? Je me rejouai mentalement notre soirée et me rendis compte qu'à part lui avoir demandé, « Tu as passé une bonne journée? », ce à quoi il avait répondu « Normale », je n'avais fait que parler de mon travail.

Je me sentis coupable.

— Joe, fis-je en lui secouant doucement le bras. Dis-moi ce qui ne va pas.

— Je ne voulais pas te réveiller.

— Tu ne m'as pas réveillée. Allez, dis-moi.

Joe laissa échapper un nouveau soupir, remit son oreiller en place et but une gorgée d'eau.

— Je me suis fait remercier par cette ordure de Brooks Findlay. Et franchement, je suis resté sur le cul. Je ne m'y attendais pas du tout.

— Hein? Mais pourquoi il a fait ça?

— Il ne m'a pas vraiment donné d'explication. Un changement de cap, blablabla. Vous recevrez votre chèque par la poste. Bonne continuation.

J'étais choquée par ce que Joe venait de m'apprendre, sidérée par la froideur avec laquelle Findlay l'avait viré – et pas seulement parce que ce qui affectait mon mari, m'affectait également. Joe a longtemps exercé la fonction de sous-directeur de la Sécurité intérieure. Il est extrêmement bien informé, possède un bon sens du contact et d'excellentes références, depuis Washington jusque sur la Lune. Le domaine des autorités portuaires constitue sa spécialité.

Brooks Findlay, quant à lui, était sorti d'une école de commerce pour aller directement travailler dans un bureau à Los Angeles. Si vous me posez la question, je vous répondrai que le fait d'avoir engagé Joe avait certainement marqué le point culminant de sa carrière. Peut-être ne supportait-il pas de rester dans son ombre?

— Je n'en reviens pas, Joe. Tu n'as vraiment rien vu venir?

— Rien. Si j'avais merdé, Findlay se serait empressé de me le dire. Non, à mon avis, c'est tout simplement qu'il ne m'aime pas; lui, ou quelqu'un au-dessus de lui. Mais bon, ça n'a aucune importance.

— Tu trouves?

— Je suis encore loin de la retraite ; je sais que je retrouverai du travail. En attendant, je dois clore ce chapitre avant d'en commencer un autre.

Il prit son téléphone et composa un numéro. J'entendis une voix cassée résonner à l'autre bout de la ligne.

— Brooks ? Joe Molinari à l'appareil. Vous m'avez plus ou moins raccroché au nez ce matin, et je n'ai pas eu le temps de vous dire une chose importante. Je viens de faire une avancée capitale dans le dossier. Je viens enfin de trouver la clé du problème.

» Heureusement, vous m'avez rappelé que j'étais soumis à une clause de confidentialité et j'ai donc pris soin de supprimer tout mon travail. Soyez sans crainte, j'ai effacé l'intégralité des données. Elles sont irrécupérables. Personne n'y aura jamais accès.

Des éclats de voix me parvinrent par le téléphone, mais je ne distinguai pas les mots.

— Non, non. C'est tout ce que j'avais à vous dire. Ne vous inquiétez pas. Faisons comme si tout cela n'avait jamais existé. Bonne nuit. (Il raccrocha avant d'ajouter :) Connard ! (Un sourire démoniaque, semblable à celui du chat du Cheshire, illumina son visage.) Aaah, ça fait un bien fou !

Nous éclatâmes de rire, puis Joe éteignit son téléphone et se tourna vers moi.

J'imaginai Findlay, furibard, essayant de rappeler Joe et tombant à chaque fois sur le répondeur.

Je m'endormis dans les bras de mon homme.

À mon réveil, il préparait des pancakes aux pommes dans la cuisine avec Julie et Martha.

Un début de journée aussi délicieux qu'allaient être agitées les heures à venir.

12

Yuki était aux prises avec un sérieux conflit tandis qu'elle se garait dans l'immense parking de Fort Mason Center. Elle devait passer un entretien d'embauche avec un responsable de la Defense League à 10 heures, et même si c'étaient eux qui l'avaient contactée, elle se sentait nauséeuse depuis qu'elle avait accepté de les rencontrer.

Elle adorait son travail et son supérieur actuels, Leonard « Red Dog » Parisi, qui avait toujours été son principal soutien. Elle ne lui avait rien dit, ni d'ailleurs à aucun de ses collègues. Personne ne savait qu'elle envisageait de quitter son poste, et cet entretien lui donnait l'impression d'une manœuvre sournoise.

Sans compter qu'elle n'en avait pas non plus parlé à Brady. Son mari était un homme aux avis bien tranchés, et elle préférait se forger sa propre opinion avant de le consulter, tout en étant certaine qu'il lui conseillerait de refuser ce poste.

Yuki promena son regard sur le panorama, toujours aussi éblouissant, avec le pont suspendu qui se déployait au-dessus de la baie scintillante. Elle verrouilla les portières de sa voiture et traversa le parking jusqu'à une voie piétonne longeant l'une des anciennes casernes du fort. Elle passa devant plusieurs portes identiques, toutes peintes de la même couleur rouille, jusqu'à celle indiquant THE DEFENSE LEAGUE.

Elle entra et se présenta à la jeune femme assise derrière un bureau en bois brut, prit un bonbon à la menthe dans la coupelle et alla s'installer sur l'une des six chaises en bois disposées le long du mur. Hormis la réceptionniste, Yuki était la seule personne présente dans la petite pièce presque nue et dénouée de tout élément décoratif.

Elle ne put s'empêcher d'établir la comparaison entre ces locaux isolés au milieu de nulle part et le Palais de Justice, où elle travaillait en tant qu'assistante du district attorney. Un bâtiment où se côtoyaient des centaines de juristes et de policiers travaillant jour et nuit, et parfois même le week-end, dans une effervescence stimulante qui la plongeait au cœur du système judiciaire de San Francisco.

Elle s'interrogea sur le bien-fondé de sa présence en ce lieu. Mais au fond, elle savait.

Depuis quelque temps, sa conscience la turlupinait. Elle se rendait compte qu'au tribunal, les riches étaient beaucoup mieux défendus que les pauvres. C'était presque tous les jours qu'un type représenté lors de son procès par un jeune avocat surchargé de travail et dépassé par les événements, sortait de prison après vingt années passées derrière les barreaux parce qu'une analyse ADN était venue l'innocenter.

Yuki ne pouvait plus fermer les yeux sur cette justice à double vitesse. Elle sentait qu'elle devait agir pour remédier à cette iniquité.

C'est dans ce contexte qu'elle avait été contactée par Zac Jordan, le directeur de la Defense League.

— Je connais votre réputation de combattante, madame Castellano, lui avait-il dit au téléphone. Et j'aimerais beaucoup vous rencontrer.

9 h 50. Yuki utilisa les minutes qui lui restaient pour se remémorer tout ce qu'elle avait appris concernant cette association à but non lucratif, financée par un mystérieux et richissime philanthrope. Elle se rappela également le conseil d'un chasseur de têtes, qu'elle avait appliqué lors de la recherche de son premier emploi.

Acceptez le job, vous pourrez toujours vous désister par la suite.

Le téléphone sonna sur le bureau de la réceptionniste.

La jeune femme prit l'appel puis se tourna vers Yuki :

— Madame Castellano ? Veuillez me suivre, M. Jordan vous attend.

13

Zac Jordan se leva de son bureau pour accueillir Yuki. Âgé d'une vingtaine d'années, les cheveux longs, il portait un jean et un pull-over beige en coton élimé. Yuki remarqua son alliance ; sa poignée de main était ferme. Son diplôme de Harvard était encadré dans un coin, presque caché par un porte-chapeaux – l'utopiste libéral dans toute sa splendeur. Yuki éprouva immédiatement de la sympathie pour le jeune homme.

Ils échangèrent les traditionnelles formules de politesse, puis Zac Jordan l'invita à s'asseoir.

— Je vous en prie, Yuki, appelez-moi Zac. Je suis ravi de vous recevoir.

— Il y a bien longtemps que je n'ai pas passé d'entretien d'embauche, Zac. Mais je connais la Defense League et je suis au courant de vos activités. J'avoue être assez intriguée.

— Intriguée par l'opportunité de travailler de longues heures pour un bas salaire, dans un bureau sale et vétuste ? Je sais que c'est un puissant outil de recrutement.

Yuki partit d'un grand éclat de rire.

— À vrai dire, je bénéficie déjà de tous ces avantages dans mon travail actuel.

— Nous avons quelques avantages en nature dont je vous parlerai un peu plus tard, fit Jordan en souriant. Mais avant ça, j'aimerais m'intéresser à votre parcours. J'ai lu votre CV et j'ai plusieurs questions à vous poser.

— Je vous écoute.

C'en était fini de la légèreté : l'entretien venait officiellement de commencer. Zac Jordan l'interrogea sur son premier poste au sein d'un cabinet d'avocats et sur les raisons qui l'avaient poussée à rejoindre ensuite le bureau du district attorney. Il passa en revue les différentes affaires sur lesquelles elle avait travaillé.

Les trois premières années, Yuki avait perdu presque tous ses procès, et Zac Jordan semblait les connaître comme s'il avait assisté aux audiences. Il l'interrogea sur les discours préliminaires qu'il avait trouvés un peu faibles, sur chaque occasion manquée, chaque fois où l'avocat de la partie adverse l'avait laminée à cause de son manque d'expérience.

Il était vrai qu'elle s'était retrouvée désarmée lors de certains procès, mais d'autres facteurs avaient contribué à ces défaites : défaillances de l'enquête policière, témoin qui revenait sur ses déclarations, accusé qui se suicidait avant que Yuki ne puisse livrer sa plaidoirie finale. Des verdicts de non-culpabilité déprimants qui n'avaient fait que renforcer sa détermination à aiguiser son jeu.

Et voilà qu'elle se retrouvait à défendre son faible taux de réussite en face d'un homme qu'elle ne connaissait pas et qui lui proposait un poste dont elle n'avait pas forcément envie.

Lorsque Zac Jordan évoqua le procès du tristement célèbre tueur du ferry, à l'issue duquel l'accusé avait été déclaré pénalement irresponsable, Yuki sentit qu'elle en avait sa claque.

Par définition, ce tueur *était* fou.

Mais elle n'avait pas eu le choix. L'homme avait commis plusieurs homicides et elle avait bien dû le juger pour ces faits.

Elle se força à sourire au sniper assis de l'autre côté du bureau :

— Vous savez, Zac, j'ai toujours fait de mon mieux. Ma carrière est jalonnée de défaites, mais aussi de succès. Honnêtement, je ne comprends pas pourquoi vous avez demandé à me rencontrer. Était-ce dans le seul but de me malmener ?

— Pas du tout. J'avais besoin d'entendre votre point de vue sur ces affaires, parce qu'ici, nous serons toujours les outsiders. Seriez-vous prête à défendre les pauvres, les déshérités, tous ceux qui n'ont plus aucun espoir ?

— Je ne sais pas, répondit Yuki.

— J'ai actuellement un dossier compliqué qui pourrait vous intéresser. La victime a été arrêtée devant un squat où trois dealers venaient d'être abattus. Il courait avec une arme à la main – les flics avaient donc un motif pour l'arrêter. Mais ce jeune n'avait que quinze ans et possédait un QI inférieur à la moyenne. Même s'il a toujours maintenu que l'arme ne lui appartenait pas et qu'il l'avait simplement trouvée par terre, les flics l'ont poussé à renoncer à ses droits et l'ont cuisiné jusqu'à lui extorquer des aveux.

» Et pendant qu'il attendait son procès, environ une semaine après son incarcération, il a été assassiné en prison. S'il avait été jugé, il aurait pu prouver son innocence – en laquelle, à titre personnel, je crois fermement. Je suis persuadé que les flics se sont acharnés sur lui et qu'il n'aurait jamais dû se retrouver derrière les barreaux.

» Prenez le temps d'y réfléchir, Yuki. Vous me donnerez votre sentiment demain matin. Vous êtes la personne que j'aimerais avoir en priorité pour défendre ce dossier, mais je dois rencontrer quelqu'un d'autre demain et prendre une décision au plus vite.

» Tenez-moi informé dans tous les cas, d'accord ?

14

Yuki était réveillée depuis que Brady s'était levé à 4 heures du matin, et cogné à plusieurs reprises dans les meubles en essayant de s'habiller dans le noir.

— Allume la lumière, ce sera plus simple, lança-t-elle au bout d'un moment.

— Ça va aller. Je n'arrive pas à voir si mes chaussettes sont bleues ou noires quand il y a de la lumière.

Il s'assit au bord du lit et l'embrassa.

— Pourquoi tu te lèves si tôt ? demanda Yuki.

— Il y a eu une explosion dans un laboratoire clandestin. Rendors-toi. Je t'appellerai dans la matinée.

Il sera peut-être trop tard, songea aussitôt Yuki. Brady était en train de vérifier son arme.

— Chéri ?

— Hum ?

— Viens voir une seconde.

Il revint vers le lit et l'observa tout en remontant la fermeture éclair de son coupe-vent.

— J'ai un truc important à te dire. Je vais quitter le bureau du DA.

— C'est une blague ?

— La Defense League m'a fait une proposition d'embauche. C'est une association à but non lucratif avec une excellente réputation. Rassure-toi, je ne perdrai pas en salaire. Mais je défendrai des gens qui ne peuvent pas se payer les services d'un bon avocat. Ils ont déjà un dossier à me confier.

— Tu ne veux pas qu'on en reparle plus tard ? fit Brady en débranchant le chargeur de son téléphone portable.

— Bien sûr, on pourra en reparler. Mais je dois leur donner une réponse.

— Aujourd'hui ?

— Oui. Je dois aussi en parler à Parisi avant d'accepter, et il part en déplacement à la fin de la journée.

Brady prit son portefeuille rangé dans la commode et le plaça dans la poche arrière de son jean. À son langage corporel, ses mouvements saccadés, Yuki devina que cette conversation l'irritait. Elle savait que le moment était mal choisi.

— On dirait que tu as déjà pris ta décision.

— Ça s'est fait très vite. J'ai rencontré le directeur hier matin. Je voulais prendre la nuit pour réfléchir à sa proposition.

— Merci de la confiance que tu me témoignes.

Cela n'avait rien à voir. Yuki avait une confiance aveugle en Brady.

— O.K., lâcha-t-il après un silence de plusieurs secondes. Suis ton instinct. J'espère juste que tu n'auras pas à le regretter.

— Ne le prends pas comme ça, Brady.

— On m'attend, trésor. À plus tard.

Elle entendit claquer la porte, et, quelques secondes plus tard, le bruit de la serrure et la voix de sa défunte mère qui résonna dans sa tête.

Tu as blessé la fierté de ton mari, Yuki. Pourquoi tu ne lui as pas demandé son avis ?

Elle n'eut pas à lui répondre. Son attitude de défi était liée à la certitude que Brady lui aurait mis la pression pour qu'elle renonce à quitter le bureau du DA. Et il aurait eu d'excellentes raisons à faire valoir.

Il lui aurait patiemment expliqué que son intérêt était de conserver son poste actuel, une situation stable et pérenne qui allait lui permettre d'évoluer, de se forger une réputation et de s'assurer une bonne retraite. Il lui aurait dit que même si, bien souvent, elle ne comptait pas ses heures, elle savait au moins où elle allait. Et il aurait terminé en ajoutant qu'il s'inquiéterait en permanence si elle était amenée à travailler dans des quartiers mal famés.

Et il aurait eu raison sur tous ces points.

Mais il aurait également eu tort.

Certes, la sécurité avait du bon, mais Yuki avait une tout autre vision de ce à quoi devait ressembler sa vie professionnelle. Elle voulait être en accord avec ses principes.

Elle jeta un œil à son réveil, plaça son masque sur ses yeux et essaya de se rendormir. En vain.

Sa dispute avec Brady lui laissait un goût amer mais elle appréhendait encore davantage sa prochaine entrevue avec Red Dog. La conversation risquait d'être tendue.

Elle ne pouvait pourtant pas y couper.

15

Par la porte ouverte, Yuki vit Leonard Parisi assis derrière son bureau. La pièce jouissait d'une vue large mais sans grand intérêt sur le trafic automobile et la grappe d'immeubles commerciaux bordant Bryant Street.

L'assistante de Parisi étant absente, Yuki toqua à la porte. Parisi lui sourit et lui fit signe d'entrer – il terminait un appel.

Elle referma la porte derrière elle et s'installa sur une chaise face au bureau tendu de cuir. Son regard se porta sur le cadre accroché au mur, une caricature représentant un molosse avec un os entre les crocs.

Yuki avait longuement réfléchi à ce qu'elle allait lui dire. Elle avait conscience que, d'une certaine manière, cet entretien revêtait autant d'importance qu'une plaidoirie au tribunal. Len était une personne qui comptait énormément dans sa vie. Mais elle savait que dès qu'elle lui aurait annoncé son intention de partir, les choses risquaient de tourner au vinaigre.

Parisi s'entretenait avec un témoin en vue d'un procès imminent. L'homme venait de subir un quintuple pontage. Yuki s'efforça de faire le vide dans sa tête en attendant qu'il raccroche.

— Désolé, Yuki. J'étais en ligne avec Josh Reynolds. Il n'est pas en super forme.

Parisi avait lui-même fait une grave crise cardiaque quelques années auparavant. Yuki était avec lui lorsqu'il avait eu son malaise ; elle avait aussitôt appelé les secours. Depuis, il considérait qu'elle lui avait sauvé la vie. C'était faux, mais elle savait que c'était ainsi qu'il ressentait les choses.

Len la voyait comme une amie, et cela ne faisait que compliquer la tâche.

— Alors, Yuki, qu'avais-tu à me dire ?

Yuki agrippa le bord du bureau et lança :

— On m'a proposé un poste que j'ai décidé d'accepter.

Un épais silence accueillit cette déclaration. Yuki entendait ses mots résonner dans son crâne. Elle avait fait preuve d'honnêteté et de respect en venant lui annoncer son intention de partir. Comment allait-il à présent réagir ?

Allait-il la prendre dans ses bras ou l'envoyer au diable ?

Len se renversa contre le dossier de son fauteuil, puis il se pencha en avant, les mains posées à plat sur son bureau, et la fixa du regard.

— Ça ne pouvait pas plus mal tomber, Yuki. Tu sais que je dois m'absenter plusieurs jours. Je n'ai pas le temps d'étudier une contre-proposition avant mon départ, mais je vais y songer. Dis-m'en un peu plus. De quoi s'agit-il, au juste ? Combien te proposent-ils ?

— C'est gentil de ta part, Len. Mais je ne veux pas de contre-proposition. Je ne veux pas non plus partir, d'ailleurs.

— Alors le problème est résolu : tu restes.

Elle sourit.

— Je dois le faire, Len. La Defense League veut me confier une affaire urgente, et je pense que je le regretterai si je laisse passer cette opportunité.

— La Defense League ? Tu veux vraiment quitter ton poste pour intégrer une association à but non lucratif ? Je pensais qu'on avait les mêmes objectifs, toi et moi. Tu as travaillé sur les plus gros dossiers. Il n'y a pas eu que Brinkley, il y a eu aussi Herman. J'ai dû batailler ferme pour ça. Ce gars-là, ici, tout le monde voulait se le faire.

— Je sais, Len. Je sais. Et je t'en suis reconnaissante.

— Crois-en mon expérience, Yuki. Après avoir frôlé la mort, on change. Je sais que ce que tu as vécu t'a profondément marquée. Tu es encore sous le choc d'être passée si près de la mort, et pour quelqu'un de ton âge, c'est tout à fait normal. Tu auras un autre ressenti dans six mois, je te le garantis. Refuse l'offre de la Defense League. De mon côté, je vais tout faire pour que tu n'aies plus jamais envie de partir…

— Tu ne comprends pas, Len, l'interrompit Yuki. J'ai été remuée par le sort de cet adolescent. Il a été arrêté à tort et il s'est fait assassiner en prison pendant qu'il attendait l'ouverture de son procès. Sa famille est dévastée, et à juste titre. La Defense League…

— Attends… Tu veux te retourner contre la ville et contre le SFPD ? Tu veux nous traîner en justice ?

— Je ne vois pas d'autre solution.

— Tu as raison, Yuki. Je ne te comprends pas.

L'indignation se lisait sur le visage de son ami. Yuki ne l'avait encore jamais vu aussi en colère contre elle.

Le fauteuil grinça lorsque Parisi se leva pour aller ouvrir la porte de son bureau.

— Tu peux déjà faire tes cartons. Avant de partir, tu passeras rendre ta carte, ton ordinateur portable et tes clés. Je vais demander à la compta de préparer ton chèque.

— Je te dois beaucoup, Len. Tu sais à quel point…

— Laisse tomber le blabla, tu veux ? On se reverra au tribunal. Compte sur moi pour être au rendez-vous.

Il retourna derrière son bureau, décrocha son téléphone et pianota un numéro. Il pivota sur son fauteuil pour se retrouver dos à Yuki.

— Michelle ? Parisi à l'appareil.

Michelle Forrest était la DRH. Hagarde, Yuki quitta la pièce.

Elle n'avait pas eu l'intention de mettre sa vie sens dessus dessous. Elle voulait juste changer de job. Résultat des courses : son mari lui faisait la gueule, et Len l'avait implicitement menacée de la pulvériser au tribunal. Et puis elle n'avait toujours pas annoncé sa décision à Zac Jordan.

Mais elle comptait bien accepter son offre, tout comme elle était fermement décidée à se battre pour que la famille Kordell obtienne réparation suite à la mort d'Aaron-Rey.

Elle ne pouvait plus faire machine arrière.

16

Tina Strichler hantait mon esprit tandis que je me rendais en voiture à mon travail. La veille, Strichler avait eu le ventre lacéré par une lame de couteau taille XL, un meurtre brutal qui me semblait lié à celui des deux autres femmes poignardées à mort un 12 mai. C'était la troisième année consécutive.

Connaissant les talents d'enquêteur et la vivacité intellectuelle de Brady, j'avais hâte d'entendre son point de vue sur l'affaire.

En entrant dans la salle de la brigade, je le vis installé dans la minuscule pièce vitrée qui lui tenait lieu de bureau, penché sur l'écran de son ordinateur portable. Sa chemise bleue laissait deviner la forme de ses pectoraux et de ses biceps saillants. Ses cheveux blonds retenus en catogan révélaient son oreille gauche, dont une partie avait été arrachée lors d'une violente fusillade au cours de laquelle il s'était illustré par son héroïsme en sauvant la vie de nombreuses personnes.

Je saluai Brenda, adressai un signe de la main à plusieurs collègues qui relevèrent la tête sur mon passage et allai toquer à la porte de Brady.

— Entre ! cria-t-il.

Je m'assis sur une chaise face à lui.

— Concernant l'homicide de Balmy Alley…

— Oui, Michaels et Wang sont sur le coup.

— Je sais. En fait, j'ai le sentiment que ce meurtre ressemble à d'autres…

— Vois ça avec Michaels. Jacobi m'appelle trois fois par jour pour savoir où en est l'enquête sur le gang des coupe-vent. Je me fais du souci pour lui. Je sais qu'il n'a pas envie de partir à la retraite en laissant ces ordures continuer à polluer la ville. Ça pourrait bien tous nous retomber sur la gueule. La presse a flairé l'affaire et je suis assailli de questions par les journaux et les télévisions, sans compter la tonne d'e-mails de citoyens inquiets pour leur sécurité.

— Je comprends, lieutenant. On va mettre les bouchées doubles.

— Bien, lança-t-il en dardant sur moi son regard d'acier. Vous avez quoi, pour l'instant ?

Je lui résumai les éléments dont nous disposions, à savoir que la qualité des images issues des caméras de surveillance du supermarché s'avérait pire que celle des images provenant du dernier hold-up en date, mais qu'on y voyait trois hommes armés et vêtus de coupe-vent du SFPD.

— Ça leur a pris cinq minutes montre en main, ajoutai-je. Ils sont repartis avec un butin de vingt mille dollars. Le sergent Pikelny a interrogé le propriétaire du magasin : les gars l'ont enfermé dans l'arrière-boutique avant de forcer le tiroir-caisse. Ils ont très peu parlé et personne n'a été blessé.

— Ils ont laissé des traces ?

— Aucune. Ils portaient des gants et ils ont ramassé toutes les douilles. Je vais aller avec Conklin inspecter le comptoir où a été commis le dernier hold-up. On va aussi réinterroger le survivant.

— O.K. J'espère que vous reviendrez avec quelque chose.

Brady se replongea dans son travail et je rejoignis Conklin sur le parking de Bryant Street.

Nous étions tous les deux impatients de nous entretenir avec Ben Viera, le jeune homme rescapé de l'attaque à main armée qui avait coûté la vie à son patron.

17

Ben Viera, unique témoin de l'homicide commis lors du dernier braquage du gang des coupe-vent, entrouvrit sa porte de quelques centimètres, soit la largeur de la chaîne de sécurité qui équipait la porte d'entrée de son appartement. Il exigea de voir nos insignes et nous demanda nos noms avant de nous refermer la porte au nez.

Je l'entendis passer un coup de fil qui dura plusieurs minutes.

La porte se rouvrit, cette fois en grand pour nous laisser entrer. De taille et de corpulence moyennes, le jeune homme portait un short à rayures vertes et un tee-shirt des Giants.

— J'ai préféré appeler le commissariat pour être certain que vous étiez bien des policiers, expliqua-t-il.

— Je comprends, fit Conklin.

Le studio de Poplar Street était sombre et encombré d'une multitude de boîtes de pizza vides et de canettes de soda écrasées. La vaisselle sale s'empilait dans l'évier et des tas de vêtements traînaient sur le sol. Viera replia son futon en un ersatz de canapé et nous invita à prendre place. Il s'installa dans un fauteuil face à nous.

— Je suis sous Xanax. C'est mon médecin qui m'en a prescrit. Juste histoire que vous sachiez…

— O.K., fit Conklin.

— La police m'a déjà interrogé, ajouta le jeune homme, les yeux rivés au plafond.

— Je sais que vous traversez des moments difficiles, compatit Conklin. Je sais que vous avez dû leur raconter toute l'histoire, mais vous allez devoir la répéter à nouveau. Il se pourrait qu'un détail vous revienne subitement en mémoire. Nous n'avons pour l'instant aucun élément susceptible de nous permettre d'identifier les auteurs de ce braquage. Vous les avez vus et nous devons à tout prix les arrêter.

Viera laissa échapper un profond soupir avant de nous décrire la façon dont s'était déroulée l'attaque. La scène l'avait clairement traumatisé.

— Comme je l'ai déjà dit, ils étaient trois. Ils portaient des coupe-vent de la police et des sortes de masques en latex. Ils sont entrés en trombe et l'un d'eux nous a braqués à travers la vitre en Plexi du guichet pendant qu'un autre défonçait la porte sécurisée. Et puis l'un des gars a dit à M. Díaz que personne ne serait blessé s'il leur donnait l'argent.

Le jeune homme poursuivit en expliquant que son patron avait un pistolet mais qu'il ne s'en était pas servi. L'un des braqueurs avait tiré dans le bras droit de Díaz. Un autre avait immobilisé Viera avec une prise d'étranglement et lui avait pointé son arme contre la tempe en lui ordonnant d'ouvrir le coffre. Viera avait répondu qu'il ignorait la combinaison – « Je vous le jure sur la tête de ma mère. »

Depuis le début de son récit, Viera affichait un visage exempt d'émotion, mais sa voix se faisait de plus en plus tremblante et je sentais la terreur bouillonner en lui malgré les cachets.

— M. Díaz se tordait de douleur en hurlant mais il refusait de leur donner la combinaison. Alors il a reçu une balle dans le genou. C'était horrible. Il a fini par leur donner le code.

» Ensuite, j'ai ouvert le coffre. Ils ont pris l'argent et ils sont partis. J'ai pensé que M. Díaz allait peut-être s'en sortir. Il a toujours été un patron génial. Je ne comprends toujours pas pourquoi je suis encore en vie.

Conklin et moi nous relayâmes pour lui poser une série de questions : *Avez-vous remarqué quelque chose de particulier concernant l'un des trois hommes ? Avez-vous reconnu la voix de l'un d'entre eux ? L'un des braqueurs vous a-t-il fait penser à un client ? L'un d'eux a-t-il enlevé ses gants ou son masque ? L'un d'eux a-t-il prononcé un prénom ?*

— Je crois me souvenir d'avoir entendu « Juan ».

Une récolte d'indices plutôt maigre.

Je laissai ma carte à Viera et lui demandai de me contacter si un autre détail lui revenait en mémoire.

— De jour comme de nuit, ajoutai-je.

— Comptez sur moi, répondit-il en nous conduisant à la porte. Je n'arrive plus à dormir depuis ce drame.

Il referma la porte derrière nous. Je l'entendis verrouiller le cadenas et remettre la chaîne de sécurité.

Nous nous rendîmes ensuite sur les lieux du hold-up, où la brigade scientifique venait d'achever son inspection. Jennifer Neuenhoff nous montra la porte sécurisée que les braqueurs avaient défoncée pour pénétrer à l'arrière de la boutique. Elle nous montra également la flaque de sang séché à l'endroit où M. Díaz était mort. Nous observâmes le coffre ouvert au niveau du sol, semblable à une tombe.

— Il n'y a jamais qu'une trentaine de millions d'empreintes à analyser, lança Neuenhoff. Ça ne devrait pas nous prendre plus de vingt ou trente ans.

— Inutile, retourna Conklin. D'après le témoin, ils portaient des gants.

J'appelai Brady pour le tenir au courant du résultat de nos investigations et le prévenir que nous ne serions pas de retour au Palais avant plusieurs heures.

— Raison personnelle, ajoutai-je.

Après avoir raccroché, j'ôtai l'élastique qui retenait mes cheveux attachés en queue-de-cheval et tentai d'oublier l'aigreur qui menaçait d'envahir mon esprit. J'appliquai un peu de gloss sur mes lèvres et allai jusqu'à m'autoriser un soupçon de mascara.

Lorsque mon visage fut présentable, je me tournai vers mon coéquipier :

— Allez, Conklin. Fonce !

— Je branche la sirène ?

— Tu branches la sirène !

— À vos ordres, sergent !

J'éclatai de rire. Quelques minutes plus tard, nous nous garions devant le Ferry Building.

18

Le San Francisco Ferry Building n'est pas uniquement dédié à l'accueil des passagers qui empruntent les bateaux à destination d'Alameda et d'Oakland. Le bâtiment possède une tour inspirée d'un clocher espagnol et l'intérieur recèle une grande nef de deux cents mètres de long composée d'une série d'arcades majestueuses. Il abrite de nombreux bureaux, commerces et restaurants très animés, ainsi qu'un pittoresque marché fermier.

Conklin et moi longeâmes les quais et entrâmes dans le bâtiment au niveau de la librairie Book Passage, avec ses fenêtres immenses donnant sur la Baie de San Francisco.

Nous progressâmes entre les rayons chargés de livres jusqu'au fond de la boutique, où un pupitre avait été dressé. Une dizaine de personnes avaient pris place face à l'oratrice, qui n'était autre que Cindy Thomas, notre journaliste préférée.

Elle était à croquer, comme toujours, dans sa robe bleu pâle en cachemire. Des peignes ornés de strass tenaient ses longues boucles blondes tirées vers l'arrière. Cindy était venue présenter son nouveau livre ;

elle marqua un temps d'arrêt en nous apercevant, mais un sourire illumina bien vite son visage et elle reprit le fil de son exposé tandis que nous prenions place à notre tour.

— Ce livre, *Mackie et Fish*, raconte l'histoire vraie de deux tueurs en série unis par un amour indestructible. On pense bien sûr à Bonnie et Clyde, mais la folie de Mackie et Fish était peut-être pire, car bien plus meurtrière.

Cindy leva le livre pour que tout le monde voie la photo de couverture granuleuse où le couple apparaissait main dans la main, seul cliché connu montrant Fish et Morales réunis. Elle expliqua ensuite qu'elle avait été amenée à s'intéresser à leur parcours dans le cadre de son métier de journaliste spécialisée dans les faits criminels. Randy Fish venait alors d'être condamné pour les meurtres de cinq femmes, tous commis à San Francisco et ses environs.

— Fish ciblait toujours le même profil de victimes, ajouta Cindy. Des femmes jeunes, minces, aux cheveux sombres, qu'il torturait avant de les tuer. Un profil en tout point semblable à celui de MacKenzie Morales.

» Mais pour une raison qu'on ignore, Fish ne s'en est jamais pris à elle.

» Il en est tombé amoureux, et c'est son nom qu'il a prononcé juste avant de rendre son dernier souffle. Elle aussi était tombée éperdument amoureuse de lui.

Cindy poursuivit en expliquant qu'après la mort de Fish, elle s'était mise à enquêter sur Morales, alors la principale suspecte de trois meurtres non élucidés. Mais la jeune femme s'était enfuie lors de sa garde à vue. Pendant sa cavale, Morales avait été soupçonnée d'avoir tué plusieurs femmes aux profils identiques à celui des victimes de Randy Fish.

— J'avais déjà eu l'occasion de rencontrer Morales, ce qui m'avait permis de glaner des informations concernant les lieux où elle était susceptible de se cacher. Je pensais qu'en lui proposant une rencontre dans un endroit sûr, je titillerais son ego. J'espérais l'amener à se confier sur les raisons pour lesquelles Randy Fish était devenu à la fois son mentor, son amant et le père de son fils.

» Je sais que ça peut paraître un peu dingue, voire carrément suicidaire de vouloir débusquer une tueuse psychopathe dans le seul but d'écrire un article, mais j'étais devenue complètement accro, et je me disais que le couple Fish-Morales pouvait donner lieu à une saga comme un journaliste n'en écrit qu'une seule au cours de sa carrière. Cette enquête m'a amenée à comprendre qu'on n'obtient pas toujours les réponses qu'on attend. Mais celles qu'on obtient sont souvent éloquentes.

» Toute l'histoire est ici, dans mon livre.

Elle avait réussi à captiver son auditoire, qui l'applaudit avec enthousiasme. Les gens posèrent de nombreuses questions, puis une file d'attente se forma devant la table où Cindy s'était installée pour dédicacer les exemplaires de son livre. J'étais vraiment fière d'elle.

Je me plaçai à l'écart, assez près pour entendre ce que Conklin lui disait.

— J'aimerais que vous me dédicaciez celui-ci, dit-il. Et n'oubliez pas de mettre des milliers de bisous. Celui-là, j'aimerais que vous le dédicaciez pour ma mère.

Cindy éclata de rire :

— Je ne peux rien refuser à un si bel homme !

Cindy et Conklin vivaient depuis plusieurs années une brûlante relation par intermittence. Ils s'étaient récemment remis ensemble après une longue rupture, et cette fois, leur idylle semblait partie pour durer. Cindy dédicaça les livres, et lorsque Conklin s'écarta de la table, je demandai à la femme qui le suivait dans la file d'attente si elle accepterait de prendre une photo.

— Avec plaisir, répondit-elle.

Je lui tendis mon téléphone et pris la pose avec mon coéquipier et mon amie, bras dessus, bras dessous, Cindy au milieu.

— *Cheese !* lança la femme.

Elle prit deux photos et me rendit le portable.

— Fais voir, demanda Cindy.

Nous nous serrâmes autour de la petite merveille de technologie qui avait capturé notre portrait de groupe. Pour une fois, nous rayonnions tous de bonheur – un fait assez rare pour être souligné. Une banderole avait été déployée derrière le pupitre, juste au-dessus de nos têtes : AUJOURD'HUI, CINDY THOMAS.

— Génial ! s'exclama Cindy en sautillant sur place. Une photo parfaite d'une journée parfaite !

19

L'homme qui se faisait appeler Numéro Un était assis à l'arrière d'une berline quatre portes, juste derrière le conducteur. Les deux autres hommes de son équipe avaient été «baptisés» Numéro Deux et Numéro Trois par mesure de sécurité, histoire de ne pas laisser échapper par mégarde l'un de leurs prénoms.

Numéro Un savait que seule la bêtise humaine pouvait tout faire foirer. Le reste, c'était maîtrisable. Il n'y avait pas de vigiles, pas de caméras, et beaucoup de liquide dans le tiroir-caisse laissé à la surveillance d'une seule personne.

Contrairement aux banques, où la sécurité était maximale et où le butin s'élevait en moyenne à quatre mille dollars, les comptoirs d'encaissement de chèques stockaient généralement des sommes allant de cinquante mille à cent mille dollars. Les supermarchés constituaient souvent des proies moins alléchantes, mais celui-ci drainait de grosses sommes liées à sa franchise Western Union.

Numéro Un et ses hommes observaient en silence le trafic piétonnier et automobile peu intense de ce secteur commerçant de South Van Ness Avenue. Lorsqu'il fut prêt, Numéro Un appela les flics avec un téléphone à carte prépayée.

— Allô ? Police ? C'est pour vous prévenir que la boutique d'alcool au croisement de la 16e et de Julian Avenue est en train de se faire braquer. J'ai entendu des coups de feu. Plein de coups de feu. Envoyez vite une patrouille.

Il raccrocha en même temps que l'opératrice lui demandait son identité, mais il savait qu'elle diffuserait quand même le message d'alerte. Cette manœuvre de diversion allait permettre de mobiliser l'attention des équipes qui patrouillaient dans le secteur en les envoyant dans une zone située à un kilomètre de là.

De l'autre côté de la rue, la fille installée derrière la caisse du supermarché espagnol était occupée avec un client, un vieil homme. Numéro Un lui donnait une vingtaine d'années. Elle portait un long cardigan beige foncé par-dessus une robe marron informe. Elle plaça les provisions dans le sac en tissu du client et l'accompagna jusqu'à la porte.

Ils échangèrent quelques mots en espagnol sur le trottoir, puis elle regagna l'intérieur du supermarché, referma la porte vitrée et retourna la pancarte pour indiquer que le commerce était fermé. Numéro Un l'observa s'éloigner vers le fond du bâtiment long et étroit.

Dès qu'elle fut hors de vue, Numéro Deux prit la parole :

— Elle est seule. Tu veux que je reste dans la voiture pour gagner un peu de temps ?

Le bruit des sirènes se mit à retentir : les voitures de patrouille et les véhicules banalisés se dirigeaient vers la 16e. Il était temps de passer à l'action.

— Bonne idée.

Numéro Un et Numéro Trois quittèrent la voiture vêtus de leurs coupe-vent du SFPD, flingues calés à la ceinture. Traverser la rue ne leur prit qu'une poignée de secondes. Parvenus devant la porte du magasin, ils enfilèrent leurs masques.

Numéro Un ajusta la visière de sa casquette et toqua à la porte, les yeux baissés vers le sol pour que la fille ne voie pas son visage masqué.

Numéro Trois se tenait quant à lui dos à la boutique et regardait ses pieds en attendant l'arrivée de la fille. Les verrous claquèrent et la clochette carillonna lorsque la porte s'ouvrit.

Les deux hommes se ruèrent à l'intérieur. La fille poussa un hurlement. Numéro Un l'attrapa par le bras et lui montra son arme pendant que Numéro Trois bloquait la porte et éteignait les lumières.

— Sortez ! hurla la fille. Sortez tout de suite !

Elle dégagea son bras et pivota sur ses talons pour se précipiter vers la sortie.

— Arrête-toi ou je tire ! lança Numéro Un.

La fille se figea sur place.

— Je vous en supplie, ne me faites pas de mal, implora-t-elle.

— Mais personne ne veut te faire du mal, la rassura Numéro Un. Maintenant, mets tes mains en l'air et retourne-toi. (Elle s'exécuta.) Voilà. Tu vas aller gentiment ouvrir la caisse. Fais ce que je te dis et tu verras que tout se passera bien.

— Je vais vous donner l'argent, dit la fille en levant les bras.

Elle se dirigea lentement vers le comptoir et se retourna pour faire face aux deux hommes, dos au mur où s'alignaient des étagères remplies de paquets de cigarettes, de flacons de bains de bouche et de déodorants.

— Parfait, fit Numéro Un d'une voix apaisante. Tu peux baisser tes mains et ouvrir la caisse. Dans moins d'une minute, on ne sera plus pour toi qu'un lointain souvenir.

La fille pressa plusieurs touches de sa caisse enregistreuse et le tiroir s'ouvrit avec un tintement.

— Très bien, fit Numéro Trois en se penchant par-dessus le comptoir pour prendre les billets.

Il n'avait pas prévu le flingue que la fille venait de sortir de la poche de sa robe.

20

Maya Perez avait deux enfants. L'un grandissait en elle depuis quatorze semaines et représentait beaucoup à ses yeux. L'autre était ce supermarché. C'était son père qui l'avait fondé, et il avait mis tout ce qu'il possédait et tout ce qu'il gagnait pour le garder ouvert et subvenir aux besoins de sa famille, mais aussi pour le transmettre à sa fille.

Son père était mort un mois plus tôt, emporté par un cancer.

Ricardo Perez ne connaîtrait jamais son petit-fils, mais il considérait ce bébé comme une bénédiction. Il avait légué le magasin à sa fille après l'avoir baptisé Mercado de Maya en son honneur.

Maya adorait cet endroit : chaque pancarte écrite à la main, chacune des étagères que son père et son oncle avaient réalisées avec des chutes de bois. Elle connaissait l'emplacement de chacun des produits qu'elle vendait. À présent qu'elle se retrouvait seule et enceinte, ce commerce constituait sa planche de survie.

Elle avait emménagé dans l'appartement situé au-dessus de la boutique et avait l'intention d'y élever son enfant tout en continuant à gérer le commerce.

Il était hors de question qu'elle laisse qui que ce soit lui voler son argent. Hors de question.

Mais il n'y avait pas que ça.

Lorsque les hommes en coupe-vent du SFPD avaient toqué à la porte, elle avait cru qu'ils étaient à la recherche d'informations concernant le hold-up du comptoir d'encaissement, survenu quelques jours plus tôt à seulement quelques rues de là. Mais en voyant leurs masques et leurs armes, elle avait compris qu'ils la tueraient sitôt après avoir pris possession de l'argent.

Comme ils l'avaient fait avec José Díaz.

Maya éprouvait des sensations physiques qu'elle n'avait encore jamais connues. Des fourmillements, des vertiges, l'impression d'entendre son cœur cogner contre ses tympans. Elle savait que son corps tout entier réagissait à la peur de sa mort imminente. Elle ne pouvait ni s'enfuir ni se cacher, mais elle avait l'esprit clair et était déterminée à se défendre. *Je ne les laisserai pas tuer mon bébé*, se dit-elle.

Elle gardait toujours dans sa poche le petit Colt de son père. Lorsque l'homme se pencha vers le tiroir-caisse pour s'emparer de l'argent, elle vit une occasion se présenter.

Elle braqua son pistolet directement sur son cœur, le doigt sur la détente :

— Lâche ton arme, articula-t-elle d'une voix ferme.

L'autre bandit se déplaça à une telle vitesse qu'elle eut à peine le temps de le voir. Sa main s'abattit violemment sur la sienne. Un coup de feu partit, mais Maya sut dès la première fraction de seconde qu'elle avait tiré vers le sol.

Puis les balles la transpercèrent et tout devint noir.

21

Il était 20 heures passées lorsque Conklin et moi quittâmes le Palais de Justice, lessivés par notre journée. Mon coéquipier m'accompagna jusqu'à ma voiture garée sur le parking d'Harriet Street. Nous discutâmes un instant pour décider qui de nous deux amènerait le petit déjeuner puis je grimpai à bord de mon Explorer.

Je venais à peine de mettre le contact lorsque Brady m'appela sur mon portable. Je toquai contre ma vitre et fis signe à Richie d'attendre un instant.

Brady semblait nerveux.

— On vient de nous signaler des coups de feu dans un supermarché de South Van Ness Avenue. Un type a vu des flics quitter la boutique en courant. Ça pourrait être le gang des coupe-vent. Allez voir ce qui se passe.

Il me communiqua l'adresse exacte et le nom du magasin – Mercado de Maya.

— On part, fis-je avant de raccrocher.

Rich m'interrogea du regard :

— On part où ?

Je pris la direction de South Van Ness avec sirène et gyrophares pendant que Rich prévenait Joe et Cindy que nous avions un contretemps. Cinq minutes plus tard, je me rangeai le long du trottoir, à une vingtaine de mètres d'un petit supermarché dont la pancarte indiquait MERCADO DE MAYA.

Une voiture de patrouille s'arrêta juste derrière nous. Je quittai mon Explorer et allai demander aux deux policiers en uniforme de se rendre à l'arrière de la boutique. Puis Conklin et moi nous dirigeâmes vers l'entrée du magasin.

C'est toujours le moment le plus délicat : quand on ne sait pas exactement ce qu'on va trouver, si les balles ne vont pas se mettre à pleuvoir ou des otages être utilisés comme boucliers.

La porte principale était grande ouverte. Nous dégainâmes nos armes. Le chambranle était intact, les lumières éteintes ; une odeur de poudre flottait dans l'air.

— Police ! lançai-je. Personne ne bouge !

J'entendis un gémissement suivi d'une voix de femme :

— Par ici…

Nous entrâmes dans le magasin. Conklin pressa les interrupteurs et me couvrit tandis que je me dirigeais vers la voix, quelque part derrière la caisse.

Je rangeai mon arme et m'agenouillai auprès de la victime. Allongée sur le sol, la femme se tordait de douleur et saignait abondamment. Plusieurs balles l'avaient touchée.

— On m'a tiré dessus…

Le tiroir-caisse était ouvert, et plusieurs bouteilles étaient tombées des étagères situées juste derrière elle. Il y avait clairement eu une lutte.

J'entendis Conklin appeler le standard pour demander des renforts et une ambulance en même temps que plusieurs policiers arrivaient par l'arrière du magasin.

— Les secours seront bientôt là, tenez bon, soufflai-je à la femme. Quel est votre nom ?

— Maya Perez.

— L'ambulance sera là d'ici quelques minutes, Maya. Ne vous inquiétez pas. Connaissez-vous la personne qui vous a tiré dessus ?

— Je suis enceinte, répondit-elle. Il faut sauver mon bébé.

— Ne vous en faites pas, tout ira bien pour votre bébé.

J'avais beau vouloir me montrer rassurante, je voyais bien qu'elle avait perdu beaucoup de sang. Une flaque s'était formée sur le sol autour d'elle, et l'une de ses plaies, au niveau de la cuisse, saignait plus que les autres. Je confectionnai un garrot à l'aide de ma ceinture pour tenter de stopper l'hémorragie. Sans grand succès.

— Maya, connaissez-vous la personne qui vous a tiré dessus ? répétai-je.

— Un flic… En fait, ils étaient deux.

Elle toussa et cracha du sang ; des larmes se mirent à ruisseler sur ses joues. Elle poussa un grognement et porta la main à son ventre par-dessus le tissu de sa robe imprégné de sang.

— Je vous en supplie. Ne laissez pas mourir mon enfant.

22

Je pris la main de Maya Perez et prononçai des paroles de réconfort auxquelles je ne croyais pas.

Où était l'ambulance ? Elle aurait déjà dû arriver.

— Ce flic qui vous a tiré dessus, vous l'aviez déjà vu ? Il était déjà venu au magasin ?

Maya répondit par la négative en bougeant la tête d'un côté puis de l'autre.

— Ils portaient… des vestes… du SFPD. Des masques et des gants… en latex.

— Voulez-vous que je prévienne quelqu'un de votre entourage ? Vous m'entendez, Maya ? Voulez-vous que j'appelle un ami ou un membre de votre famille ?

L'éclat des gyrophares balaya la devanture du magasin tandis que l'ambulance se garait sur le trottoir.

— La victime est ici ! cria Conklin.

Je me relevai et m'écartai pour laisser de la place à l'équipe médicale.

— Elle s'appelle Maya Perez. Elle est enceinte.

Les secouristes échangèrent quelques paroles entre eux et avec leur patiente, puis la soulevèrent pour la placer sur un brancard. Je les suivis à l'extérieur, jusqu'à leur véhicule.

Je compatissais avec Maya ; j'imaginais à quel point elle devait avoir peur de perdre l'enfant qu'elle portait. Je restai un instant à contempler les feux arrière de l'ambulance qui s'éloignait en direction du Metropolitan Hospital.

J'appelai ensuite Brady.

— Encore le gang des coupe-vent ? me demanda-t-il.

— J'en ai bien peur. Coupe-vent, masques et gants en latex : la panoplie complète. La victime ne connaissait pas la personne qui lui a tiré dessus.

Tout en parlant avec Brady, j'observai autour de moi pour repérer d'éventuelles caméras de surveillance susceptibles d'avoir enregistré tout ou une partie du hold-up. N'en voyant aucune, je quittai le supermarché à la recherche de caméras placées sur les boutiques environnantes, dont le champ aurait pu englober la scène qui s'était jouée à l'entrée du Mercado de Maya.

— Je ne vois aucune caméra de sécurité, fis-je à Brady. Nulle part.

Il poussa une bordée de jurons. Nous échangeâmes encore quelques mots, mais les sirènes venues de toutes les directions couvrirent bientôt le son de sa voix. Conklin et moi refermâmes la porte du magasin. Nous attendions l'arrivée de la brigade scientifique lorsque je reçus un nouvel appel de Brady.

— Maya Perez n'a pas survécu à ses blessures, me dit-il.

— Putain ! Elle a été tuée pour quelques billets. C'est insensé !

— Revenez dès que possible. Je vous attends.

23

Il était presque minuit lorsque nous regagnâmes le Palais. Brady nous attendait dans son bureau, et même si nous avions été en contact permanent tout au long des quatre dernières heures, il tenait à nous parler.

Au-dessus de nos têtes, les néons projetaient une lumière froide sur l'équipe de nuit rassemblée dans la grande salle. On aurait cru une armée de zombies. Brady aussi ressemblait à un mort-vivant, et j'avoue que mon coéquipier et moi-même n'avions pas meilleure mine.

Nous prîmes place face à Brady. Conklin se renversa contre le dossier de sa chaise et posa les pieds sur le bureau, une habitude qui avait le don d'agacer Brady ; pourtant, cette fois, il ne fit aucun commentaire.

— Le mode opératoire est le même que celui des deux derniers braquages, fit Conklin. Les gars n'ont rien laissé derrière eux à part les balles qui ont transpercé le corps de Maya Perez. Le légiste va les envoyer au labo pour l'analyse balistique.

— Parfait. Il ne faut surtout négliger aucune piste, dit Brady.

— S'il s'agit bien du gang des coupe-vent, ces gars-là sont vraiment habiles, intervins-je.

J'ajoutai que nous allions reprendre nos fichiers pour chercher des mobiles. Recenser tous les flics à l'ambition frustrée, tous ceux qui avaient quitté la police en mauvais termes, ceux qui avaient été mis à pied ou qui avaient pris une retraite anticipée.

— Mais même en supposant que ce sont des flics, rien ne dit qu'ils sont de notre secteur, ni même de San Francisco.

Brady hocha la tête en silence.

— Je vais mettre des gars supplémentaires sur cette enquête, dit-il au bout d'un moment.

Concentrée sur le travail qui m'attendait le lendemain, je quittai brutalement mes pensées.

— Tu veux mettre une autre équipe sur le coup ?

— L'anti-banditisme veut mettre à ma disposition les inspecteurs Swanson et Vasquez, et les quatre gars qui bossent habituellement avec eux.

Ted Swanson et Oswaldo Vasquez jouissaient d'une excellente réputation, mais le télescopage entre nos deux brigades risquait surtout de perturber la chaîne de commandement et de compliquer les choses. Brady lut la contrariété sur mon visage.

— Je te rappelle qu'on a déjà eu trois braquages et deux cadavres en moins d'une semaine, que les médias nous collent au cul et que la hiérarchie me met une pression de dingue. À côté de ça, toujours pas l'ombre d'un indice. Donc merci de mettre ta susceptibilité de côté, Boxer. Swanson a l'habitude de ce genre d'affaires et Vasquez a grandi dans la rue. Que ce gang soit composé de vrais ou de faux flics, peu importe. Si on ne coince pas ces enfoirés, je ne donne pas cher de notre peau. Compris ?

J'admire Brady. Il m'arrive même de l'apprécier. Mais là, il commençait sérieusement à me taper sur le système. Swanson et Vasquez n'avaient rien de plus que nous.

— Prenez contact avec eux, ajouta-t-il. Ratissez le secteur du supermarché et trouvez quelque chose. Il faut mettre un terme à cette série de braquages et je me fous de savoir qui y parviendra le premier.

— Très bien, boss, fit Conklin.

— Reçu cinq sur cinq, lieutenant, lançai-je, mâchoires crispées et dents serrées.

Je sentais venir une longue nuit sans sommeil.

24

L'immeuble, carré, en briques rouges, était situé sur Taylor Street, au niveau d'Eddy Street, le pire coin du Tenderloin.

Yuki poussa la porte extérieure et pressa le bouton de l'interphone face au nom de KORDELL. La porte se déverrouilla en grésillant et Yuki grimpa trois étages dans une cage d'escaliers puante aux murs couverts de graffitis. Parvenue au bout du couloir, elle toqua à la dernière porte, qu'une femme vint entrouvrir quelques secondes plus tard.

— Yuki Castellano. M. Jordan, de la Defense League, a dû vous prévenir de ma venue.

— Oui, bien sûr. Entrez, madame Castellano.

Mme Kordell était une Afro-Américaine. Très mince, âgée d'une quarantaine d'années, elle portait un bandana rouge noué dans les cheveux ; une paire de gants jaunes en latex dépassait de l'une des poches de son pantalon cargo.

Yuki la suivit le long d'un étroit couloir jusqu'à un salon encombré d'une multitude de meubles dépareillés. Un vieux monsieur était assis dans un fauteuil incliné, la main posée sur un landau qu'il faisait rouler lentement d'avant en arrière.

— Je vous présente Neil Kordell, le grand-père d'Aaron-Rey. Mon mari est au travail. (Mme Kordell s'interrompit un instant.) Il est anéanti, le pauvre. Il ne dort plus. Il ne parle presque plus. La mort d'Aaron-Rey l'a vraiment détruit.

Yuki prit place sur un vieux canapé marron, et Mme Kordell s'installa face à elle dans un fauteuil assorti. Plusieurs photos d'Aaron-Rey, souriant, étaient disposées sur la table basse.

— Vous pourriez commencer par me parler de votre fils, proposa Yuki.

La mère du garçon prit l'une des photos et la tint entre ses mains :

— Aaron-Rey avait quinze ans. Physiquement, il faisait plus que son âge, mais au fond de lui, c'était encore un enfant.

Yuki hocha la tête. Zac lui avait expliqué qu'Aaron-Rey souffrait d'un retard mental, mais qu'il n'avait jamais eu le moindre ennui avec la police avant son arrestation, qui devait se révéler fatale.

— Il allait à l'école tous les jours, ou du moins c'est ce qu'on croyait. J'ai découvert plus tard qu'il traînait dans des lieux peu fréquentables.

— Après la fusillade dans le squat, fit Yuki.

Mme Kordell hocha la tête. Son beau-père prit la parole :

— En voyant les trois dealers qui avaient été abattus, Aaron-Rey s'est précipité dehors. Les flics l'ont poursuivi et l'ont arrêté pour ce triple meurtre, mais pour lui, tout ça n'était qu'un jeu. Aaron-Rey avait l'âge mental d'un enfant de cinq ans. Il ne savait même pas se servir d'une arme à feu.

M. Kordell parut soudain se rendre compte qu'il berçait le bébé un peu trop fort.

— Désolé, mon cœur, fit-il en croisant ses mains sur ses genoux.

Il était troublé et clairement dévasté par la mort de son petit-fils.

— D'après ce que j'ai compris, les policiers ont trouvé l'arme sur Aaron-Rey ?

— C'est vrai. Il l'a ramassée par terre. J'imagine qu'en la voyant, il a dû se dire, *Génial, un pistolet* ! Les policiers l'ont embarqué et l'ont interrogé pendant des heures sans même nous avoir prévenus !

Mme Kordell intervint :

— Si Aaron-Rey n'avait pas été injustement arrêté, si les policiers ne l'avaient pas manipulé en lui disant qu'il était un héros pour avoir tué des trafiquants de drogue, mon fils n'aurait pas renoncé à ses droits et n'aurait jamais fait ces aveux. Et surtout, il n'aurait pas été assassiné en prison en attendant son procès. Il serait encore en vie.

Yuki ressentit toute la douleur de cette famille ; elle comprit que ce genre d'histoire allait devenir son quotidien maintenant qu'elle travaillait pour la Defense League.

— La police doit payer pour ce qu'elle a fait, poursuivit Mme Kordell. N'est-ce pas, madame Castellano ? Il ne faut plus qu'une telle chose se reproduise. C'est horrible de voler comme ça la vie d'un enfant.

— Je suis tout à fait d'accord, répondit Yuki. Nous avons déjà engagé une procédure contre la ville et le SFPD. Mais la partie est loin d'être gagnée. La ville va se défendre et vous devrez peut-être aller témoigner à la barre. Vous aurez à répondre à des questions brutales et les avocats de la partie adverse vont chercher à présenter Aaron-Rey sous un mauvais jour.

— Nous sommes prêts à affronter ça, fit Mme Kordell.

— Et nous le sommes aussi, renchérit Yuki.

À dire vrai, rejoindre la Defense League lui apparaissait comme une idée aussi folle que dangereuse. Était-elle réellement faite pour ça ?

Yuki prit congé des Kordell.

Elle espérait ne pas avoir à regretter sa décision par la suite. Car lorsque Parisi et sa clique de ténors auraient fini de la réduire en miettes, elle pourrait bien être dégoûtée à jamais des salles d'audience.

25

Après avoir quitté l'immeuble des Kordell, Yuki roula jusqu'au croisement de Turk et de Dodge Place, quatre blocs plus loin. Elle gara sa voiture face au squat où, trois mois plus tôt, la vie d'Aaron-Rey avait basculé dans l'horreur. Comme l'avait dit la mère du jeune homme, le Tenderloin était un endroit cauchemardesque pour élever des enfants. Sans blague. C'était même le pire.

Dans ce quartier rongé par la pauvreté, la violence, le chaos et le désespoir régnaient en maîtres. Un univers brutal où se côtoyaient drogués et ivrognes, fugitifs, indigents, prostituées et autres voleurs. Des gens au mieux pitoyables, condamnés pour la plupart à un destin tragique.

Yuki savait qu'il valait mieux ne pas quitter sa voiture.

Elle était ici pour voir l'endroit où Aaron-Rey avait été arrêté, se faire une image précise qui lui permettrait de construire un récit émouvant pour les jurés.

Elle observa longuement le bâtiment en bois à la façade décrépie, à la porte d'entrée métallique couverte d'éraflures. Le rez-de-chaussée était occupé par un restaurant chinois. D'après les informations qu'elle avait pu recueillir, le premier étage servait de point de chute à un groupe de junkies. Les transactions se déroulaient au deuxième étage – liasses de billets contre sachets remplis de poudre.

Au vu de l'incessant ballet d'hommes qui pénétraient dans le bâtiment après avoir jeté un coup d'œil des deux côtés de la rue, le business y était florissant.

Yuki songea qu'Aaron-Rey avait été attiré par le côté cool de cet endroit, mais la fusillade avait dû le laisser en état de choc et de confusion. Elle l'imaginait découvrant l'arme – un bel objet brillant, un objet de valeur – et prenant la fuite avec sa trouvaille.

Si cette version des faits correspondait à la réalité comme Zac Jordan le croyait, alors Aaron-Rey avait connu une mort injuste et sa famille méritait d'obtenir justice, avec à la clé un dédommagement de plusieurs millions de dollars.

Yuki songeait au travail qui l'attendait lorsqu'elle entendit toquer contre sa vitre. Surprise, elle se retourna pour se retrouver face à un policier en uniforme. L'homme fit tournoyer son index pour lui indiquer qu'elle devait baisser sa vitre.

— Oui ? demanda Yuki.

— Un problème avec votre voiture ?

— Non, pas du tout.

— Le quartier n'est pas très sûr, vous savez. Une femme s'est fait tirer dessus tout à l'heure, sur Hyde Street. Attendez… (Le policier se pencha pour mieux voir le visage de Yuki.) Vous ne seriez pas la femme du lieutenant Brady, par hasard ?

— En effet. Yuki Castellano.

— John Clark, enchanté. Et voici mon bureau, fit-il en désignant d'un geste du pouce sa voiture de patrouille. Vous êtes ici pour le travail, madame Castellano ? Parce que je vous avoue que personnellement, je n'aimerais pas savoir ma femme seule dans ce quartier.

— Tout va bien, ne vous en faites pas. Je voulais voir le squat où un triple homicide a eu lieu il y a de ça quelques mois.

— Je m'en souviens parfaitement. Les trois dealers qui se sont fait trucider là-haut. C'est moi qui ai procédé à l'arrestation du grand crétin qui les a butés.

— Aaron-Rey Kordell ?

— Exact. C'était un peu le commis de service. Les gars du squat l'envoyaient chercher des cafés, des cigarettes, ce genre de trucs. Je ne sais pas trop pourquoi il les a descendus, mais une chose est sûre, il a rendu un fier service à la communauté.

— Qu'a-t-il dit quand vous l'avez arrêté ?

— Que ce n'était pas lui qui avait fait ça. Quand je lui ai demandé de préciser, il m'a répondu que ce n'était pas lui qui avait tiré sur les types dans l'immeuble. On est allés ensemble dans le squat et on a trouvé les cadavres.

Yuki remercia Clark puis démarra sa voiture et s'engouffra dans la circulation embouteillée. Elle allait devoir la jouer fine pour s'attirer les faveurs du jury. Peut-être cette affaire était-elle tout bonnement indéfendable ?

26

De retour dans son nouveau bureau de la Defense League, Yuki descendit cul sec la moitié d'une bouteille d'eau puis retira ses chaussures et rangea son sac à main dans un tiroir. Elle alluma son ordinateur et ouvrit le dossier dans lequel Zac Jordan avait compilé tous les éléments concernant l'affaire Aaron-Rey.

Les flics qui l'avaient interrogé étaient les inspecteurs Stan Whitney et William Brand, de la brigade des stupéfiants du SFPD.

Yuki découvrit qu'Aaron-Rey avait été incarcéré au sixième étage du Palais de Justice, dans la prison numéro trois. Elle trouva également un certificat de décès daté du lendemain de son arrestation, stipulant que la mort avait été provoquée par « un coup porté au foie », ainsi qu'un bref rapport du gardien indiquant qu'une bagarre avait éclaté dans les douches.

Huit personnes avaient été placées sur la liste des suspects lors de l'enquête, mais il n'y avait eu aucun élément matériel, aucun témoignage, aucun aveu – et aucun informateur ne s'était manifesté. La mort du jeune homme avait donc été qualifiée de meurtre commis par une personne indéterminée et les choses en étaient restées là.

Le procès-verbal de l'interrogatoire d'Aaron-Rey, mené par les inspecteurs Whitney et Brand, ne figurait pas dans la liste des documents, mais Zac Jordan avait déjà pu se procurer l'enregistrement vidéo.

Yuki inséra le disque dans le lecteur de son ordinateur. Les poils de ses bras se dressèrent dès les premières images de cet interrogatoire magistral – un adolescent de quinze ans souffrant d'un handicap mental, livré en pâture à deux enquêteurs aguerris.

Elle resta à regarder pendant une bonne heure, puis elle appela sa nouvelle assistante, Gina, pour lui demander de faire le nécessaire afin de convoquer les inspecteurs du SFPD Stan Whitney et William Brand.

27

Conklin et moi avions rejoint Edward « Ted » Swanson et Oswaldo Vasquez au croisement de Mission et de la 23e, tout près du Mercado de Maya à présent condamné.

Les deux policiers de l'anti-banditisme quittèrent leur Chevrolet banalisée et nous échangeâmes des poignées de main. Swanson était du genre trapu ; cheveux blonds, yeux gris clair, visage avenant. Il faisait exactement la même taille que moi – un mètre soixante-dix-huit – et devait avoir à peu près le même âge.

Vasquez était musclé, plus petit et plus jeune que son coéquipier. Sa poignée de main était incroyablement ferme, et je me demandai s'il n'avait pas un passé de boxeur professionnel.

Accompagnés par une autre équipe de l'anti-banditisme, nous arpentâmes les rues adjacentes au supermarché pour aller frapper aux portes de tous les troquets, bordels et appartements que comptait le quartier.

Je me rendis personnellement dans le logement de Maya, situé au-dessus de la boutique, à la recherche du moindre indice susceptible d'indiquer que la mort de cette femme était liée à autre chose qu'un meurtre crapuleux. Je ne découvris rien. Mon cœur se serra lorsque j'entrai dans la petite chambre que Maya avait préparée pour l'arrivée de son enfant.

Les murs étaient peints d'un jaune éclatant pour compenser l'absence de lumière. Le petit lit à barreaux avait été fait à la main, tout comme le mobile composé d'arcs-en-ciel entrelacés. J'étais bouleversée. Tout cela était si mignon, si touchant.

J'interrogeai les voisins de Perez. Tous s'accordaient à dire que Maya était une femme charmante, et plusieurs fondirent en larmes. Démoralisée, j'allai retrouver les autres. L'enquête de voisinage n'avait rien donné. Aucun de nous n'était en mesure d'avancer le moindre début de piste pour expliquer ce qui s'était passé.

Personne n'avait assisté au braquage, et cette fois, il n'y avait même pas d'enregistrement vidéo, même de mauvaise qualité.

Nous allâmes reprendre des forces dans un resto du coin avant de retourner à notre porte-à-porte, pile poil à l'heure où les gens commençaient à rentrer du travail.

Sans plus de résultat.

C'est alors que je reçus un appel de Clapper.

— Ça y est, j'ai les analyses des balles extraites du corps de Maya Perez.

— Alors ?

— Deux calibre 28. L'arme n'est pas répertoriée. J'aimerais pouvoir te donner un nom, quelque chose, mais…

Il laissa sa phrase en suspens. Il y a des jours où le métier de flic est exaltant, où l'on se dit qu'on fait quelque chose de vraiment utile, et d'autres où l'on s'ennuie à en perdre la raison. Cette journée ne tombait dans aucune des deux catégories. Une enquête de voisinage dans Mission était toujours synonyme de danger et de stress, et celle-ci s'était révélée particulièrement infructueuse. Un fiasco intégral.

Conklin et moi regagnâmes le Palais de Justice pour rancarder Jacobi et Brady. Au vu du néant de nos résultats, cela ne prit pas plus de cinq minutes en comptant large, questions-réponses incluses.

Sur le parking, Richie tenta de me remonter le moral :

— T'inquiète, ils finiront par commettre une erreur.

La méthode Coué version flic.

Ha !

J'ignorais qui étaient ces enfoirés déguisés en policiers, mais une chose était certaine, ils étaient parfaitement organisés, rapides et équipés d'armes intraçables. Combien de temps allait-il s'écouler avant qu'un commerce au tiroir-caisse bien rempli ne soit le théâtre d'une nouvelle tuerie ?

Je saluai Conklin et m'installai au volant de ma voiture. En m'engageant dans Bryant Street, je levai les yeux vers le Palais de Justice et vis de la lumière dans le bureau de Jacobi. Je ressentis un pincement au cœur. Mon ancien coéquipier ne vivait que pour son travail.

Plusieurs raisons m'amenaient à vouloir coincer le gang des coupe-vent, et notamment parce que je voulais lui offrir cette victoire avant qu'il ne prenne une retraite bien méritée.

28

Il faisait bon vivre chez les Molinari. Martha, notre fidèle border collie, pionçait sur le canapé à côté de mon Joe, et même si ce dernier était au téléphone, la délicieuse odeur qui s'échappait de la cuisine m'informa qu'il avait eu le temps de préparer le dîner.

Je lui envoyai un baiser et me rendis dans la chambre de Julie.

Elle dormait allongée sur le dos, la couverture défaite ; je la remontai jusqu'à ses bras. Elle agita l'un de ses poings dans son sommeil. Je l'embrassai sur le front. Elle me repoussa, et j'y vis le signe qu'elle cherchait à affirmer sa personnalité, même en dormant. *Go, Julie !*

La vision de mon adorable fille me rappela l'appartement de Maya Perez. Je me remémorai la petite pièce sans fenêtre qu'elle avait transformée en cocon douillet pour son bébé qui ne verrait jamais le jour.

Je restai plusieurs minutes à regarder Julie respirer, puis je me déshabillai à la va-vite et passai quinze minutes délicieuses à me prélasser sous la douche.

Lorsque je retournai au salon vêtue de mon pyjama, Joe était en train de servir le poulet à la cacciatore.

J'allai me blottir dans ses bras et l'embrassai tendrement pendant que Martha sautillait autour de moi pour manifester sa joie de me revoir.

— J'en ai de la chance, m'exclamai-je.

— Un verre de vin ?

— Volontiers. Alors, quoi de neuf à la maison ?

— J'ai pas mal travaillé.

— Ah oui ?

— Oui, mais bénévolement. En fait, j'ai commencé à me pencher sur l'affaire CBM.

Joe semblait d'humeur particulièrement gaie. Il approcha deux tabourets et nous prîmes place de part et d'autre du comptoir de la cuisine pour un dîner en tête à tête.

— L'affaire CBM ?

— Claire's Birthday Murders, répondit-il en servant deux verres de vin. Les meurtres commis chaque année le jour de l'anniversaire de Claire.

— Et tu as trouvé quelque chose ?

— Je crois. En tout cas, c'est un bon début.

J'avais beau être enthousiasmée par cette annonce, je me sentais aussi un peu mal à l'aise. Joe, un ancien haut gradé du FBI, en était réduit à travailler gratuitement pour moi. Et pourtant, il ne se plaignait pas.

— Raconte-moi ça.

— O.K., mais mange avant que ça refroidisse.

J'attaquai mon assiette avec appétit.

— Je suis remonté cinq ans en arrière, expliqua Joe en se penchant vers moi. J'ai recherché tous les crimes commis un 12 mai à San Francisco.

Nous échangeâmes un sourire. J'adorais travailler avec Joe. J'étais même un peu jalouse qu'il ait le temps de se consacrer à cette affaire tranquillement installé dans son salon.

— Très peu ressemblaient au meurtre de Balmy Alley. En plus des trois homicides par arme blanche correspondant aux trois dernières années, j'ai isolé deux meurtres identiques : l'un commis il y a quatre ans, l'autre il y a cinq ans. Ce sont les seuls qui correspondaient à mes critères de recherche, et je n'en ai trouvé aucun de ce type commis un autre jour que le 12 mai. Le plus ancien correspond à celui d'il y a cinq ans.

— Parle-moi des deux premiers.

— Volontiers, fit Joe en souriant.

Il débarrassa les assiettes vides et apporta deux parts de tarte aux pommes, sur lesquelles il avait pris soin de déposer une boule de crème glacée. Je levai vers lui un regard ravi.

— J'avoue, ce n'est pas moi qui l'ai faite. Mais il faut dire que j'étais happé par mon enquête.

J'éclatai de rire, puis attrapai une assiette et une fourchette.

— Allez, au rapport !

— À vos ordres, sergent !

29

— La victime la plus ancienne venait d'un quartier chic et s'appelait Alicia Thompson. Elle était en chemin vers sa voiture après une séance de shopping chez Neiman's.

— Comment le sait-on ?

— Elle portait des sacs et elle avait ses clés dans la main. Son corps a été retrouvé tout près du Union Square Garage où sa voiture était garée.

— Des témoins ?

— Aucun. Et pourtant, Alicia Thompson a eu droit à la crème des enquêteurs. C'est Chi qui était en charge de l'affaire.

— Comment ça s'est terminé ?

— Non seulement il n'y avait aucun témoin, mais l'assassin n'a laissé aucune trace derrière lui. Aucune caméra de surveillance n'a filmé la scène. Même le couteau n'a pas été retrouvé. C'est d'ailleurs le cas pour les quatre autres meurtres. À chaque fois, le tueur est reparti avec l'arme du crime.

— O.K.

— La deuxième victime était très différente de Mme Thompson.

— Je t'écoute.

Je pris les assiettes à dessert pour aller les mettre dans le lave-vaisselle pendant que Martha et Joe se dirigeaient vers le salon. Nous nous installâmes sur le canapé ; Martha posa sa tête sur mes genoux en soupirant d'aise.

— Krista Toomey était une SDF de vingt-cinq ans, accro à la méthamphétamine et en très mauvaise santé, même pour une junkie. Elle dormait dans une ruelle du Tenderloin, Olive Street. Aucun témoin, mais beaucoup de gens la connaissaient.

— L'enquête a donné quelque chose ?

— Rien de significatif. J'ai consulté le rapport d'autopsie. Tout comme la victime poignardée devant le restaurant de son père, Toomey a été attaquée par surprise. Le premier ou le deuxième coup ont été fatals, mais le tueur s'est acharné. Il l'a poignardée dans le dos, dans les bras et dans les fesses – trente-cinq plaies au total.

» Le légiste précise que l'agresseur a probablement utilisé un petit couteau de cuisine, mais l'arme n'a jamais été retrouvée. Aucun témoin, aucun indice matériel. Couplé au fait qu'elle n'avait ni famille, ni amis pour mettre la pression sur les enquêteurs, et qu'il y avait beaucoup d'autres enquêtes en cours, l'affaire a été classée sans suite.

Je comprenais. J'avais peut-être même eu vent de cette affaire. En théorie, tous les meurtres doivent faire l'objet d'une enquête approfondie, mais le temps et les effectifs viennent parfois à manquer, et certains ne sont jamais élucidés. C'est ainsi.

— Cet assassin est intelligent, observai-je. Il vérifie l'absence de caméras et de témoins. Il prend soin de ne laisser aucune trace derrière lui. D'après tes recherches, les victimes étaient toutes des femmes, et elles ont toutes été tuées avec une arme du même type qui n'a jamais été retrouvée.

— Exact. Si on ajoute à cela le fait que ces meurtres ont tous été commis un 12 mai, on peut en déduire qu'on a affaire à un tueur en série.

— C'est ta conclusion ?

— Oui. Et d'après moi, ce type ne connaissait pas ses victimes. Il les a choisies parce que les circonstances s'y prêtaient. Quel qu'ait été son mobile, il voulait commettre des actes violents. Ce n'est bien sûr qu'une hypothèse, mais je suis persuadé que ce tueur est un psychopathe.

— Oui, sûrement. Et vu qu'il n'hésite pas à tuer en plein jour et que personne ne voit rien, on peut aussi supposer qu'il possède une cape d'invisibilité.

— Tout à fait. J'attendais que tu le devines. Bravo !

— Merci.

Joe posa la main sur ma cuisse :

— C'est tout pour ce soir. On va se coucher ?

30

À 7 h 45 le lendemain matin, je retrouvai mon coéquipier en salle de pause et préparai du café pour deux. Le visage de Conklin portait encore les traces de l'oreiller, et quant à moi, je devais avoir la tronche de quelqu'un qui n'a pas fermé l'œil de la nuit. Ce qui était d'ailleurs le cas.

Quand ce n'était pas Julie qui avait passé son temps à pleurer pour une raison ou une autre, c'était Martha qui m'avait poussée à plusieurs reprises au bord du lit.

Et puis j'avais fait des cauchemars étranges et perturbants ; des cauchemars qui semblaient réels, dans lesquels Maya Perez me suppliait de ne pas la laisser mourir. J'avais suffisamment de connaissances en analyse de rêves pour savoir que Maya, c'était moi ; que je ne voulais pas mourir ou qu'on fasse de mal à mon bébé.

Gobelets de café à la main, nous regagnâmes nos bureaux et nos ordinateurs respectifs. Je pris les lettres A à M, lui N à Z, et nous parcourûmes les fichiers des ressources humaines à la recherche de ce que nous appelions dans le jargon les « *sore thumbs*», les flics aigris, les rétrogradés et tous ceux qu'on avait mis au placard. En bref, tous les déçus de la police qui n'hésiteraient pas à risquer perpète dans une prison fédérale en échange de quelques centaines de billets.

Et des comme ça, il y en avait un bon paquet. Si aucun ne s'appelait Juan, tous en revanche possédaient une arme et un coupe-vent bleu marine siglé SFPD en grosses lettres blanches.

À 8 h 30, Brady nous convoqua dans son bureau. Au premier coup d'œil, je compris qu'il s'était levé du pied gauche. Comme tous les jours depuis le début de la semaine, il était d'humeur grincheuse.

Je faillis lancer, « C'est quoi le problème, aujourd'hui ? » mais me retins juste à temps.

— Je voulais commencer par m'excuser d'avoir été aussi chiant ces derniers jours, lança-t-il sans préambule.

Pardon ? Tu peux répéter, s'il te plaît ?

— Ce que je vais vous dire doit rester entre nous, c'est compris ?

— O.K., fit Conklin. Qu'est-ce qui se passe ?

— L'année dernière, six dealers ont été abattus à San Francisco dans différents squats qui servaient au trafic. À chaque fois, l'argent et la drogue se sont volatilisés. Il se raconte que ces descentes auraient été orchestrées par des flics.

Je comprenais mieux à présent pourquoi Brady était sur les nerfs. En pleine épidémie de ripoux, nous étions les derniers au courant.

— Tu penses que ces flics sont les mêmes que ceux qu'on recherche pour les braquages ?

— Peut-être, peut-être pas. On ne surveille personne en particulier, et aucun nom n'est remonté pour l'instant jusqu'à nos oreilles. Mais gardez cette information à l'esprit.

De retour à mon bureau, je vis qu'un papier avait été déposé sur mon fauteuil, un Post-it qui provenait de mon bloc personnel.

Le message, écrit à la main en grosses lettres capitales, m'était personnellement adressé.

MÉFIE-TOI, SALOPE. N'OUBLIE PAS QUE LES BLEUS SONT TES VRAIS AMIS.

Je promenai mon regard autour de la salle.

L'équipe de nuit s'apprêtait à partir tandis que l'équipe de jour s'installait pour prendre son service. Il devait y avoir une quinzaine de gars que je connaissais tous depuis plusieurs années. J'en appréciais la plupart, et m'entendais bien avec les autres. Mais l'un d'eux me rappelait d'un ton menaçant que je ne devais pas oublier dans quel camp j'étais.

Même si l'arrestation d'un ripou signifiait également l'arrestation d'un assassin.

Il faut dire que la loyauté aveugle était inscrite dans le patrimoine génétique des policiers. Je me demandai si ce message venait de l'un des membres du gang des coupe-vent. L'un d'eux faisait-il partie de la brigade ? Ou bien venait-il d'un collègue qui était tombé sur l'un des fichiers de mon dossier d'enquête en passant devant mon ordinateur ?

Je montrai le Post-it à Conklin, qui me dévisagea d'un air interrogateur. Je haussai les épaules et rangeai le papier dans mon sac à main.

Je me méfierais désormais, mais cette mise en garde m'avait ébranlée. J'allais devoir en toucher deux mots à Brady dès que l'occasion se présenterait.

31

À 8 h 30 ce matin-là, Richard Blau, ses clés à la main, s'apprêtait à ouvrir la grille à l'entrée de son comptoir d'encaissement de chèques situé au coin de Market et de la 16e. C'était un homme prudent. Donna et lui tenaient cette affaire prospère depuis plus de trente ans et devaient bientôt prendre leur retraite.

Il avait entendu dire que plusieurs comptoirs similaires au leur avaient été attaqués la semaine passée, et il se félicitait d'avoir fait installer une alarme et de s'être procuré une arme, qu'il gardait en permanence près de lui derrière le guichet.

Sa femme était allée garer la voiture au parking souterrain tout proche. C'était toujours Blau qui faisait l'ouverture. Il déverrouilla le cadenas et commença à replier la grille lorsqu'il aperçut trois hommes à bord d'une berline grise garée quelques mètres plus loin.

Les trois portaient des coupe-vent aux couleurs du SFPD et des casquettes à visière, un détail qui l'interpella, puis il se rendit compte qu'ils portaient tous des masques identiques.

Des masques de cochon en latex.

Dans la panique, il songea que s'il parvenait à entrer dans sa boutique et à refermer la porte derrière lui, ce cauchemar pouvait être évité. Il appellerait la police – mais il abandonna très vite cette idée. Il n'avait aucune envie de voir Donna arriver devant le magasin et se faire tirer dessus.

Les hommes aux masques de cochon se dirigeaient vers lui d'un pas rapide. Le timing était parfait. Aucun piéton en vue, et les rares automobilistes étaient concentrés sur la succession de feux rouges au carrefour. Blau vit que les trois étaient armés. Il devait se montrer plus malin qu'eux. Il devait utiliser son cerveau.

Blau leva les mains en l'air et attendit qu'ils s'approchent.

— Je ne suis pas armé, dit-il. Je vous donnerai tout ce que vous voulez, mais ne me faites pas de mal.

— O.K., lança l'un des trois. On ne veut blesser personne.

Il semblait être le meneur même si, à sa voix, on le devinait très jeune.

Blau tenta de mémoriser un maximum de détails afin de pouvoir décrire au mieux le déroulement du hold-up. Le gars qui venait de s'adresser à lui mesurait à peu près un mètre quatre-vingts. À ses mains, on voyait qu'il s'agissait d'un Blanc. La forme ample du coupe-vent empêchait d'apprécier sa corpulence, mais Blau pensait être en mesure de reconnaître la voix du jeune homme s'il avait l'occasion de l'entendre à nouveau.

— Vous voulez quoi ? demanda Blau. Mon portefeuille est rangé dans ma poche arrière. Prenez-le. J'ai plusieurs centaines de dollars en espèces à l'intérieur. Et ma montre est presque neuve. Prenez-la aussi.

Blau tenait toujours son trousseau de clés à la main. Il ne pouvait pas faire grand-chose pour le cacher.

Un deuxième homme s'adressa à lui :

— On va rentrer tous ensemble, d'accord, monsieur Blau ?

Ils connaissaient son nom… Blau se sentit défaillir. Jamais encore il ne s'était retrouvé avec une arme braquée sur lui. Il se retint de leur demander s'ils s'étaient déjà rencontrés.

Il valait mieux faire comme s'il ne se posait pas la question. Il songea à Donna et pria pour qu'elle n'arrive pas tout de suite. Elle ne saurait pas gérer une telle situation.

— O.K., fit Blau. Je vais aller ouvrir la porte. Faisons ça vite avant que les clients ne commencent à arriver.

— Passez devant, ordonna l'un des braqueurs. Dépêchez-vous.

32

Fébrile, Blau finit de déverrouiller l'entrée de sa boutique. Ses mains tremblaient et il transpirait abondamment. Il avait conscience que son existence allait peut-être prendre fin dans quelques minutes. Après être venu à bout du dernier cadenas, il actionna la poignée de la porte, qui s'ouvrit en grinçant. Il alluma aussitôt les lumières, pour que sa femme puisse voir à travers la façade vitrée qu'il y avait un hold-up.

Je t'en supplie, Donna, reste à l'extérieur.

— Hé ! lança l'un des braqueurs. Pas la peine d'allumer, bordel !

— Je ne peux pas ouvrir le coffre si je ne vois rien, rétorqua Blau. Croyez-moi, j'aimerais en finir au plus vite. Je suis d'accord pour vous donner l'argent, alors faites-moi confiance, O.K. ?

Sans attendre de réponse, Blau longea la rangée de chaises pliantes et se dirigea vers le fond de la pièce, où des lignes peintes sur le sol délimitaient les files d'attente menant aux guichets. Tout au bout du mur, une porte sécurisée permettait d'accéder au bureau, où se trouvait le coffre.

Blau tourna le dos aux trois hommes pour ouvrir la porte.

— Quand je vous aurai donné l'argent, vous pourrez sortir par l'arrière. Ce sera plus sûr.

Les jeunes – à en juger par leur nervosité, il pouvait très bien s'agir d'adolescents – étaient à présent entassés avec lui dans le bureau. L'un d'eux, le plus petit des trois, commençait à montrer des signes d'impatience.

— Magnez-vous ! s'écria-t-il.

Blau détourna le regard du bureau d'angle où il gardait son arme cachée dans un tiroir et désigna le meuble en bois sous le comptoir :

— Le coffre est à l'intérieur.

— Allez, allez ! insista le plus petit.

Blau était incapable d'empêcher ses mains de trembler. Il parvenait à peine à tenir la clé, qui était aussi petite que le cadenas, et tâtonna plusieurs secondes avant de l'introduire enfin dans la serrure et d'ouvrir le meuble où était entreposé le vieux coffre en fonte. Par prudence, il se positionna de manière à ce qu'ils puissent le voir.

— Vous me cachez la lumière, lança-t-il à l'un des jeunes.

Il s'efforça de ne pas le regarder pour ne pas lui donner l'impression qu'il le connaissait, mais dans sa tête, il passait en revue les visages de tous les jeunes qui venaient régulièrement encaisser des chèques. C'étaient surtout les guichetiers qui étaient en contact avec les clients. Les transactions étaient brèves. Blau n'intervenait qu'en cas de problème.

— Accélère, papi, lança l'un des gars.

— Je fais ce que je peux, retourna Blau.

Il prit le coffre à deux mains, mais au dernier moment, il actionna l'alarme silencieuse, un bouton situé juste sous le rebord du meuble. Il tourna ensuite la molette. Il connaissait la combinaison aussi bien que sa date de naissance, mais il dépassa accidentellement l'un des chiffres et dut s'y prendre à deux fois.

— Je vais compter jusqu'à trois, menaça le jeune le plus proche de lui en appuyant le canon de son arme contre sa tempe. Un…

Blau parvint enfin à ouvrir la porte du coffre et les trois gars concentrèrent leur attention sur les enveloppes pleines d'argent. Au même instant, plusieurs flics s'engouffrèrent dans la boutique en hurlant :

— Police ! Plus personne ne bouge !

Blau s'accroupit derrière le comptoir, les mains sur la tête, tressaillant à chaque coup de feu. Les balles pleuvaient littéralement autour de lui.

— Je vous en supplie, Seigneur. Faites que ça s'arrête.

33

Le temps que Conklin et moi arrivions au Cash'n'Go, Market Street avait pris des airs de foire à la voiture d'occasion. Je comptai pas moins d'une dizaine de véhicules de patrouille, gyrophares allumés, deux ambulances garées le long de la 16e, sans oublier la camionnette du légiste et celle des techniciens de scène de crime qui bloquaient la vue sur le Cash'n'Go, ce qui devait beaucoup décevoir les nombreux badauds agglutinés sur les trottoirs des deux côtés de la rue, derrière le ruban jaune et noir. Un hélicoptère apparut soudain au-dessus de nos têtes, garantissant des images en temps réel sur Eyewitness News.

Le gang des coupe-vent a encore frappé.

Nous laissâmes notre voiture au bord du trottoir, entre le Jilly's Gym et le Third Hand Rose Consignment Shoppe, et marchâmes à la rencontre de Swanson et Vasquez, les deux stars de l'anti-banditisme qui collaboraient avec nous sur cette affaire. Ils nous attendaient devant l'entrée du Cash'n'Go.

Après avoir passé deux jours à bosser avec eux dans le cadre de l'enquête de voisinage autour du

Mercado de Maya, je trouvais Swanson à la fois efficace et sympa. Vasquez était facile à vivre, et tous deux se montraient extrêmement professionnels.

Je devais reconnaître que Brady avait eu du flair en faisant appel à eux.

Vasquez affichait un visage souriant où se lisait le soulagement.

— J'ai mes témoins dans la voiture. Je repars avec le couple Blau pour prendre leurs dépositions. Après ça, j'appelle ma femme et on va fêter ça au resto.

À ces mots, il grimpa dans sa voiture, effectua un demi-tour de pilote et s'éloigna.

— On n'a pas encore l'identité des trois cadavres, mais ils portent tous des coupe-vent du SFPD, dit Swanson.

Nous le suivîmes à l'intérieur du Cash'n'Go, où une rangée de guichets permettaient aux clients de signer leurs chèques et de remplir les papiers. Une dizaine de chaises métalliques pliantes étaient éparpillées au centre de la pièce, renversées. Je remarquai les lignes blanches peintes sur le sol pour délimiter les files d'attente. Au fond, une porte sécurisée était grande ouverte.

Deux corps gisaient entre les chaises au milieu d'une flaque de sang, et un troisième était étendu un peu plus loin, sur le seuil de la porte sécurisée. Les panneaux d'aggloméré qui habillaient les murs étaient criblés d'impacts de balles, et de nombreuses douilles jonchaient le sol.

— Ça a dû mitrailler sec, observa Conklin. Que s'est-il passé exactement ?

Swanson appela l'un de ses hommes, Tommy Calhoun, un type d'une vingtaine d'années à la calvitie naissante. À en juger par ses doigts jaunis de nicotine, c'était un gros fumeur.

Calhoun nous livra une version animée de l'attaque, y compris du moment où le gérant avait pressé le bouton de l'alarme silencieuse.

Au même instant, la femme de Blau, qui assistait à la scène à travers les parois vitrées, avait appelé la police, hélant également un véhicule de patrouille qui passait par là.

— Les collègues sont entrés, poursuivit Calhoun d'un ton enthousiaste en mimant un pistolet avec sa main, et ils ont ouvert le feu. Boum boum boum.

— J'imagine que les braqueurs avaient leurs portefeuilles sur eux ? intervins-je.

— Non, fit Swanson en souriant. Mais les techniciens viennent juste de se mettre au boulot. On saura qui sont ces gars d'ici une heure.

Était-ce vraiment la fin ?

J'étais prête à pousser un ouf de soulagement. Vraiment prête. Contournant la flaque de sang et les techniciens occupés à photographier la scène de crime, j'allai m'accroupir auprès de l'un des cadavres.

L'homme avait reçu plusieurs balles au niveau du torse, ainsi qu'une balle en plein visage, qui avait transpercé son masque – un masque en latex représentant une tête de cochon. C'était une nouveauté. Les membres du gang des coupe-vent que nous avions pu voir sur les enregistrements des caméras de surveillance portaient des masques en latex simples.

Je remarquai que l'homme n'avait pas mis de gants. Le deuxième cadavre, qui s'était écroulé sur une pile de chaises, portait lui aussi un masque de cochon. Lui non plus n'était pas équipé de gants.

Pourquoi ces braqueurs hyper méthodiques avaient-ils soudain changé leurs habitudes et décidé de dévaliser un commerce au petit matin, eux qui agissaient jusque-là le soir, à une heure où les caisses étaient forcément plus remplies et les clients plus rares ?

Pourquoi soudain un tel amateurisme ?

Le portable de Swanson sonna à cet instant. Il prit l'appel.

— On est loin du travail de pro, me glissa Conklin à voix basse.

— Je ne te le fais pas dire.

— Ouais, chef, fit Swanson à son interlocuteur téléphonique. Je crois que c'en est fini du gang des coupe-vent. Quand la scientifique aura terminé, vous pourrez l'annoncer aux médias.

Je ne m'étais jamais représenté Swanson comme un optimiste, et même si j'espérais qu'il avait raison, au fond de moi, je savais qu'il se trompait.

Les trois cadavres gisant sur le sol du Cash'n'Go étaient de simples *copycats*.

J'aurais parié mon insigne là-dessus.

34

Yuki entra dans la salle de conférence lambrissée et richement meublée du cabinet Moorehouse & Rogers.

Six avocats étaient réunis autour de la grande table en acajou en compagnie du premier des deux stups contre lesquels elle était venue déposer.

L'inspecteur William Brand arborait une barbe de trois jours. C'était un solide gaillard tout en muscle, et elle savait, pour l'avoir vu sur des images vidéo, qu'il avait ses initiales tatouées dans le cou.

Il lui adressa un sourire charmeur lorsqu'elle entra dans la pièce.

C'était ça le problème, quand on était une femme de petit gabarit – et plutôt mignonne, il fallait le reconnaître.

Les ténors du barreau recrutés par la ville de San Francisco se présentèrent à tour de rôle et des poignées de mains furent échangées. L'un d'eux proposa du café à Yuki pendant qu'un autre l'invitait à s'asseoir.

Jusque-là, tout était comme elle l'avait imaginé, jusqu'aux portraits des fondateurs accrochés au mur.

En revanche, Yuki n'avait pas prévu que quelqu'un viendrait frapper à la porte, et que cette personne ne serait autre que Len Parisi. Le sol trembla lorsqu'il s'avança dans la pièce, et ce n'était pas uniquement dû à ses cent cinquante kilos.

Len Parisi était une force de la nature.

Yuki avait cru qu'il se présenterait au tribunal, au moment le plus opportun, mais il était clair que tous deux allaient s'appuyer sur l'interrogatoire d'Aaron-Rey Kordell pour construire leur argumentaire.

Ils échangèrent des salutations réduites au strict minimum, puis Yuki demanda à visionner les enregistrements.

— Remettons-nous dans le contexte, dit-elle ensuite en se tournant vers l'inspecteur Brand. Selon vous, quel était son mobile pour abattre ces trois trafiquants de drogue ?

— Son mobile ? s'exclama Brand en haussant les sourcils. Il voulait leur pognon. Ou leur came. Ou peut-être les deux, d'ailleurs.

— Qu'avait-il sur lui lorsque vous l'avez arrêté ?

— Les flics qui l'ont interpellé n'ont trouvé que le flingue, répondit Brand. Soit il avait déjà refourgué son butin, soit il se l'était fait voler.

— Kordell a confirmé ?

— Il a tout nié en bloc, répondit Brand. Mais vu que les victimes étaient mortes, c'était notre seule piste.

— Je vois, fit Yuki. Et dès qu'Aaron-Rey est passé aux aveux, vous vous êtes dit : emballé c'est pesé.

— On a juste fait notre travail. Il a commencé par nier mais il a fini par se mettre à table. Il a avoué qu'il avait trouvé le flingue et qu'il avait tiré sur les dealers avant de s'enfuir.

— Et vous l'avez cru ? Je vous rappelle qu'il avait seulement quinze ans, et un QI inférieur à la moyenne. Sans compter que son casier était vierge.

— Primo, il nous avait dit qu'il était majeur, et secundo, je vous garantis qu'il avait un QI largement suffisant pour coller un pruneau à ces trois enfoirés. Il a rendu un fier service à la communauté, d'ailleurs, il faut le reconnaître. Dommage qu'il soit mort en prison.

— Avez-vous retrouvé des résidus de poudre sur les vêtements ou les mains de M. Kordell ?

— Non. Après son arrestation, il a été amené directement en salle d'interrogatoire. On pensait qu'il avouerait tout de suite, mais ça a pris plus de temps que prévu et on n'a pas pensé à faire effectuer les analyses après coup.

— Et pourtant, il ne fait pour vous aucun doute qu'Aaron-Rey Kordell est l'auteur de ce triple homicide ? lança Yuki.

— Aucun, répondit Brand. Je suis catégorique là-dessus.

35

L'inspecteur Stan Whitney se révéla plus raffiné que son collègue. Les traits fins, lunettes, barbe courte, il portait une chemise en jean sous une gabardine bleue.

Yuki lui posa les mêmes questions qu'à Brand et obtint les mêmes réponses. Aaron-Rey Kordell avait été arrêté en possession d'une arme à feu encore chaude. Il avait affirmé n'avoir tiré sur personne, mais l'explication qu'il avait fournie quant à la possession de cette arme n'avait pas convaincu les deux inspecteurs. Kordell était pour eux le suspect principal, un suspect qui avait fini par avouer le triple homicide.

Elle demanda à Whitney pourquoi Aaron-Rey n'avait pas été assisté par un avocat, et l'homme répondit que l'adolescent avait renoncé à son droit à un conseil. Vu que son casier était vierge, qu'il avait menti sur son âge et qu'il n'avait pas demandé à ce que ses parents soient prévenus, ces derniers, en toute logique, n'étaient pas présents lors de l'interrogatoire.

Durant les dépositions, Parisi resta parfaitement muet, fixant Yuki d'un regard sombre très différent de son habituelle expression bienveillante. Un regard pour le moins déstabilisant. Lorsque Yuki eut fini d'interroger Stan Whitney, l'avocat de chez Moorehouse & Rogers demanda :

— Y a-t-il autre chose que nous puissions faire pour vous aider, madame Castellano ?

— Ça ira, répondit Yuki. Merci pour le temps que m'avez consacré.

Elle aurait voulu s'enfuir en courant. Brand était le type même du flic intimidant, et Whitney, avec son côté droit-au-but, donnait – à tort – l'image d'un homme animé de bonnes intentions. Après avoir entendu leur témoignage et visionné l'enregistrement vidéo de l'interrogatoire, un juré doté d'un esprit un tant soit peu ouvert serait forcément touché en constatant la manipulation exercée par les deux inspecteurs sur ce pauvre gamin.

Durant les quelques minutes que dura le trajet jusqu'à sa voiture, Yuki se prit à douter.

Parisi.

Elle allait devoir affronter Red Dog devant le tribunal. Parisi avait déjà quinze années de métier derrière lui lorsqu'il avait intégré le bureau du district attorney, huit ans plus tôt.

Et il mettrait tout en œuvre pour présenter Brand et Whitney sous un jour favorable. C'était la seule chose qu'il avait à faire : démontrer que les aveux d'Aaron-Rey Kordell avaient été obtenus au terme d'un interrogatoire « en bonne et due forme ».

S'il parvenait à convaincre les jurés, la famille Kordell perdrait le procès et Yuki se verrait humiliée. Elle ne pouvait pas laisser se produire une telle chose.

C'était impossible.

36

Cindy quitta l'immeuble du *Chronicle* et héla un taxi qui passait – un coup de bol en pleine heure de pointe. Elle donna l'adresse du Quince, un excellent restaurant de Jackson Square, puis s'installa sur la banquette arrière. Richie s'était montré très mystérieux lorsqu'il l'avait appelée pour l'inviter à dîner. Elle n'était pas parvenue à lui soutirer la moindre information, car il se trouvait sur une scène de crime et ne pouvait pas trop parler.

Que lui cachait-il donc ?

Elle se replongea dans leur passé récent, comme elle le faisait souvent. Elle repensa à leurs fiançailles, une période magique qui avait pris fin brutalement lorsqu'ils avaient commencé à se disputer au sujet de l'avenir et des enfants.

À leur séparation avait succédé une période sombre, aussi bien pour lui que pour elle. Et puis la vie les avait rapprochés, et leur union reposait désormais sur des liens encore plus profonds.

Mais à présent qu'ils vivaient de nouveau ensemble, Cindy avait peur.

Ce n'était pas la magie de leur intimité retrouvée qui l'effrayait, mais le fait que Richie risquait de vouloir la demander une deuxième fois en mariage. Ce qui, malheureusement, les ramènerait aux sources de leur rupture : le désir d'enfants de Richie. Il en voulait plusieurs, et bientôt. Cindy, de son côté, avait d'autres priorités avant de penser à fonder une famille.

Il lui suffisait de repenser aux trois semaines qui venaient de s'écouler.

Elle avait bossé sur une affaire sordide – un homme qui avait tué sa femme, sa belle-mère et ses deux jeunes fils. Elle avait passé de nombreuses heures à préparer, écrire et peaufiner son article de cinq mille mots, qu'elle avait envoyé sur la boîte mail de Tyler trois minutes seulement avant la deadline. Demain, elle partait en voyage une dizaine de jours pour assurer la promotion de son livre.

Et cet aspect de sa vie professionnelle se révélait extrêmement plaisant. Son tout premier livre avait été publié, et même s'il ne caracolait pas en tête des listes de best-sellers, les ventes étaient plutôt bonnes. Son éditeur lui avait même demandé de lui proposer de nouveaux projets. Un beau succès auquel elle avait encore du mal à croire. Les choses étaient en train de sérieusement se concrétiser, le fruit de plusieurs années de dur labeur.

D'un autre côté, elle n'avait aucune envie de perdre Richie. Elle l'aimait tant ; il lui avait tant manqué pendant leur rupture. Elle adorait rentrer le soir et se lover contre lui pour évacuer dans ses bras la tension de la journée.

Je t'en supplie, Richie, ne fais pas ça. N'essaie pas de me forcer à signer le contrat.

— Vous êtes arrivée, mademoiselle, lança soudain le chauffeur.

— Merci beaucoup.

Cindy régla sa course et entra dans le restaurant. Le chef de salle, prénommé Arnold, la conduisit dans une pièce privée, à l'écart, un espace très agréable avec ses murs de brique nue et ses chandeliers en verre vénitien. De délicieux arômes flottaient dans l'air.

Elle s'installa et commanda un double whisky. Son verre était déjà plus qu'à moitié vide lorsque Arnold amena Richie à leur table. Son amoureux se pencha pour l'embrasser et une bouffée d'air frais émana de lui en même temps qu'une bonne odeur de shampoing. Il était splendide.

— Tu fêtes quelque chose ? demanda-t-il en pointant du doigt son verre de whisky.

Elle haussa les épaules :

— J'ai passé une journée de dingue. J'ai rendu mon papier à Tyler *in extremis*, et je pense déjà à ce qui m'attend demain…

— Je sais, tu pars pour presque deux semaines. C'est pour ça que j'ai eu l'idée de ce petit dîner dans ton restaurant préféré, histoire de passer un peu de temps en tête à tête.

— Ah oui ?

— Bien sûr. Tu me manques déjà, tu sais.

Cindy repoussa son verre et prit les mains de Richie.

— Et toi, tu es le mec le plus génial que j'aie jamais rencontré.

Il l'attira vers lui et l'embrassa sur les lèvres – un baiser chargé de sens.

— Toi aussi, tu vas me manquer, fit-elle lorsque ce baiser prit fin. Terriblement.

37

Je retrouvai Yuki pour déjeuner au Grouchy Lynn's, dans le quartier de Dogpatch, un adorable petit troquet qui proposait les meilleures frites à l'est de l'autoroute. Les murs étaient recouverts de papier peint rayé et des box pour deux personnes s'alignaient d'un côté de la salle. Je commandai un sandwich club complet que j'attaquai à belles dents, tandis que Yuki picorait sa salade du bout de sa fourchette.

Yuki a toujours été d'humeur changeante, mais dans le bon sens du terme : elle peut être sérieuse et concentrée un instant, et partir soudain d'un grand éclat de rire communicatif qui vous fait oublier tous vos problèmes. Mais depuis qu'elle avait frôlé la mort au cours de sa lune de miel, il y avait de ça quelques mois, au côté de plusieurs centaines d'autres passagers pris en otage à bord d'un paquebot, je ne l'avais pas souvent entendue rigoler.

Et elle n'avait justement pas l'air d'humeur à rire ce midi-là.

— Ma vie vient de prendre un nouveau tournant, me dit-elle.

— Quel tournant ? demandai-je en badigeonnant mes frites de ketchup.

— Ça y est, j'ai changé de boulot.

Elle reposa ses couverts, repoussa son assiette et m'expliqua en quoi consistait le travail de la Defense League, l'association à but non lucratif qui l'avait engagée pour défendre un client décédé.

— Mon client s'appelait Aaron-Rey Kordell, et la police lui a peut-être soutiré des aveux pour un triple homicide qu'il n'a pas commis. Il a été tué dans les douches de la prison où il était incarcéré dans l'attente de son procès, et son meurtre n'a jamais été élucidé.

Je laissai échapper un grognement. Une grande partie du métier de flic consiste à obtenir des aveux. Les enquêteurs sont autorisés à mentir, et il arrive à certains de tabasser les suspects ou de les manipuler pour les forcer à avouer des crimes dont ils sont innocents. Mais ces cas restent rares – en tout cas à ma connaissance.

— Si Kordell a bel et bien été contraint de formuler des aveux, poursuivit Yuki, et qu'il a été tué en prison en attendant d'être jugé pour un crime qu'il n'avait pas commis, cela signifie que je vais devoir attaquer la ville, le SFPD et les deux flics qui ont mené l'interrogatoire. Les dommages et intérêts pourraient se chiffrer en millions.

Je posai à mon tour mes couverts.

Un procès contre la police pouvait s'avérer désastreux pour tout le monde. En tant qu'amie de Yuki, je devais rester impartiale, mais ce n'était pas tellement moi, le problème.

— Tu sais que ton mari est lieutenant au SFPD ?

— Je sais, Linds. Merci.

— Qu'est-ce qu'il en dit ?

— Il fait la gueule. On ne se parle presque plus.

— Je vois… Tu es bien certaine de l'innocence de Kordell ?

— Il a été arrêté en possession de l'arme du crime. C'était un gamin de quinze ans avec un QI inférieur à la moyenne, donc facilement manipulable. J'ai pu visionner l'enregistrement de l'interrogatoire. Tu sais ce que les deux stups lui ont sorti à un moment ? « Raconte-nous ce que tu as fait et on te laissera rentrer chez toi. » Et après ça, ils lui ont littéralement dicté ce qu'il devait dire et comment les choses s'étaient déroulées.

» Ça m'aiderait beaucoup de savoir pourquoi Aaron-Rey a été tué. Était-ce une simple baston entre prisonniers, ou bien a-t-il été assassiné en représailles de la mort des trois dealers ? Parce qu'à ce compte-là, ça pourrait faire pencher la balance du côté de son éventuelle culpabilité.

— J'espère ne pas avoir à le regretter, Yuki, mais je vais quand même me renseigner pour voir qui était incarcéré en même temps que Kordell. Je ne te promets rien.

— Promets-moi juste qu'on restera amies quoi qu'il arrive.

— Ça oui, je peux te le promettre.

38

Juste avant 17 heures, le même jour, Yuki suivit l'officier Creed Mahoney à l'intérieur de la prison située au sixième étage du Palais de Justice. Ils traversèrent une série de lourdes grilles en acier, puis l'homme la conduisit dans une pièce minuscule aux fenêtres munies de barreaux, réservée aux entretiens entre avocats et détenus.

Elle patientait depuis une dizaine de minutes lorsque la porte s'ouvrit. Enchaîné des poignets jusqu'aux chevilles, Li'l Tony Willis entra dans la pièce d'un pas lourd. Il dépassait tout juste le mètre cinquante et portait une combinaison orange dont les manches retroussées dévoilaient ses bras intégralement couverts de tatouages. Un petit air arrogant flottait sur son visage.

— Vous êtes qui, déjà ? demanda-t-il tandis que Mahoney passait sa chaîne à travers un anneau fixé sur la table.

— Je serai de retour dans quinze minutes, madame Castellano, fit Mahoney en refermant la porte derrière lui.

Yuki se tourna vers le prisonnier, incarcéré suite à des condamnations pour violences conjugales et trafic de drogue.

— Yuki Castellano, avocate. J'aimerais m'entretenir avec vous au sujet de la mort d'Aaron-Rey Kordell.

— C'est une blague ? Vous voulez savoir quoi, au juste ? Si c'est moi qui l'ai tué ? La réponse est non. Vous avez apporté des cigarettes ?

— J'espérais que vous pourriez m'aiguiller sur l'identité du tueur.

— Je n'ai rien à vous dire parce que je ne lui ai rien fait, à ce crétin. Si c'est tout ce que vous vouliez savoir, *bye bye*, madame Cassielandro.

— Je sais que vous avez fourni des preuves contre Jorge Sierra, retourna Yuki.

Elle faisait référence au baron de la drogue sud-californien connu sous le pseudonyme de Kingfisher, un homme insaisissable dont la véritable identité demeurait un mystère.

— Vous faisiez partie de son entourage, n'est-ce pas, Tony ? Inutile de chercher à mentir. Je connais beaucoup de policiers et je sais que vous avez coopéré. Si Sierra le découvre, je ne donne pas cher de votre pauvre petite carcasse.

La peur s'afficha sur le visage du jeune homme. Il balaya la pièce du regard à la recherche d'une caméra.

— Je ne sais pas qui a essayé de vous faire croire ça, mais c'est faux. Je n'ai rien balancé sur le King.

— Que les choses soient bien claires, Tony. Je ne cherche pas à vous accuser du meurtre de Kordell. Je cherche seulement à comprendre pourquoi ce gamin a été tué.

— Écoutez, ce n'est pas moi qui l'ai tué. C'étaient peut-être des gars d'ici qui bossaient pour le King, mais ça m'étonnerait qu'il ait quelque chose à voir là-dedans. Tout ça, c'est juste des suppositions, madame Cassielandro. J'en sais rien, moi, qui a tué ce gamin.

— Je vous ferai parvenir des cigarettes.

— C'est tout ?

— Et voici ma carte, au cas où vous auriez des choses à me dire concernant la mort d'Aaron-Rey. Vous me rendriez un grand service.

On ramena Tony Willis en cellule et Yuki regagna sa voiture, garée au parking souterrain. Elle prit le chemin de son bureau en repensant à son entretien stérile avec Tony Willis.

Elle repensa aussi au jeune Aaron-Rey, à son visage doux sur la photo que sa mère tenait entre ses mains. Yuki était incapable de l'imaginer en train d'abattre à la chaîne trois dealers – trois hommes qui, de surcroît, étaient devenus avec le temps ses amis.

Elle avait beau retourner le problème dans tous les sens, cela ne tenait pas debout.

39

Situé en lisière de Bernal Heights, sur Cortland Avenue, Wicker House était un showroom spécialisé dans la vente en gros de meubles en rotin. Le quartier mélangeait habitations de classes moyennes et zones d'industrie légère, et tendait à s'embourgeoiser vers le haut de la colline.

Le bâtiment se tenait au milieu d'un ensemble d'immeubles trapus de deux ou trois étages, aux façades grises ou couleur mastic, certains avec des parements en bois sous les avant-toits ou des escaliers de secours. Tous avaient en commun une apparence inhospitalière.

L'arrière du magasin donnait sur un parking auquel on accédait par une voie de service. La porte, en acier blindé, était surmontée d'un écriteau annonçant RÉSERVÉ AUX PROFESSIONNELS / UNIQUEMENT SUR RENDEZ-VOUS. Le nom du showroom ne figurait nulle part, pas plus que le numéro de téléphone.

3 heures du matin. Sept voitures étaient stationnées sur le parking : la Mercedes SL de Nathan Royce, le propriétaire de Wicker House, et les voitures des employés.

Il y avait également une camionnette Ford, garée à proximité de la porte mais hors du champ de la caméra de surveillance. Numéro Un était assis derrière le volant.

Il avait appris grâce à l'un de ses informateurs la nature exacte de ce qui se tramait à Wicker House. Si l'avant du bâtiment accueillait bien un showroom, l'arrière était occupé par un laboratoire clandestin. La porte donnant sur le parking permettait de décharger rapidement les différents produits chimiques nécessaires à la fabrication des drogues. L'endroit était spécialisé dans la production de cathinones, également connues sous le nom de « sels de bain », et de cannabis de synthèse. Le premier étage servait au stockage des produits avant leur expédition. Il arrivait également que d'importantes cargaisons d'héroïne transitent par ces locaux, ainsi que de fortes sommes en espèces.

L'informateur de Numéro Un l'avait rancardé sur le moment où la marchandise devait quitter le bâtiment pour être acheminée vers une plaque tournante, destination finale inconnue. En tout, la valeur du chargement s'élevait à plus de cinq millions et demi de dollars.

Les hommes qui travaillaient à Wicker House étaient armés et sur les dents, ce qui rendait les choses beaucoup plus risquées que de simplement dézinguer deux ou trois junkies dans un squat.

— Dix minutes, O.K. ? lança Numéro Un à ses deux associés. On peut gaspiller nos balles mais pas notre temps.

La tension était palpable dans l'habitacle de la camionnette tandis que les trois hommes enfilaient leurs coupe-vent, leurs masques à gaz et leurs casquettes du SFPD. Ils vissèrent les silencieux sur leurs M-16 équipés de chargeurs à trente coups. Lorsqu'ils furent prêts, Numéro Un quitta la camionnette et tira sur la caméra de surveillance installée au-dessus de la porte blindée. Le silencieux étouffa la détonation.

Numéro Deux et Numéro Trois quittèrent la camionnette à leur tour, se dirigèrent vers la porte et placèrent des charges explosives au niveau de la serrure et des charnières. Ils se reculèrent lorsque Numéro Deux déclencha les explosifs à distance. Le bruit, léger, s'entendit à peine dans le quartier, presque désert à cette heure de la nuit.

Numéro Un et Numéro Deux soulevèrent la porte pour la désolidariser de son cadre. Numéro Trois s'avança dans le petit couloir menant au laboratoire et ouvrit aussitôt le feu. Le verre vola en éclats. Le sang gicla. Une fois liquidés tous les employés du labo, Un, Deux et Trois défoncèrent la porte menant à l'étage et se précipitèrent dans l'escalier.

Ils furent accueillis par de violentes rafales.

40

Numéro Deux ouvrait la marche lorsque les balles se mirent à pleuvoir, arrosant les trois hommes de fragments de plâtre et de douilles en cuivre.

Ils s'attendaient à cette riposte.

Les trois se collèrent à la paroi de la cage d'escalier.

— Police ! hurla Numéro Un. Lâchez vos armes !

Numéro Deux braqua son projecteur lanceur CapStun en direction du palier et tira une cartouche au poivre.

Il y eut une lourde détonation, puis la cartouche atterrit sur le sol et se mit à répandre son brouillard toxique dans un sifflement aigu. Quelques instants plus tard, deux hommes apparurent en titubant sur le palier, toussant et les mains plaquées sur leurs yeux larmoyants.

— On a jeté nos armes ! fit l'un des deux. Ne tirez pas !

— Désolé, répondit Numéro Un. Mettez-vous à ma place.

Il tira deux courtes salves de M-16 et s'écarta devant les corps inertes des deux hommes dévalant lourdement l'escalier.

Un, Deux et Trois montèrent à l'étage. Numéro Un promena son regard autour de la pièce, qui était telle que son informateur la lui avait décrite. Elle occupait la totalité du premier étage.

Des meubles en rotin étaient empilés contre le mur côté rue, à l'autre bout de la pièce. Près d'eux, plusieurs étagères accueillaient des rouleaux de film plastique et d'adhésif, des balances, des compteuses de billets, des cartons vides et un ordinateur portable dont l'écran divisé en quatre affichait les images des caméras de surveillance placées à l'intérieur et à l'extérieur des locaux – dont celle sur laquelle Numéro Un avait tiré. Il y avait également plusieurs photocopieuses.

Une armoire à fusils trônait dans un coin, ouverte, ce qui allait leur épargner d'avoir à faire exploser la porte. Le meuble était rempli de paquets d'héroïne. À côté, plusieurs piles de cartons étaient entreposées, ainsi qu'une demi-douzaine de gros sacs en toile. Numéro Trois en ouvrit un.

— Bingo, annonça-t-il à Numéro Un. Remplis de pognon.

Numéro Un entendit soudain une quinte de toux provenant d'un placard. Il ouvrit la porte et découvrit un type accroupi, la tête enfouie dans ses bras. L'homme leva vers lui son visage tuméfié par le gaz.

— Je n'y vois plus rien ! s'écria-t-il.

— Ils sont où, Donnie et Rascal ? demanda Numéro Un.

— Partis, répondit l'homme en respirant bruyamment.

— O.K. Désolé, mon pote, mais je n'ai pas le choix.

Numéro Un braqua son arme et tira. L'homme poussa un cri avant de s'effondrer.

— C'est bon, les gars ? demanda ensuite Numéro Un.

— C'est bon, répondirent Deux et Trois.

Numéro Un se dirigea vers les cartons empilés à même le sol et enveloppés de papier brillant. Il en inspecta le contenu. À l'intérieur, chaque petit paquet était identifié par une étiquette : BLUE WAVE, MAD FANTASY, SUNNY DRAGON.

Il y avait en tout plusieurs centaines de kilos de marijuana synthétique, auxquels il fallait ajouter les kilos d'héroïne entreposés dans l'armoire à fusils. Il ne restait plus qu'à charger tout ça.

Les trois hommes effectuèrent plusieurs allers-retours dans les escaliers aux marches jonchées de douilles, enjambant les cadavres à chacun de leurs passages. Ils emportèrent les sacs contenant l'argent, l'intégralité de la drogue, ainsi que l'ordinateur portable.

Une fois la cargaison chargée, Numéro Un retourna dans le bâtiment pour s'assurer que tous les hommes étaient bien morts, puis il éteignit les lumières et sortit en refermant la porte derrière lui.

C'en était fini de Wicker House ; Numéro Un et ses hommes allaient bientôt pouvoir prendre leur retraite anticipée.

Du bon boulot.

41

La maudite sonnerie de mon portable retentit aux aurores.

— Qu'est-ce que c'est ? marmonna Joe dans un demi-sommeil.

— Laisse, j'y vais.

J'attrapai mon téléphone posé sur la table de nuit. Il était 5 h 51 et l'appel provenait de Brady. Je n'étais pourtant pas de service.

— Qu'est-ce qui se passe, Brady ? demandai-je tout en me dirigeant vers la salle de bains. C'est un coup de fil perso ou professionnel ?

— Professionnel.

Dieu merci, il n'était rien arrivé à Yuki et Brady. Cette crainte évacuée, il me restait à savoir pourquoi il me réveillait à l'heure des poules.

— Je t'écoute ?

Martha entra dans la salle de bains et se mit à tourner autour de mes jambes pour me conduire jusqu'à la cuisine. Sa gamelle était vide.

— Je suis dans ton quartier.

— Tu voulais passer nous faire un petit bonjour ? Il n'est même pas 6 heures !

— Je reviens juste d'une scène de massacre.

— O.K. Je fais couler le café.

Le temps que je prenne une douche et que je m'habille en hâte avec mes vêtements de la veille, Brady était à la porte. Il avait le teint blême, et cela n'avait rien à voir avec l'éclairage.

— Assieds-toi, fis-je en lui indiquant un tabouret face au comptoir de la cuisine.

J'allai vérifier que les portes des chambres étaient bien fermées puis revins servir le café. Appuyée contre le mur, bras croisés, j'attendis qu'il prenne la parole.

— Pourquoi tu as lâché le poste de lieutenant ? me demanda-t-il au bout d'un moment. Et pourquoi tu ne l'as pas récupéré quand Jacobi a été nommé chef de la police ? Il te l'a proposé mais tu as refusé.

— Je n'ai jamais supporté la paperasse, les réunions et les petits chefs qui se la pètent. Je voulais bosser concrètement sur les enquêtes. Et m'occuper d'une seule chose à la fois.

— Sans déconner, j'ai l'impression de passer quatre-vingt-dix pour cent de mon temps à annoncer des mauvaises nouvelles.

Il s'interrompit pour siroter son café. Je n'en pouvais plus de ce suspense.

— Raconte, Jackson.

— Ça s'est passé à Bernal Heights, dans un bâtiment que les stups avaient dans le collimateur depuis plusieurs mois, un showroom de meubles qui abritait un labo clandestin. Ils surveillaient l'endroit mais sans savoir ce qui se passait exactement à l'intérieur. Franchement, ce n'était pas beau à voir. Une putain de scène de guerre.

— Il y a des morts ?

— Sept.

— Braquage ?

— Ça y ressemble, oui. Les cadavres sont sûrement ceux des employés. Les stups ont visionné une vidéo où on aperçoit une camionnette blanche en train de quitter le parking de Wicker House. La séquence ne dure qu'une fraction de seconde, mais on distingue trois gars à l'intérieur, et au moins l'un d'eux porte un coupe-vent du SFPD.

— Arrêêête !

— Si c'est bien eux, alors ils sont passés à la vitesse supérieure. Mais il se pourrait que la chance nous sourie enfin.

— C'est-à-dire ?

— On a des enregistrements qui montrent deux punks en train de quitter le bâtiment un peu avant l'attaque. Ils savent sûrement quelque chose. On a pu les identifier. Appelle Conklin. Moi, je me charge de prévenir Swanson et Vasquez. Clapper est déjà sur place.

Brady marqua un temps de pause, les yeux rivés sur sa tasse de café.

— Écoute, Lindsay, je sais que j'ai été pénible ces derniers temps. Cette histoire de ripoux me prend la tête et j'ai eu tort de passer mes nerfs sur toi.

Sa voix resta bloquée dans sa gorge.

— T'inquiète. Je comprends tout à fait.

— Je serai toujours de ton côté, ajouta-t-il.

Nous échangeâmes un sourire. Il y a des jours où je le déteste, et d'autres où j'aimerais le serrer dans mes bras. Avant que l'un de nous deux ne se mette à chialer, il me communiqua l'adresse de la scène de crime et me demanda de le tenir informé toutes les heures.

Après son départ, j'envoyai aussitôt un message à Conklin.

Il me répondit et nous nous retrouvâmes dix minutes plus tard devant Wicker House. Une fois terminée l'inspection du bain de sang, mon coéquipier se tourna vers moi :

— J'ai du mal à croire que des flics aient pu faire ça.

Quatre des sept hommes abattus ne portaient pas d'armes, et le sol et la cage d'escalier étaient jonchés de douilles.

Swanson, Vasquez, Conklin et moi-même étions penchés au-dessus des techniciens de la scientifique en plein travail lorsque Clapper s'approcha de moi.

— On a relevé une tonne d'empreintes et différents types de douilles. D'après la position des corps, j'ai le sentiment que les victimes ont été attaquées par surprise. Les assaillants avaient sûrement des silencieux.

Clapper conclut en nous demandant gentiment de déguerpir pour le laisser travailler.

— Je vous appelle dès que j'en sais plus, ajouta-t-il.

42

Il était tout juste 5 heures du matin, et Donnie Wolfe venait de se garer dans une rue résidentielle d'Inner Sunset où le stationnement était gratuit.

Il avait passé la nuit dehors. Appuyé contre la capote de sa Camaro rouge, il téléphonait à présent à sa petite amie en observant les maisons mitoyennes alignées de chaque côté de la 12e Avenue. Elles étaient toutes construites sur le même mode : une volée de marches montant à la porte d'entrée, une allée en pente descendant vers le garage à demi enterré. Pour un peu, il se serait cru dans une pub pour Chevrolet.

— J'ai travaillé tard, Tamra. Prépare un sac pour quelques jours et ne dis rien à tes amies. N'appelle surtout pas ta mère et évite aussi de parler au débile du rez-de-chaussée. J'ai encore deux ou trois trucs à régler et puis je rentrerai dormir un peu. On partira dès que je me serai réveillé.

Tamra était enceinte de vingt semaines. Donnie ne lui parlait jamais de ses affaires et elle lui foutait la paix. Mais évidemment, elle n'appréciait pas de devoir quitter la ville comme une voleuse sans savoir où elle allait, et sans pouvoir prévenir sa mère.

— Fais-moi confiance, Tam, ce sera super. Allez, dépêche-toi de préparer tes affaires.

Une Ford grise s'approcha lentement et se gara juste derrière lui. Donnie tira sur les pans de sa chemise pour dissimuler l'arme calée derrière sa ceinture, et se dirigea vers l'homme qu'il connaissait sous le pseudonyme de Numéro Un.

— Tout s'est bien passé ? demanda Donnie.

Le type, baraqué, portait de grosses lunettes de soleil et une casquette dont il avait rabattu la visière bas sur son front.

— On peut dire ça, répondit Numéro Un à son informateur au sein de Wicker House.

Donnie tendit ses mains pour montrer qu'elles étaient vides.

— Où est ton pote ? demanda Numéro Un.

— Il préfère rester planqué.

Numéro Un hocha la tête et se pencha vers le siège passager de sa voiture.

— Tiens, fit-il en remettant à Donnie un sac en toile.

Donnie ouvrit le sac et en inspecta le contenu : deux plaques d'immatriculation du Colorado et plusieurs liasses de billets usagés – les cent mille dollars que l'homme lui avait promis.

— J'imagine qu'on ne se reverra pas, fit-il après avoir brièvement recompté les billets.

— Tant que tu tiens ta langue, il n'y a pas de raison. Ne m'oblige pas à devoir te retrouver.

— Le big boss…

— La dernière fois que je l'ai vu, il mangeait le parquet.

— Pas M. Royce, fit Donnie. Je parle du *vrai* boss. Le King. Il sait qui vous êtes, alors inutile d'essayer de me faire porter le chapeau.

— Moi aussi, je le connais, rétorqua Numéro Un. Et je sais où il habite.

— Je ne bosse pas directement pour lui, donc ce n'est pas mon problème. Perso, je mets les voiles. J'ai un plan.

— Commence déjà par te trouver une bagnole plus discrète. Et surtout, reste prudent, Donnie.

— Pareil pour vous, Numéro Un. *Adios*. Bon vent.

Donnie retourna au volant de sa voiture, regarda Numéro Un s'éloigner dans son rétroviseur puis s'empara du sac en toile et remonta à pied jusqu'à l'atelier de réparation à l'angle de Judah Street. Le garage n'ouvrait pas avant plusieurs heures.

Il se rendit à l'arrière du bâtiment et choisit une Honda Civic bleue, ni neuve, ni vieille. Les portières n'étaient pas verrouillées. Il n'y avait pas la clé sur le contact, mais Donnie bricolait les voitures depuis tout gamin. Un jeu d'enfant, c'était le cas de le dire.

Il démarra le moteur à l'aide des fils et descendit pour remplacer les plaques d'immatriculation par celles que Numéro Un lui avait fournies. En passant devant sa Camaro garée le long du trottoir, Donnie lui adressa un petit geste d'adieu et prit la direction de Bay Bridge.

43

Après avoir été aimablement virés de la scène de crime par Clapper, Conklin et moi regagnâmes le Palais de Justice et passâmes le restant de la matinée à analyser les images issues du dispositif vidéo installé par les stups qui surveillaient Wicker House depuis plusieurs semaines.

À 2 h 34, un peu avant la fusillade, deux hommes avaient quitté le bâtiment par la porte principale. Le premier, grand et costaud, portait un jean et une veste de couleur sombre. Le second était petit, d'apparence malingre, et portait un jean et une veste claire.

On voyait les deux hommes s'attarder le temps d'une cigarette, puis regagner chacun leur voiture après s'être salués poing contre poing.

Le maigre grimpait ensuite à bord d'une Camaro rouge modèle 2003, enregistrée au nom de Donald Francis Wolfe. L'autre s'installait au volant d'un break Buick de couleur marron, modèle 1997, un véhicule appartenant à un certain Ralph Valdeen. Les deux hommes étaient âgés d'une vingtaine d'années, et Wolfe avait fait l'objet de plusieurs arrestations, pour tentative de cambriolage, possession de drogue et voie de fait.

Comme nous l'avait déjà expliqué l'équipe chargée de surveiller Wicker House, à 3 h 12 précises, une camionnette blanche apparaissait sur l'écran l'espace d'une fraction de seconde. À son bord, trois hommes, dont l'un portait un coupe-vent semblable à ceux du SFPD. La camionnette passait à vive allure devant la façade de Wicker House. Les plaques avaient l'air maculées de boue.

Nous analysâmes l'image sous tous les angles, mais impossible d'identifier les trois hommes. L'éclairage était trop insuffisant. Portaient-ils vraiment des coupe-vent du SFPD ? J'avais effectivement l'impression de distinguer des lettres blanches se détacher sur le tissu de couleur sombre, elle aussi impossible à déterminer – bleue, grise ou noire.

Un coup de fil de Clapper nous apprit que la caméra de surveillance à l'arrière du bâtiment avait été détruite par un coup de feu, et que les techniciens n'avaient retrouvé ni ordinateur ni disque dur.

Sur les coups de 9 h 30, un riverain de la 12e Avenue appela pour signaler qu'une Camaro rouge – celle de Donald Wolfe – bloquait sa sortie de garage. Peu de temps après, le propriétaire d'un atelier de réparation tout proche signala le vol d'une Honda Civic de couleur bleue. Il avait retrouvé les plaques par terre, à l'arrière de son atelier, une zone qui n'était malheureusement couverte par aucune caméra de surveillance.

Cela signifiait que Wolfe avait abandonné sa Camaro et se déplaçait probablement à bord d'une Honda Civic bleue équipée de plaques volées.

Une alerte à toutes les patrouilles permit de repérer la Honda et la Buick sur l'autoroute 101 aux alentours de 15 heures.

À 15 h 30, avec l'aide de la brigade routière, Conklin et moi localisâmes les deux véhicules sur le parking du AT & T Park. Les Giants recevaient ce jour-là les St. Louis Cards. Le temps était magnifique et le parking archi-blindé.

Après avoir présenté nos insignes et nos cartes d'identité aux vigiles, nous entrâmes dans le stade par la porte Willie May. Même les plus mauvaises places jouissaient d'une vue sur le Bay Bridge, et depuis l'endroit où nous descendions les marches qui faisaient face au *field box*, juste derrière le *home plate*, nous voyions le stade tout entier.

Le meilleur batteur de St. Louis, Matt Holliday, avait pris place près du marbre. Le score était de 1-1 dans la neuvième manche, et tout le monde avait les yeux tournés vers le lanceur, Tim Lincecum. Tout le monde sauf Conklin et moi. Nous avions imprimé les portraits de Wolfe et de Valdeen. Il ne nous restait plus qu'à les repérer parmi les quarante mille spectateurs.

Lincecum lança une balle rapide que Holliday envoya au-delà de la troisième base, dans le coin du champ gauche. Tous les fans se levèrent comme un seul homme en poussant une clameur générale. Ce furent les dernières images de la partie pour Conklin et moi.

Mon coéquipier pointa son doigt vers la droite : à environ six rangées au-dessus de nous, juste devant un stand Tres Mexican Kitchen, se tenait un groupe de plusieurs hommes.

— Veste sombre, casquette des Giants. C'est Donald Wolfe, fit Conklin.

— Tu es sûr ?

Sceptique, je commençai à monter les marches et me rendis compte qu'il s'agissait bien de Wolfe.

Je m'approchai de lui par-derrière et lui tapotai l'épaule. L'homme se retourna.

— Donald Wolfe ? Sergent Boxer, du SFPD. Nous avons deux ou trois questions à vous poser concernant un vol de voiture.

Je le forçai à se lever et le poussai contre le mur pour le fouiller. Tandis que j'étais occupée avec Wolfe, Valdeen balança à Conklin un coup de poing circulaire que mon coéquipier parvint à bloquer, puis un second, de toutes ses forces. Conklin l'esquiva en se baissant, puis se releva vivement pour placer un uppercut qui atteignit Valdeen en plein menton. Le molosse tituba en arrière et percuta un stand de hot-dogs.

Les parois métalliques vibrèrent, et le vendeur poussa une bordée de jurons pendant que Conklin menottait son agresseur :

— Ralph Valdeen, je vous arrête pour agression d'un représentant des forces de l'ordre.

Si personne ne soupçonnait Wolfe ou Valdeen d'avoir commis le massacre de Wicker House, il y avait de grandes chances pour qu'ils connaissent les noms de ceux qui avaient abattu les sept hommes.

Et s'il s'agissait bien du gang des coupe-vent, nous tenions peut-être enfin une piste pour résoudre les enquêtes sur les braquages de commerces, et sur la vague d'extorsions et de meurtres de dealers qui secouait la ville depuis quelque temps.

J'avais hâte d'interroger les deux lascars.

— Mains derrière le dos, ordonnai-je à Wolfe.

C'est à ce moment-là qu'il décida de s'enfuir.

44

Essoufflé et menotté, Ralph Valdeen se montrait à présent docile. On ne pouvait pas en dire autant de son compère, qui avait profité d'une opportunité pour prendre la poudre d'escampette, son sac sous le bras.

Il passa en trombe devant les stands de hot-dogs et de pizzas, et heurta un groupe de spectateurs telle une boule de bowling lancée à pleine vitesse.

Wolfe était petit et vif, et tandis que j'appelais du renfort en restant à côté de Valdeen, il offrit à Conklin une petite séance d'entraînement physique, sautant par-dessus les sièges et écartant les spectateurs sur son passage dans sa tentative de fuite désespérée.

Il avait atteint les rangées de sièges les plus basses lorsque Conklin le plaqua au sol, un geste qui lui valut les applaudissements et les acclamations du public. Il força Wolfe à se relever et le poussa vers le haut des marches, où je l'attendais en compagnie de Valdeen près du stand de hot-dogs.

— Vous avez le droit de garder le silence, fit Conklin. Tout ce que vous direz pourra être retenu contre vous, espèce d'abruti.

— Je dois appeler ma copine, lança Wolfe. Vous allez retenir ça contre moi au tribunal ?

Wolfe était l'archétype même du petit con. Son visage ne portait pas la moindre trace de frayeur. Il aurait pourtant dû s'inquiéter car il était vraiment dans la merde. Je lui arrachai son sac et ouvris la fermeture Éclair. Il était rempli de billets – cinquante mille dollars à vue de nez, en liasses soigneusement ficelées.

— Je garde l'argent en attendant que tu puisses nous montrer le talon de chèque, fis-je à Wolfe.

Un groupe de badauds s'était formé autour du stand de hot-dogs. Gonflés à bloc, les supporters les plus éméchés commençaient à nous invectiver Conklin et moi – ah, le doux bruit des hurlements d'ivrognes. « Laissez-les, ils ont rien fait de mal ! Hé, on est dans un pays libre, non ? On vient juste assister à un match, bordel ! Il est où le problème ? »

Les renforts que j'avais demandés étaient en route et plusieurs stadiers se dirigeaient vers nous en courant.

— Quelqu'un veut les accompagner en cellule ? lançai-je aux spectateurs agglutinés autour de nous. Il reste de la place.

— C'est de la violence policière ! beugla un gros type pour épater sa copine. J'ai tout vu ! Je vais vous dénoncer. Montrez-moi vos insignes.

La petite amie et d'autres spectateurs nous filmaient à présent avec leurs téléphones portables. Et vous savez quoi ? J'ai fini par péter un câble.

Je me suis tournée vers les stadiers en hurlant :

— Menottez-moi toutes ces personnes. Lui, là. Et ces deux-là aussi. Et puis elle. Je vous arrête pour entrave. Pour obstruction de la voie publique, ébriété et atteinte à l'ordre.

Les agitateurs finirent par se calmer, mais il fallut en embarquer quatre pour que les autres comprennent.

Deux heures plus tard, à 20 h 30, tandis que les gars de l'équipe de nuit arrivaient pour la relève et que Ralph « Rascal » Valdeen attendait en cellule, Conklin et moi interrogions Donald Francis Wolfe dans la salle numéro un.

45

Je n'avais rien mangé d'autre qu'un burger et un petit sachet de chips au vinaigre depuis la visite surprise de Brady à 6 heures du matin. Frustrée et irritable, je me trouvais à présent avec Conklin face à Donald Wolfe. Le jeune homme se comportait comme s'il n'avait rien à craindre de la justice.

— Vous avez bien conscience d'être en état d'arrestation ? lui demanda Conklin.

— Je n'ai rien fait. C'est *vous* qui m'avez plaqué au sol. C'est *vous* qui m'avez agressé. Et en plus vous étiez armée. J'ai des témoins. Je ne savais pas que vous étiez flic et c'est pour ça que je me suis enfui.

Conklin laissa échapper un bâillement.

— Je vous rappelle que le sergent Boxer s'est présentée à vous et vous a montré son insigne. Je suis là pour en témoigner. Bien, je vous le laisse, sergent. À plus tard.

Conklin se leva de sa chaise et quitta la salle d'interrogatoire. En règle générale, c'est à mon coéquipier que revient le rôle du gentil flic, mais ce jour-là, il préférait garder sa patience pour Valdeen.

Je pris le relais.

— Donald, commençai-je. Je peux vous appeler Donnie ?

— Ça me va, répondit Wolfe.

Le jeune homme, âgé de vingt-cinq ans, avait arrêté l'école en sixième. Il avait déjà quelques séjours en prison à son actif et n'en était donc pas à son premier interrogatoire.

— Écoute, Donnie. On t'a coffré à cause de la Honda. Mais le sac rempli de billets, tu ne vas quand même pas me dire que tu l'as trouvé sous un banc à un arrêt de tram ?

— C'est marrant que vous disiez ça, parce que c'est justement le cas. Je l'ai trouvé sous un banc devant le terminal de ferry. On vous a signalé le vol de cet argent ? Non ? Donc il m'appartient.

Je fis semblant de n'avoir rien entendu.

— Le vol de voiture est passible d'une peine allant de douze à quinze ans de prison.

— Pour ce tas de ferraille ? Elle a presque dix ans, et de toute manière, je ne l'ai pas volée.

— Laisse-moi deviner. Elle aussi tu l'as trouvée devant le terminal ?

— Tout à fait. Un type m'a abordé et m'a dit qu'il n'avait pas les moyens de la faire réparer. Il m'a proposé de la racheter et je lui en ai donné mille dollars.

Je m'emparai de l'épais dossier où étaient répertoriées toutes les condamnations de Donald Wolfe et le posai lourdement sur la table.

— Arrête de te foutre de ma gueule. Si tu veux qu'on soit indulgents pour la Civic, je te laisse une minute montre en main pour que tu acceptes de te montrer coopératif. Après ça, mon coéquipier s'occupera de faire cracher le morceau à Valdeen. Il m'a l'air plus conciliant que toi. Je serais prête à parier qu'il va se mettre à table.

Wolfe baissa les yeux et se mit à secouer la tête en marmonnant, « Non, non, non ».

— Alors, Donnie ?

— Vous voulez savoir quoi, au juste ?

— Parle-moi de l'attaque à main armée qui a eu lieu ce matin à Wicker House.

— Je ne sais rien. Quand j'ai quitté le boulot, tout était normal. Rascal et moi, on fait de la manut'. On déballe les cartons. On s'occupe des envois. On prépare les étiquettes. On gère le stock. Ça arrive aussi qu'on serve des cafés à la décoratrice d'intérieur, mais c'est tout. Je ne sais rien, franchement.

— Tu savais qu'il allait y avoir une attaque ?

— Comment j'aurais pu ?

— Sept personnes ont été abattues cette nuit. Ces gars-là, tu les connaissais, Donnie. Tu travaillais avec eux. Tu ne veux pas nous aider à coincer ceux qui les ont butés ?

— J'espère que vous réussirez à les arrêter, ouais.

Il me regarda comme si j'étais censée croire à sa sincérité.

— Tu sais quelque chose concernant les types habillés en policiers qui braquent des commerces et qui dépouillent des dealers ?

— Des condés qui volent de la came et du pognon à des dealers ? C'est la première fois que j'entends parler de ça. (Il éclata de rire, puis reprit son sérieux et se pencha par-dessus la table.) Écoutez, sergent. D'autres que vous se chargeront de régler le problème, O.K. ? Et ils le feront beaucoup mieux que vous.

— Comment ça ? l'interrompis-je. De qui parles-tu ?

Wolfe haussa les épaules. Il avait retrouvé son petit côté mariol tête à claques.

— Suivez l'argent, sergent Boxer.

— Explique-toi.

— Je peux passer mon coup de fil, maintenant ? Ma petite amie doit être inquiète. Je ne sais plus si je vous l'ai dit, mais elle est enceinte.

— Dire que cet enfant ne pourra pas embrasser son père avant au moins douze ans...

Je quittai la pièce et allai observer l'interrogatoire qui se déroulait dans la salle numéro deux, de l'autre côté de la glace sans tain. Conklin n'arrivait à rien avec Valdeen. Lui aussi n'était qu'un simple magasinier ; lui non plus ne savait rien.

Sept personnes étaient mortes, et si ce massacre avait pour toile de fond le business des meubles en rotin, alors c'était une première. Il était plus probable qu'une forte somme d'argent et une grosse quantité de drogue aient été volées dans ce labo clandestin.

Je repensai à ce que Wolfe m'avait dit lors de son bref et unique moment d'apparente sincérité. Quelqu'un allait se charger de régler le problème. Et mieux que nous. « Suivez l'argent. »

Je frissonnai en songeant aux représailles qui risquaient de suivre ce bain de sang. Une sensation qu'illustrait parfaitement le proverbe irlandais, « Quelqu'un vient de marcher sur ma tombe ».

46

À Book Revue, une librairie de Long Island à New York, Cindy avait droit à un traitement de star.

Elle n'avait jamais considéré cet aspect-là de la vie d'écrivain durant toutes les années où elle avait envisagé de publier un livre – les séances de dédicaces, les applaudissements du public.

Elle avait traqué des tueurs psychopathes dans les endroits les plus louches, dormant dans sa voiture ou des motels au confort plus que sommaire, bossant le soir et le week-end, harcelant des policiers – et parmi eux certains dont elle était très proche – pour obtenir des informations qui lui garantissaient l'exclusivité d'un sujet brûlant. Elle avait bossé sans relâche pour trouver à chaque fois un angle inédit et différent de celui de la police, pour transformer en une prose dramatique les éléments qu'elle avait patiemment déterrés.

Et voilà qu'elle se retrouvait couronnée « auteur à succès ».

À une époque où les librairies devenaient virtuelles, celle-ci était bien réelle, telle qu'elle aurait pu la rêver, avec son carrelage bleu et blanc et ses immenses étagères remplies de livres, ses recoins aménagés pour que les gens puissent s'asseoir et lire tranquillement. Un espace accueillant était prévu pour les lectures et les séances de dédicaces.

Le propriétaire, Bob Klein, s'approcha d'elle. C'était un bel homme d'une cinquantaine d'années, qui portait des lunettes, une chemise blanche amidonnée et un costume très classe dans les tons bruns.

— Cindy ? J'ai ouvert plusieurs cartons que j'ai laissés sous la table. Dès que vous serez prête, on testera le micro.

Un ruban de velours avait été tendu jusqu'à une table encadrée par deux chevalets, l'un avec la photo de Cindy, l'autre avec une affiche représentant la couverture de son livre. Une pile de livres attendait sur la table à côté de plusieurs stylos alignés. Les gens commençaient à affluer. Il y avait déjà une vingtaine de personnes, dont les visages s'éclairèrent dès qu'elles reconnurent Cindy.

Elle s'entretenait avec Bob lorsque son téléphone se mit à sonner.

— Richie ? fit-elle en décrochant. Je suis à Book Revue.

— Un instant, Cin'. (Elle l'entendit s'adresser à quelqu'un :) Je reviens dans deux secondes, monsieur Valdeen. Restez assis. (Il y eut un bruit de porte.) Désolé, on est en train d'interroger deux crétins qui ont peut-être des infos sur la tuerie du labo clandestin.

— Tu veux qu'on se rappelle plus tard ?

— Non, non. Alors, comment ça s'est passé ?

— Ça n'a pas encore commencé.

— Tu vas tout déchirer. J'en suis certain.

Cindy lui envoya des baisers avant de raccrocher, puis Bob l'interpella :

— Vos fans vous attendent, Cindy.

Elle s'installa derrière le pupitre sous les applaudissements des vingt-deux spectateurs – son record à ce jour.

— Bonjour à tous, lança-t-elle dans le micro. Je m'appelle Cindy Thomas, et je suis ravie d'être ici pour vous présenter mon livre, *Mackie et Fish*. Quelle que soit votre perception de ce que peut être une histoire d'amour entre un homme et une femme, vous n'aviez sûrement jamais envisagé que les meurtres en série puissent constituer le ciment d'une relation.

» Je suis ici pour vous parler de Randy Fish et de Mackie Morales, deux tueurs sanguinaires qui s'étaient mariés et avaient eu un enfant. Un couple uni. Un mariage heureux.

47

Aux alentours de minuit, Numéro Un conduisait sa camionnette blanche remplie de drogue. Il avait rendez-vous avec un certain Spat.

Numéro Un avait déjà fait affaire avec lui par le passé. C'était un vieux briscard, un intermédiaire pour le compte d'un grossiste du Midwest.

La mission de Numéro Un, cette nuit-là, consistait uniquement à se délester de son chargement en échange d'une pile de liasses à l'effigie d'Andrew Jackson et de Benjamin Franklin. Le plus tôt serait le mieux.

La rencontre était prévue dans un quartier résidentiel de West Oakland, un coin mal famé connu pour sa pauvreté et sa violence.

Numéro Un traversa le Bay Bridge et suivit la direction de l'autoroute 980 en prenant soin de respecter les limitations de vitesse et de mettre son clignotant à chaque fois qu'il tournait, histoire d'éviter les contrôles routiers. Il avait suffisamment tué pour aujourd'hui – ses mains tremblaient encore d'avoir tant mitraillé.

Grâce à son GPS, il arriva bientôt dans Sycamore Street, une rue aux maisons délabrées, rafistolées au papier goudronné ; l'asphalte était truffé de nids-de-poule et jonché de détritus. Rassemblés dans un coin sombre, un groupe de jeunes était en train de s'embrouiller.

Numéro Un se rangea le long du trottoir, sortit son M-16 caché à ses pieds et le posa sur le siège passager. Il passa ses doigts sous le col de sa chemise ; le gaz poivre qui était passé par-dessous son masque le démangeait encore.

Le temps défilait. Spat était à la bourre. Numéro Un hésitait à repartir, quitte à organiser un autre rendez-vous dans un autre endroit, lorsqu'il vit une camionnette noire arriver face à lui. Le véhicule s'arrêta de l'autre côté de la rue et le conducteur lança deux appels de phare avant d'éteindre le moteur.

Le portable de Numéro Un se mit à sonner. Il prit l'appel :

— Tu es en retard, lança-t-il.

— Je sais, mais tu vas pouvoir me remercier. J'arrive.

Numéro Un vit Spat quitter sa camionnette avec un grand sac en toile à la main. Il s'approcha de sa vitre ouverte.

— Je suis venu avec deux jeunes qui vont décharger la marchandise pour nous. Ça va être fait en deux temps, trois mouvements. Tiens.

Numéro Un s'empara du sac contenant l'argent.

— Ce n'est pas que je n'ai pas confiance.

— Pas de problème, mon pote.

Lorsque Spat eut réintégré sa place au volant de sa camionnette, Numéro Un ouvrit le sac et inspecta les liasses. La contrefaçon était de plus en plus courante ces derniers temps, et il n'était pas rare que des faux billets se glissent parmi les vrais lors de ce genre de transactions.

Il déficela certaines liasses pour passer les billets à la lampe UV ; en même temps, il effectua un premier décompte. Le 1,2 million y était.

Il compta une seconde fois, puis referma le sac et composa le numéro de Spat. Les deux hommes échangèrent quelques mots, puis la camionnette noire démarra, fit demi-tour et vint se garer derrière celle de Numéro Un.

Ce dernier tira la commande de déverrouillage : Spat ouvrit les portes et inspecta la cargaison avec la même minutie que celle avec laquelle Numéro Un avait contrôlé et compté les billets.

Satisfait, il fit signe aux deux jeunes de charger les cartons dans sa camionnette. Ils s'exécutèrent et grimpèrent à l'intérieur une fois leur besogne accomplie.

La transaction avait été rapide. Spat se dirigea vers la vitre ouverte de Numéro Un :

— J'ai entendu parler d'un carnage dans un magasin de meubles. Tu es au courant ?

— Un magasin de meubles ? retourna Numéro Un. Ça ne me dit rien.

— O.K., *brother. Vaya con Dios.*

— On se tient au courant.

La nuit était fraîche, pourtant Numéro Un transpirait à grosses gouttes. La drogue de Wicker House était censée avoir été payée et aurait dû parvenir entre les mains de Kingfisher. Il se doutait que le bruit circulerait vite. Tant que personne ne savait qui il était…

Les lascars croisés un peu plus tôt l'invectivèrent lorsqu'il passa devant eux.

Il leur répondit par un majeur tendu avant de se rendre compte qu'ils criaient en réalité, « Tes phares, mec ! ». Il tourna la manette et se dirigea vers l'autoroute.

Il avait bien mérité une bonne nuit de repos.

Il espérait juste parvenir à trouver le sommeil.

48

Deux hommes étaient assis à l'avant d'une voiture plongée dans l'obscurité, garée dans Texas Street, tout près du croisement avec la 18e et à un bloc d'une rue commerçante. Potrero Hill était un quartier agréable, avec une vue dégagée sur la baie depuis le haut de la colline, mais plus bas, tout ce qu'on voyait, c'étaient les façades des maisons victoriennes un peu décrépies, les quelques arbres disparates bordant la rue et les paquets de câbles téléphoniques qui zébraient le ciel.

Les deux hommes dans la voiture observaient une maison en particulier, une petite maison typique de la classe moyenne, pittoresque avec ses murs vert pâle et ses fenêtres soulignées de vert foncé. Elle était séparée de la rue par un muret en brique, et un escalier en ciment menait à la porte d'entrée en bois brut.

Aux alentours de minuit, une Camry gris métallisé se gara en marche arrière entre deux arbres touffus. L'homme qui en descendit était un Blanc aux cheveux bruns, à l'arrière du crâne dégarni, vêtu d'un coupe-vent bleu marine du SFPD. Comme il fermait sa portière à clé, son téléphone se mit à sonner. Il s'appuya contre sa voiture et prit l'appel.

Il parla et écouta, puis remit son téléphone dans sa poche et se dirigea vers la maison. Il entra après avoir déverrouillé la serrure et referma la porte derrière lui. La lumière s'alluma dans le couloir du rez-de-chaussée, puis dans la cuisine. Ces deux lumières s'éteignirent bientôt, remplacées à l'étage par celles de la salle de bains puis d'une autre pièce, probablement la chambre. Durant la demi-heure qui suivit, seule la lueur bleutée de la télévision resta visible dans la maison.

Elle aussi finit par s'éteindre.

— Je n'ai jamais aimé ces vieilles baraques, fit l'un des deux hommes de la voiture. Ça doit être un boulot dingue à entretenir.

— Quand on a une famille, c'est bien d'avoir une petite terrasse à l'arrière, histoire d'organiser des barbecues quand il fait beau, observa l'autre. Bon, je commence à en avoir marre d'attendre.

— Encore un peu de patience. Dès qu'on aura salué l'inspecteur Calhoun et sa famille, on ira manger un bout.

— Je suis plus que prêt.

— Tu ne préfères pas rester ici, à compter les étoiles ? lança le premier homme.

Son acolyte se mit à pouffer. Il était prévu que l'un passe par la porte principale, l'autre par l'arrière de la maison.

— On se retrouve à l'intérieur, fit le premier homme.

Ils vérifièrent leurs armes et quittèrent leur voiture.

49

Je fus tirée d'un profond sommeil par la voix de mon mari.

— Lindsay. Réveille-toi, Lindsay.

Pour quoi faire ? Je n'entendais ni gémissements, ni cris, ni alarmes, ni aboiements. Rien n'indiquait une situation d'urgence. J'étais allongée dans mon lit, et à en juger par la lumière qui filtrait à travers les volets, le jour était sur le point de se lever. Pourquoi Joe me réveillait-il si tôt ?

Mes yeux s'ouvrirent soudain en grand.

— Où est Julie ? m'écriai-je.

— Elle va bien. Ne t'inquiète pas.

Je me tournai vers Joe et observai son visage pour tenter de comprendre la raison de ce réveil plus que matinal. Il souriait.

— Quelle heure ? demandai-je.

— 7 heures.

— On est samedi ?

— Oui. Et on part tous en balade : toi, moi, Julie et Martha.

— Je ne peux pas partir aujourd'hui.

— Le plein de la voiture est fait. Je vais aller donner à manger à Julie. Le café sera bientôt prêt. Pour le reste, surprise…

J'observai Joe en clignant des yeux. À la brigade, presque tout le monde bossait le week-end depuis le début de l'affaire du gang des coupe-vent. Pourtant, je savais qu'il avait raison. J'avais besoin d'un break pour recharger mes batteries.

J'envoyai un texto à Brady pour le prévenir que je prenais une journée off afin de préserver ma santé mentale.

Il me répondit aussitôt. *Vraiment?*

C'est juste pour la journée.

O.K. Je ferai équipe avec Conklin.

Une demi-heure plus tard, la famille Molinari au grand complet prenait place à bord de la vieille Mercedes de Joe, direction la côte par le Highway 1, une route qui longe le rivage en traversant des paysages magnifiques. J'avais oublié à quel point la Californie était belle. Je ne suis pas en train de dire que le gang des coupe-vent m'était complètement sorti de la tête, mais je parvins à l'évacuer le temps de passer un coup de fil à ma sœur, Cat.

Nous fîmes une halte à Half Moon Bay, où Cat vit avec ses deux filles, et pendant que les petites couraient avec Martha sur la plage, nous restâmes en arrière pour papoter et prendre des nouvelles de nos vies respectives tout en admirant les lumières magnifiques que le soleil projetait sur le littoral.

— Et de ton côté, Linds? Tout va bien en ce moment? me demanda Cat.

— Ça va. Je suis juste un peu préoccupée par le travail, comme d'habitude. Et toi ?

— Tout sera parfait dès que j'aurai embrassé le crapaud qui se transformera en prince charmant !

Nous échangeâmes un sourire et je repensai au jour où Joe et moi nous étions dit oui, ici même, à Half Moon Bay. J'avais l'impression que c'était hier.

J'embrassai ma sœur et mes nièces, puis la famille Molinari s'entassa dans la voiture et nous poursuivîmes notre route en direction du sud. Assise sur mes genoux, Martha avait passé sa tête par la portière. Julie dormait dans son siège sur la banquette arrière et Joe fredonnait par-dessus la musique de l'autoradio.

Un moment parfait.

Nous atteignîmes bientôt notre destination : le Shadowbrook, un restaurant construit à flanc de colline avec une vue magnifique sur la rivière Soquel Creek. Nous empruntâmes le funiculaire qui transportait les clients depuis le parking jusqu'au restaurant pour contempler les chutes d'eau et le jardin tropical. Notre petite fille était aux anges et poussa des cris d'excitation tout au long du trajet.

Joe se montra très animé pendant le repas. Il avait passé de nombreuses heures sur l'affaire CBM, à parcourir les bases de données pour établir d'éventuels recoupements entre les femmes poignardées à San Francisco un 12 mai, et les différents meurtres, attaques de banque, violences conjugales et autres accidents de la circulation. Mais malgré tout son talent et son intelligence, il n'était pas parvenu à isoler le moindre suspect.

Mais vous savez quoi ?

Nous avions l'esprit aiguisé. Nous avions du temps pour nous appesantir sur les détails et comparer les éléments dont nous étions certains.

En résumé, ces femmes ne se connaissaient pas. Aucun témoin n'avait assisté aux meurtres et aucun suspect véritable n'avait été auditionné.

Après avoir procédé par élimination, nous parvînmes à la conclusion que ces cinq meurtres avaient été commis par un seul et même individu.

Quelque chose avait fait disjoncter ce tueur cinq ans plus tôt, et l'avait précipité dans une folie meurtrière. Et si sa colère n'était pas retombée, il y avait tout lieu de penser qu'il allait recommencer.

50

Sur le chemin du retour, Joe me déposa au Susie's Café, le QG du Women's Murder Club, où Cindy, Claire, Yuki et moi nous réunissions presque toutes les semaines pour des séances de brainstorming au cours desquelles nous échangions sur nos affaires en cours. Nous évoquions également nos malheurs du quotidien, mais aussi nos joies, petites ou grandes, tout en savourant une succulente cuisine caribéenne pimentée à souhait et arrosée de bonnes bières bien fraîches.

J'envoyai des baisers à Joe puis me tournai vers la façade brillamment éclairée du restaurant, d'où me parvenaient les percussions assourdies des steel-drums, une sonorité qui s'amplifia dès que j'ouvris la porte.

Les musiciens du Hot Tea avaient pris place sur l'estrade. Quelques connaissances me saluèrent tandis que je me dirigeais vers le couloir menant à la salle du fond, où Claire et Yuki m'attendaient à notre table habituelle.

Claire parlait à Yuki à grand renfort de gestes, et Yuki l'écoutait attentivement. Je me glissai sur la banquette en cuir rouge et serrai mes amies dans mes bras.

— J'étais en train de raconter à Yuki une sale affaire sur laquelle j'ai bossé hier.

— Vas-y, mets-moi au parfum.

Je commandai une bière à Lorraine, la serveuse, et Claire me résuma son histoire :

— Hier matin, l'ambulance m'amène une petite fille de huit ans. Apparemment, la mère a expliqué aux secouristes qu'elle avait donné un bain à sa fille à 4 heures du matin, qu'elle était sortie de la salle de bains le temps d'aller chercher une serviette propre et qu'en revenant dans la pièce, elle avait trouvé la petite noyée.

— À 4 heures du mat'?

— Oui. La mère a expliqué que sa fille était hyperactive et que le fait de prendre un bain lui permettait de se calmer. J'examine donc la pauvre gamine, et je me rends compte qu'elle n'a pas d'écume dans la bouche, que ses doigts ne sont pas fripés, que ses poumons ne contiennent pas d'eau mais que ses cheveux sont encore mouillés. Son corps ne présentait aucune marque, aucune trace de contusion.

Lorraine revint à notre table avec un pichet de bière.

— Lindsay, je te conseille les crevettes panées à la noix de coco.

— Allez, répondis-je.

— Moi aussi, lancèrent Claire et Yuki à l'unisson.

Lorraine s'éloigna et Claire reprit le fil de son récit :

— J'ai radiographié le corps. Rien de particulier, aucune fracture. J'ai fait un prélèvement sanguin pour le labo mais ils n'ont décelé aucune trace de drogue ou de poison.

— Elle est morte de quoi, alors ? Un truc viral ? Une bactérie ?

— Non, répondit Claire. J'ai vérifié. Mais en pratiquant l'examen interne, j'ai retrouvé de la pizza dans son estomac.

Nous restâmes un instant silencieuses à méditer cette information, puis Lorraine apporta nos assiettes.

— Continue, Claire, fit Yuki.

— O.K. Laissez-moi juste une minute. (Elle goûta les crevettes et le riz, but une gorgée de bière et se tamponna les lèvres avec sa serviette avant de reprendre :) J'ai ensuite passé un coup de fil à Wayne Euvrard. Tu le connais, Linds. Il bosse à la mondaine. En faisant une rapide recherche, il a découvert que la mère était fichée pour prostitution, et j'ai aussitôt eu la conviction que cette histoire de pizza et de bain à 4 heures du matin était bizarre. Je ne savais toujours pas de quoi était morte cette fillette.

» J'ai demandé à Euvrard de convoquer la mère pour la cuisiner un peu. Elle s'est pointée devant lui impeccablement coiffée et maquillée. Il a commencé à la questionner, et là, surprise, il n'était plus question de noyade.

» La mère lui a tout déballé. En fait, elle avait eu un rendez-vous à l'extérieur. Un client régulier. Elle avait besoin de cet argent. Le problème, c'est que sa fille, Anita, souffrait de troubles épileptiques. Pendant ses crises, sa mère l'allongeait simplement sur le sol en attendant que ça passe.

» Elle a expliqué à Euvrard qu'Anita s'était sûrement levée pendant la nuit pour aller manger quelque chose, et qu'elle avait eu une crise à ce moment-là. Elle l'a retrouvée morte sur le carrelage de la cuisine en rentrant de son rendez-vous. Elle a alors décidé de la transporter dans la baignoire et d'inventer cette histoire de noyade parce qu'elle craignait qu'on lui retire la garde de ses enfants.

» En entendant ça, je me suis dit que la justice aurait raison de lui retirer ses enfants. Que cette femme était une irresponsable et que sa négligence avait coûté la vie à sa petite fille. J'ai demandé à Euvrard si elle avait exprimé des remords, si elle s'en voulait d'avoir laissé sa fille toute seule en pleine nuit, mais d'après lui, elle n'a manifesté aucun regret.

» Pour finir, j'ai inscrit dans mon rapport qu'Anita était décédée de mort naturelle, probablement suite à une crise d'épilepsie.

— Tu comptes laisser cette femme s'en tirer comme ça ?

— Ça dépend maintenant du procureur. Mais l'inspecteur Euvrard l'a mise en examen pour mise en danger d'un enfant ayant entraîné la mort. (Claire planta sa fourchette dans une crevette et la brandit devant elle :) Et voilà comment on boucle les dossiers à l'institut médico-légal !

Cette sortie était tellement inattendue que Yuki recracha sa bière. L'histoire de Claire était horrible, mais c'était bon d'entendre Yuki rire aux éclats – ce n'était plus arrivé depuis si longtemps. Bien entendu, mon portable se mit à sonner à cet instant.

— Désolé d'interrompre ta journée de repos, fit Conklin.

— Quoi de neuf ?

— Tom Calhoun…

— Celui qui bosse avec nous sur le hold-up du supermarché ? l'interrompis-je.

— Oui. Calhoun et toute sa famille ont été assassinés, lâcha Conklin d'une voix sinistre.

51

Je m'excusai auprès de mes amies et proposai de payer l'addition, mais elles s'y opposèrent fermement. Nous échangeâmes des accolades et elles me regardèrent quitter le restaurant au pas de course.

J'étais sur le trottoir depuis à peine quelques secondes lorsque Conklin arriva au volant de son Bronco. Je grimpai sur le siège passager, bouclai ma ceinture de sécurité, puis mon coéquipier brancha la sirène et nous filâmes vers Potrero Hill. Poussé dans ses retranchements, le moteur grondait dans les côtes et le châssis frottait le bitume à chaque amorce de descente.

Il ne restait que quelques fines traînées lumineuses dans le ciel lorsque nous arrivâmes à Potrero, mais je connaissais le quartier comme ma poche. J'avais vécu à quelques rues de la maison des Calhoun, jusqu'à ce que mon appartement soit détruit par un incendie, il y avait de ça quelques années.

Nous tournâmes dans Texas Street, qui avait pris des allures de fête de la Saint-Patrick. Toutes les fenêtres de la rue étaient éclairées, et les gyrophares d'une dizaine de voitures de patrouille projetaient leur éclat stroboscopique sur les façades. Conklin se gara entre deux camionnettes de la brigade scientifique, puis nous présentâmes nos insignes aux hommes postés en faction à l'entrée de la petite maison verte de style victorien. Nous passâmes sous le ruban jaune et parcourûmes les quelques mètres qui nous séparaient de la porte d'entrée.

Parvenue en haut des marches, je vis que quelqu'un avait vomi dans les buissons qui bordaient les fondations de la maison. La poignée de la porte et la serrure avaient été explosées à coups de fusil.

Charlie Clapper nous accueillit sur le seuil. Même le week-end, il était sur son trente-et-un. Coiffure impeccable, pantalon fraîchement repassé et veste qui semblait sortir du pressing.

Mais son visage exprimait le choc.

— Un carnage, nous dit-il.

Clapper dirige le laboratoire judiciaire de Hunters Point, mais avant de prendre la tête de la brigade scientifique, il a passé plusieurs années à la criminelle en tant qu'enquêteur. Un excellent enquêteur, soit dit en passant. Grand manitou de la scène de crime, il accomplit un boulot remarquable sans jamais jouer les cadors ni venir empiéter sur nos plates-bandes.

Je m'apprêtais à lui demander de nous faire le topo lorsque Ted Swanson sortit de la cuisine en secouant la tête, blanc comme un linge et l'air aussi choqué que si on venait de lui arracher un bras.

— Putain… l'entendis-je marmonner. Putain de merde…

Conklin et moi enfilâmes chacun une paire de gants et des surchaussures avant d'entrer dans la cuisine, où nous découvrîmes le cadavre de Tom Calhoun.

Son corps était dénudé et ligoté avec du scotch sur une chaise de cuisine. Il avait été tabassé avec une telle violence que je ne l'aurais pas reconnu sans la forme particulière de sa calvitie. Cela ne faisait pour moi aucun doute, Calhoun avait été torturé par des professionnels.

Tous ses doigts avaient été fracturés et des traces de brûlures de cigarettes étaient visibles sur son ventre blanc et mou. On lui avait tranché les paupières et, pour finir, sûrement dans un accès de pitié, tiré une balle en pleine tempe.

— Il en a bavé, fit Swanson, qui se tenait à présent derrière nous. Ces fils de pute ont fait subir le même traitement à Marie.

— On a retrouvé son corps sur le sol près de la cuisinière, lança Clapper. Il est en route pour la morgue.

— Et les enfants ? demanda Conklin.

— Butch et Davey ont sûrement été abattus dans leur sommeil, répondit Swanson. Je ne pense pas qu'ils aient assisté à quoi que ce soit.

— Non, ça m'étonnerait, acquiesça Clapper.

— Je connaissais bien cette famille, fit Swanson. J'ai dîné ici pas plus tard que la semaine dernière. Ça rime à quoi cette boucherie ?

Il fondit en larmes ; je posai doucement la main sur son bras dans un geste de réconfort en lui disant à quel point j'étais désolée. Vasquez, le coéquipier de Swanson, entra dans la cuisine à cet instant.

— L'étage est bouclé, sergent, lança-t-il. Ils sont en train de relever les empreintes. On ferait mieux de sortir pour les laisser travailler.

52

Avant de rejoindre Vasquez et Swanson, je voulais avoir une petite conversation avec Clapper.

La porte d'entrée s'ouvrit et se referma ; Conklin et moi nous retrouvâmes seuls dans le salon vivement éclairé, au milieu des techniciens de scène de crime qui prenaient des photos et passaient la pièce au peigne fin à la recherche du moindre indice.

Nous devions maintenant comprendre le drame qui s'était déroulé dans cette maison et qui, pour le moment, semblait inexplicable.

— Ton avis, Charlie ? lança Conklin.

— Eh bien, selon moi, cette famille a eu affaire à des gars qui voulaient quelque chose de précis, et qui étaient prêts à torturer et tuer quatre personnes pour l'obtenir. Mais de quoi s'agissait-il ? Ça, je n'en ai pas la moindre idée, tout comme j'ignore s'ils sont repartis avec ce qu'ils étaient venus chercher. Ce n'était pas un cambriolage, en tout cas. Rien n'a été dérangé. J'ai retrouvé du liquide et des bijoux posés sur la commode de la chambre.

Il n'eut pas à nous rappeler de faire attention lorsque nous le suivîmes vers le fond de la maison, où la serrure de la porte arrière avait été explosée de la même manière que celle de la porte principale. Cela signifiait qu'au moins deux personnes avaient pénétré dans la maison.

Le légiste de garde, le docteur Germaniuk, vint nous annoncer qu'il allait bientôt transférer le corps de Tom Calhoun à l'institut médico-légal.

— Allez-y, fit Clapper. On a ce qu'il nous faut. (Il se tourna vers Conklin et moi :) La femme avait des traces d'adhésif sur les poignets et sur les chevilles. Elle aussi a donc été ligotée à un moment. Selon moi, elle a été torturée sous les yeux de son mari alors que celui-ci était encore vivant.

— Seigneur, répétai-je plusieurs fois.

De son côté, Conklin avait l'air de vouloir balancer des coups de poing dans le mur.

— Voici comment les choses se sont déroulées, poursuivit Clapper. Toute la famille était à l'étage, probablement en train de dormir. Les intrus ont fracturé les serrures des deux portes, à l'avant et à l'arrière de la maison, puis ils sont entrés. À ce moment-là, Calhoun a dû descendre voir ce qui se passait.

— Il devait être armé, observai-je.

— Son pistolet a été retrouvé dans le salon. Le chargeur était plein. On l'a mis en sachet pour l'envoyer au labo.

— Calhoun est donc descendu avec son arme mais il n'a pas tiré le moindre coup de feu ?

— Les gars l'ont neutralisé. Il a sûrement essayé de négocier, mais les assaillants aussi.

— Du genre, « Allons discuter dans la cuisine. On ne fera pas de mal à votre famille », intervint Conklin.

— Oui, quelque chose dans ce goût-là. C'est peut-être à cet instant que la femme est descendue à son tour.

— Ils ont désarmé Calhoun et l'ont emmené avec sa femme dans la cuisine.

— Mon dieu, soufflai-je en visualisant la scène, en imaginant la terreur qu'ils avaient dû ressentir.

Je me représentai les tueurs demandant aux Calhoun de se déshabiller, puis à la femme de ligoter son mari sur la chaise avant de se retrouver elle-même ligotée par l'un de ces hommes.

Elle avait ensuite sûrement été torturée pour que son mari accepte de leur donner ce qu'ils voulaient. Mais qu'étaient-ils venus chercher ? Et Calhoun l'avait-il ?

Nous suivîmes Clapper à l'étage, dans les chambres. Nous vîmes les draps imbibés de sang sur les lits où les deux garçons avaient été abattus pendant leur sommeil. Ils reposaient à présent dans des sacs mortuaires en chemin pour la morgue avec leurs parents.

Nous quittâmes Charlie à la porte après l'avoir remercié pour la visite. Dehors, les lumières rouges et bleues continuaient d'éclabousser la rue.

Il n'eut pas besoin de nous préciser qu'il avait hâte de nous voir coffrer les enfoirés qui avaient fait ça, pas plus que je n'eus à lui demander de nous prévenir si jamais il découvrait quelque chose. Chacun savait ce qu'il avait à faire. Cette enquête était notre nouvelle priorité. Tous les flics du Palais de Justice allaient se mobiliser sans relâche pour retrouver les assassins de Calhoun. La nuit promettait d'être longue.

Mais pour le moment, Conklin et moi n'avions plus rien à faire dans cette maison.

53

Lorsque j'entrai dans mon appartement et ôtai mes chaussures, la télé diffusait une émission de Jimmy Fallon et je n'avais plus l'impression d'être celle qui avait passé la journée en famille, sur la plage et au restaurant, puis à boire des bières avec ses copines. Elles étaient loin, les oreilles de mon chien qui me chatouillaient le visage tandis que nous roulions, vitres ouvertes, au milieu de paysages somptueux ; envolés nos rires lorsque nous avions découvert nos plats façon nouvelle cuisine.

Je fis à mon mari un bref résumé de ma soirée : un flic que je connaissais avait été torturé puis exécuté, ainsi que sa femme et ses enfants. J'acceptai avec plaisir le verre de vin et le massage de la nuque qu'il me proposa.

Je passai ensuite une série de coups de fil. Le premier au docteur G., suivi d'une conférence téléphonique avec Brady et Conklin. Pour finir, je contactai Ted Swanson, qui n'était pas impliqué uniquement d'un point de vue émotionnel, mais faisait également partie de l'équipe chargée de l'affaire du gang des coupe-vent, au côté de Vasquez et de feu Calhoun.

Lorsque j'eus obtenu toutes les informations disponibles à ce stade des investigations, j'appelai Jacobi pour le mettre au courant des derniers éléments et lui faire part de certains détails dont il n'avait pas encore eu connaissance.

— Il y avait un rouleau de sacs-poubelle sur le plan de travail de la cuisine, lui expliquai-je. Les types ont dû se changer et emporter leurs vêtements pleins de sang, ainsi que les mégots de cigarettes, les douilles et les instruments avec lesquels ils ont torturé Calhoun et sa femme.

— Laisse-moi deviner. Aucune empreinte, aucune trace d'ADN ?

— En tout cas pas pour le moment.

Jacobi lâcha une série de jurons que je n'avais encore jamais entendus associés les uns aux autres. En bref, tout était la faute de ces p… de séries télé à la c… qui expliquaient aux criminels comment effacer leurs traces et quelles étaient les erreurs à ne surtout pas commettre.

— Je pense qu'ils avaient aussi des connaissances empiriques, rétorquai-je. L'opération était parfaitement ficelée.

Je laissai Jacobi continuer à vociférer un instant, puis lui souhaitai bonne nuit avant de raccrocher. Une fois sous les draps, je fus incapable de trouver le sommeil.

La tête posée sur le torse de Joe, j'organisais déjà la journée du lendemain, qui commencerait par l'inévitable réunion avec tous les membres de la brigade. Et tandis que je songeais à tout ça, j'écoutais la respiration de mon mari. Mes pensées me ramenaient sans cesse à la maison des Calhoun, à ces personnes paisiblement endormies dans leurs lits.

Au bout d'un moment, je commençai à me faire des films en imaginant que ceux qui s'en étaient pris aux Calhoun allaient débarquer chez nous. J'entendais presque nos serrures déchiquetées par les coups de feu. Je me voyais empoigner mon arme sans parvenir à tirer. Heureusement, ce délire ne dura pas.

Mais le sommeil était devenu un rêve inaccessible.

Lorsque Julie se réveilla, sur les coups de 3 heures du matin, je la pris dans mes bras et arpentai longuement le salon. À un moment, en passant près de la fenêtre, je jetai un coup d'œil pour voir si quelqu'un n'était pas en train de mater notre appartement depuis l'une des voitures garées le long du trottoir. À 6 heures, je sortis courir avec Martha et à 7 h 15 précises, je m'installai derrière mon bureau dans la salle de la brigade.

Conklin arriva quelques minutes plus tard.

— J'ai fait un rêve, dit-il en posant sa veste sur le dossier de son fauteuil.

Je levai les yeux vers lui. Il ne plaisantait pas.

— Je me suis réveillé en me disant qu'il y avait un lien entre ce qui est arrivé à Calhoun et la tuerie de Wicker House.

— Un lien ? Lequel ?

— J'y réfléchis encore.

— O.K. Ton subconscient a établi un lien. Peut-être à cause de tous ces cadavres en pagaille.

— Possible, fit mon coéquipier. Mais je sens qu'il y a quelque chose.

Il reçut à cet instant un coup de fil de Cindy, puis Brady, dépenaillé, passa devant nous en chemin vers son bureau-aquarium.

— Réunion à 8 heures, lança-t-il. Boxer, tu es O.K. pour briefer tout le monde ?

— Aucun problème.

La salle de la brigade se remplissait peu à peu. Certains collègues étaient assis derrière leur bureau, d'autres sur des chaises libres qu'ils avaient réussi à dégoter ; quelques-uns restaient debout, appuyés contre le mur du fond. Les équipes de jour de la criminelle, de la brigade des stups et de l'anti-banditisme au grand complet.

Swanson et Vasquez se tenaient à côté de moi ; je les présentai à l'assemblée. J'expliquai ensuite où en était la situation et exposai les éléments dont nous disposions concernant le drame qui s'était déroulé dans la petite maison verte de Texas Street.

Brady assigna à chacun sa mission et tout le monde se mit au travail.

54

Conklin et moi conduisîmes Swanson et Vasquez en salle d'interrogatoire numéro deux. J'attendis que tout le monde soit assis et servi en café pour prendre la parole :

— J'imagine comme vous devez vous sentir mal. On va avoir besoin de vous pour résoudre cette affaire. De tout ce que vous avez pu entendre ou supposer concernant d'éventuels ennemis de Calhoun. Des différends qui auraient pu l'opposer à des indics. Des relations louches qu'il aurait pu avoir. Même des choses qui pourraient vous sembler complètement improbables, comme une embrouille avec un automobiliste, ou…

Swanson m'arrêta d'un geste de la main :

— Compris, sergent. Posez les questions, on répondra. Vous avez besoin de comprendre, et nous, on compte sur vous.

Conklin vérifia que la caméra était en marche avant de venir s'asseoir à côté de moi.

— Histoire de garder une trace, expliqua-t-il.

Vasquez serra les poing :

— Calhoun n'était pas un ripou. C'était un type bien. Un bon flic.

Je hochai la tête.

— Dites-nous ce que vous savez sur lui, intervint Conklin. On vous posera des questions au fur et à mesure.

Swanson poussa un soupir :

— Calhoun a quitté la brigade des stups de Los Angeles pour venir s'installer à San Francisco il y a environ deux ans. Il avait une excellente réputation là-bas. Il faisait équipe avec Kyle Robertson. Je ne me souviens plus quand il a rejoint l'anti-banditisme, mais je sais qu'avant ça, il avait passé un long moment en uniforme. Vous devriez aller lui parler. Ils se connaissaient bien, tous les deux.

Je hochai de nouveau la tête. Nous devions le rencontrer au cours de la matinée.

— Calhoun était un gars en or. Il avait à cœur de bien faire son métier. Son seul défaut, si je devais en trouver un, c'était de se montrer parfois un peu trop enthousiaste.

— C'est-à-dire ?

— Il pouvait donner l'impression de ne pas prendre les choses au sérieux par rapport à des types plus âgés, avec plus de bouteille. Peut-être qu'il n'était pas encore assez endurci. Ou pas assez blasé. En tout cas, il avait un bel avenir dans la police.

— Est-ce que son humeur avait changé dernièrement ? demanda Conklin. Comme si quelque chose le tracassait ?

— Je n'ai rien remarqué de spécial, fit Swanson.

— Quelqu'un lui en voulait-il ? embrayai-je. Quelqu'un qu'il aurait coffré ?

— Quand j'ai dîné chez lui mercredi dernier, il était de très bonne humeur. Il m'a parlé de base-ball et des économies que Marie et lui faisaient pour les futures études de leurs enfants. Des conversations classiques, quoi. On a aussi regardé des photos.

L'entretien se poursuivit ainsi pendant une demi-heure. Le temps d'écluser les cafés, j'avais accumulé suffisamment d'éléments pour explorer quelques pistes, mais rien ne me permettait pour l'instant de comprendre pourquoi Calhoun avait été torturé.

Conklin et moi rencontrâmes ensuite Kyle Robertson, le coéquipier de longue date de Calhoun. Nous avions fait sa connaissance lors de l'enquête de voisinage liée au meurtre de Maya Perez.

Robertson avait la cinquantaine mais il faisait plus que son âge avec son visage marqué par des rides profondes et ses fins cheveux gris peignés de façon à dissimuler sa calvitie. Il se montrait désireux de collaborer, mais tout ce qu'il avait à dire se résumait à exprimer sa stupeur face à ces meurtres abominables. Il eut beau se remémorer ses dernières conversations avec Calhoun, rien ne l'éclairait sur le fait que Calhoun ait pu détenir quoi que ce soit qui valait la peine de massacrer une famille entière pour se l'approprier.

— C'est un mystère, fit Robertson. Vraiment, c'est à n'y rien comprendre.

— Les stups enquêtent en ce moment sur des flics qui s'en prendraient à des dealers pour les dépouiller, intervint Conklin. Calhoun aurait-il pu participer à ce genre de choses ?

— Jamais. C'était un bon gars. S'il n'était pas devenu policier, il aurait été pompier ou prof de sport, vous voyez ? L'argent ne l'intéressait pas. Il fumait quelques cigarettes par jour, mais je crois bien que c'était sa seule addiction. Je vous le dis, tout ça est invraisemblable. Les gars se sont trompés de cible, ce n'est pas possible autrement. On a déjà vu des trucs bien plus dingues.

55

Lorsque Conklin et moi nous rendîmes dans le bureau de Brady, nos carnets étaient aussi remplis que nos théories étaient minces.

Nous avions interrogé les voisins des Calhoun : tous dormaient au moment où la famille avait été massacrée. Ils n'avaient rien vu, rien entendu, et semblaient tous choqués et terrorisés.

Nous avions également interrogé les flics qui avaient bossé avec Calhoun. Eux aussi avaient exprimé leur étonnement et leur incrédulité. Calhoun était un bon flic qui aimait son boulot, peut-être un peu trop. Ses collègues mettaient ça sur le compte de sa jeunesse et de sa nature exaltée. Les trois flics qui le connaissaient le mieux, à savoir Swanson, Vasquez et Robertson, n'avaient pas la moindre idée de la raison pour laquelle Calhoun et sa famille avaient été massacrés.

Brady nous écouta attentivement, puis déclara :

— Au cours des deux dernières semaines, il y a eu davantage de braquages et d'homicides liés au trafic de stupéfiants que sur la totalité de l'année dernière.

Il posa une feuille de papier sur son bureau et la tourna vers nous. Il y avait rédigé une liste de tous les actes criminels commis sur notre secteur. Il les énuméra à voix haute :

— Deux comptoirs braqués, un mort.

» Le hold-up du supermarché, un mort.

» Un autre comptoir attaqué, trois morts.

Il faisait référence aux trois hommes déguisés en flics, de simples amateurs qui s'étaient inspirés des méthodes du gang des coupe-vent mais qui n'y connaissaient rien en matière de braquage.

— Et la cerise sur la gâteau : une descente armée dans un laboratoire clandestin. Sept morts au total. Au moins un homme en coupe-vent de la police aurait été aperçu sur les lieux.

» Les stups m'ont également transmis quelques infos. Six trafiquants connus de leurs services ont été abattus récemment, dans la rue ou dans des squats. Des rumeurs circulent selon lesquelles, une fois encore, les auteurs de ces attaques seraient des flics. Toutes ces affaires seraient liées entre elles que ça ne m'étonnerait pas.

Conklin et moi hochâmes la tête comme des automates.

Brady poursuivit :

— Il y a sûrement une grosse quantité de drogue qui a été dérobée à Wicker House, pour une valeur marchande de plusieurs millions de dollars. J'imagine que certaines personnes doivent tirer la gueule à l'heure qu'il est.

» Je pense qu'au départ, les gars ont juste voulu enfiler des coupe-vent de la police pour se marrer.

Mais la mayonnaise a pris et c'est devenu une habitude de se déguiser en flics pour commettre des braquages et piller des labos clandestins. Ça ressemble presque à une guerre, flics contre barons de la drogue. Je me demande d'ailleurs si Kingfisher ne serait pas impliqué dans l'affaire de Wicker House. Il trempe dans tellement de trafics. Ce gars peut avoir recours à des méthodes extrêmement violentes. Je me suis renseigné un peu sur lui. C'est un malade. Un sadique qui aime torturer pour le plaisir. Ne le perdez pas de vue dans votre enquête.

Kingfisher était l'un des plus gros trafiquants de drogue du pays. Il vivait apparemment dans le sud de la Californie, même si, à vrai dire, personne n'en savait rien. Ce qui était certain, en revanche, c'était qu'il dirigeait un vaste et puissant empire, depuis la fabrication de la drogue jusqu'à sa distribution. Ce gros bonnet pouvait-il être impliqué dans une affaire locale de moindre envergure telle que celle de Wicker House ?

Brady n'en avait pas encore fini. Il se passa la main dans les cheveux puis se tourna vers l'écran de son ordinateur.

J'eus un instant l'impression qu'il avait oublié notre présence, mais il reprit bientôt la parole :

— Je ne sais pas… Je cherche peut-être juste à relier entre eux des faits totalement indépendants les uns des autres. Ou alors, il y a quelque chose qui nous échappe. Tant qu'on ne trouve pas, on continue à chercher.

DEUXIÈME PARTIE

56

La salle d'audience 5A était une petite pièce aux murs ornés de panneaux de cerisier. Le mobilier, bancs, tables et chaises, était fait du même bois. Derrière le fauteuil du juge, le sceau de l'État de Californie apparaissait flanqué de deux drapeaux : la bannière étoilée et le drapeau de la Californie.

La salle était déjà pleine à craquer, mais la séance n'avait pas encore commencé – le juge s'entretenait avec le greffier. Assise à côté de son assistante, Natalie Futterman, Yuki parcourait une dernière fois les notes étalées devant elle, répétant les premières phrases de son discours comme un mantra.

— J'ai hâte que ça commence, murmura Natalie.

— Pas moi, retourna Yuki. Je suis peut-être un pitbull, mais lui c'est un lion, Nat. Un lion en colère.

— C'est la pensée du jour ?

— Je t'interdis de tweeter ce que je viens de dire.

Yuki aurait aimé être aussi enthousiaste que son assistance, âgée de quarante-six ans et fraîchement diplômée de la faculté de droit. Ses enfants ne vivaient plus avec elle ; son mari l'avait quittée.

Natalie était une femme intelligente, rigoureuse et organisée. Elle avait fini par reprendre ses études abandonnées vingt-cinq ans plus tôt, et avait obtenu le diplôme d'avocate du premier coup. Elle était prête. Comme elle l'avait si bien dit, « La théorie, c'est sympa, mais rien ne vaut la pratique. »

Elle n'avait rien d'autre à perdre que son statut de novice.

Yuki, en revanche, avait une réputation à défendre. Si elle perdait ce procès, elle deviendrait connue pour avoir attaqué le SFPD en justice et s'être fait torpiller par la défense. Elle imaginait déjà les gros titres : *Dans l'affaire Kordell, Yuki Castellano essuie la plus grosse défaite de sa carrière*.

De l'autre côté de l'allée centrale, la partie adverse semblait d'un calme olympien. Len Parisi, alias Red Dog, avait pris place en personne sur le banc au côté de deux associés de chez Moorehouse & Rogers, dont l'un n'était autre que le légendaire Collins Rappaport. Parisi allait mener avec Yuki une véritable lutte au corps à corps.

Elle s'était habillée en rouge pour l'occasion. Une couleur forte qui incitait à l'action. On ne tergiverse pas quand on porte du rouge. Il fallait tout de suite attaquer à la jugulaire, et c'était bien ce qu'elle comptait faire.

Porter le premier coup et frapper fort.

Natalie avait revêtu un pantalon d'un noir presque identique à celui de sa veste, mais pas tout à fait – un ensemble qu'elle avait probablement dégoté dans une boutique d'occasion vingt ans plus tôt. En un sens, c'était la tenue idéale. Elles étaient là pour représenter les victimes. Pour défendre les pauvres, les gens injustement persécutés. Et Natalie était parfaite dans son rôle.

Parisi avait opté pour un costume vert mousse qui lui donnait l'air d'une crise cardiaque sur le point de frapper.

Yuki sourit intérieurement.

Il fallait faire feu de tout bois pour remporter ce combat.

Natalie et elle avaient bossé dur pour préparer le procès. Deux jours rien que pour le discours préliminaire. Elle savait ce qu'elle avait à faire et elle savait ce qu'elle devait dire. Si elle répétait davantage, les sentiments qu'elle éprouvait réellement pour la famille Kordell risquaient de sonner faux.

Ce qu'elle voulait à tout prix éviter.

Plongée dans ses pensées, Yuki sentit qu'on lui tapotait l'épaule. Elle se retourna. C'était Mme Kordell, qui lui adressa un sourire humide de larmes. Yuki lui pressa affectueusement la main et sourit au reste de la famille Kordell assise derrière elle – onze personnes au total.

C'était pour eux que Yuki était là aujourd'hui : pour Bea et Mickey Kordell et pour le grand-père d'Aaron-Rey, pour ses cousins et ses amis. Tous comptaient sur elle pour que justice soit rendue.

Elle se tourna vers le juge John G. Quirk au moment où ce dernier terminait son entretien avec le greffier.

Yuki appréciait beaucoup le juge Quirk. Malgré tous les misérables qu'il avait vus défiler dans sa salle d'audience en vingt ans de carrière, il avait su rester bienveillant, et compréhensif à l'égard de la nature impulsive des gens, de leurs fragilités.

Cette générosité d'esprit allait-elle jouer en leur faveur ?

L'huissier déclara la séance ouverte et Yuki observa les jurés entrer l'un après l'autre par une porte latérale. Elle déplorait le fait qu'il n'y ait qu'une seule personne de couleur dans le jury, mais c'était ainsi. Le juge Quirk les salua et passa quelques minutes à leur donner des instructions et à répondre à leurs questions. Il tourna ensuite vers Yuki son visage au nez chaussé de lunettes :

— Êtes-vous prête, madame Castellano ?

— Oui, Votre Honneur.

— Vas-y, fonce ! lança Natalie, dont la voix résonna dans la salle en même temps que le silence se faisait.

Il y eut quelques rires. Yuki repoussa sa chaise et, propulsée par l'adrénaline qui bouillonnait en elle, se dirigea d'un pas résolu vers le lutrin.

57

Yuki sentit une chaleur envahir son corps tout entier ; son cœur et ses glandes surrénales lui envoyaient beaucoup plus d'énergie que nécessaire. Elle se força à se calmer, puis leva les yeux vers les jurés :

— Mesdames et messieurs les jurés, je représente aujourd'hui la famille d'Aaron-Rey Kordell, un adolescent de quinze ans qui souffrait d'un retard mental et qui a été arrêté et persécuté lors de son interrogatoire par deux policiers expérimentés. Ces deux inspecteurs l'ont privé de sommeil durant seize heures d'affilée, lui ont menti concernant son droit à être assisté par un avocat et l'ont manipulé pour l'amener à avouer un meurtre qu'il n'avait pas commis. Aaron-Rey s'est retrouvé incarcéré et a été assassiné en prison alors qu'il attendait son procès.

» Pourquoi lui a-t-on extorqué ces aveux ? Pourquoi ce jeune homme devait-il mourir ?

» Parce que les policiers n'avaient aucun témoin. Parce qu'ils tenaient un suspect et qu'ils comptaient bien lui faire porter le chapeau. Et c'est ce qu'ils ont fait.

Yuki marqua un temps de pause afin de s'assurer qu'elle avait bien l'attention de tous les jurés.

— Voici ce qui s'est passé au mois de février de l'année dernière, poursuivit-elle.

» Après les cours, Aaron-Rey est allé traîner au squat près de chez lui. S'il avait vécu dans un autre quartier, il serait peut-être allé dans un gymnase pour faire du sport. Ou bien il aurait rendu visite à un ami. Seulement voilà, ce squat de toxicomanes était situé à quelques dizaines de mètres de l'immeuble où il vivait avec sa famille, et pour lui, c'était l'endroit où il aimait passer du temps en attendant que ses parents rentrent du travail.

» Au cours de ce procès, vous entendrez les témoignages de personnes qui vous expliqueront qu'Aaron-Rey ne se droguait pas. Il aimait juste se retrouver avec des gars plus âgés que lui, des gars qui plaisantaient avec lui, qui le faisaient rire et qui l'envoyaient acheter des cigarettes. Avec le temps, Aaron-Rey était devenu leur mascotte.

» Ce jour-là, l'adolescent se trouvait au dernier étage de l'immeuble situé au 463 Dodge Place, lorsque des inconnus ont surgi pour dépouiller et abattre trois dealers à l'étage inférieur, avant de prendre la fuite, tout comme la totalité des personnes présentes à ce moment-là dans le squat.

» Aaron-Rey possédait un QI de 70, soit trente points de moins que la moyenne. C'était un garçon curieux, un adolescent avec une âme d'enfant qui faisait confiance à tout le monde. C'était aussi un garçon incapable de raisonner de façon logique.

» Après les coups de feu, tous les occupants de l'immeuble ont pris la fuite, et Aaron-Rey aussi. Comme il l'a expliqué aux policiers, il était en train de quitter le bâtiment quand il a aperçu une arme par terre, dans les escaliers. Il l'a ramassée et il l'a coincée derrière sa ceinture, pour imiter les adultes qu'il côtoyait dans le squat. Voilà pourquoi il était en possession de ce pistolet pendant qu'il courait le long de Turk Street, effrayé et paniqué comme peut l'être un gamin de quinze ans.

» Deux policiers en patrouille l'ont repéré et se sont dirigés vers lui avec la sirène et les gyrophares allumés. Ils se sont arrêtés sur le trottoir et ont quitté leur voiture pour se jeter sur Aaron-Rey et le plaquer au sol.

» Et que leur a dit Aaron-Rey à ce moment-là, mesdames et messieurs les jurés ?

» Il leur a tout de suite dit, "Ce n'est pas moi. Je n'ai rien fait". Les policiers qui ont procédé à son arrestation vous le diront eux-mêmes lorsqu'ils viendront témoigner. À la question, "Qu'est-ce que tu n'as pas fait ?", Aaron-Rey a répondu, "Ce n'est pas moi qui ai tiré sur les trois hommes dans le squat".

» Aaron-Rey a ensuite été conduit au poste pour être interrogé. C'est là que deux officiers de la brigade des stupéfiants ont vu l'opportunité de résoudre facilement trois homicides d'un seul coup. Aaron-Rey comprenait les choses lentement. Et c'était un adolescent extrêmement crédule.

» Pendant toute la fin de journée et une bonne partie de la nuit, Aaron-Rey a répété qu'il n'avait jamais tiré sur personne. Mais comme vous pourrez le constater sur l'enregistrement vidéo, les inspecteurs Whitney et Brand ont convaincu Aaron-Rey de renoncer à son droit à un avocat et à la présence de ses parents pendant l'interrogatoire. Ils ont employé toutes les méthodes : intimidation, cajolerie, mensonge, jusqu'à ce que ce pauvre garçon, impuissant et désorienté, finisse par dire, "Oui, c'est moi qui ai tiré".

» Dès qu'il a eu prononcé ces faux aveux, Aaron-Rey s'est retrouvé en cellule dans l'attente de son jugement. C'est au cours de cette incarcération qu'il a été tué, dans les douches de la prison. On ne peut qu'espérer qu'il soit mort vite et sans souffrir.

» Voici Aaron-Rey, fit Yuki en brandissant une photo de son client tenant dans ses bras sa petite sœur.

C'était un beau jeune homme, et son visage exprimait toute l'affection qu'il avait pour la fillette.

— Aaron-Rey était un gentil garçon. Un cœur innocent. Et il n'a pas pu, il n'a pas abattu froidement trois revendeurs de crack endurcis. Il ne savait ni charger un pistolet ni tirer, et la défense ne vous dira pas le contraire. J'attire aussi votre attention sur le fait que durant les nombreuses heures qu'a duré l'interrogatoire, à aucun moment la police n'a fait analyser les mains ou les vêtements d'Aaron-Rey pour rechercher des traces de poudre. Ils n'ont pas non plus jugé utile de faire venir des habitués du squat pour les interroger, ou d'envisager d'autres suspects. Aaron-Rey leur suffisait.

» À la fin de ce procès, il vous sera demandé de déterminer si les aveux d'Aaron-Rey Kordell ont été formulés sous la contrainte. Si la réponse est oui, alors il ne s'agissait pas d'aveux, et vous devrez demander au SFPD et à la ville de San Francisco de rendre des comptes pour la mort cruelle, injustifiée et prématurée de ce garçon innocent.

58

Parisi se leva lourdement de son siège et marcha tout droit jusqu'au box des jurés. Il leur adressa un grand sourire, les salua, et plaça quelques mots sur l'importance de leur rôle au cours du procès, ajoutant qu'en tant que procureur de la ville de San Francisco, il ne pourrait faire correctement son travail sans les verdicts prononcés par des citoyens honnêtes lors de procès tels que celui qui venait de s'ouvrir. Il était à ses yeux essentiel que justice soit rendue.

Yuki l'écouta attentivement, partagée entre les sentiments positifs que Parisi lui inspirait – basés sur leurs cinq années de collaboration professionnelle, sur tout ce qu'il lui avait appris, sur tout le soutien qu'elle aussi lui avait apporté en tant qu'assistante du district attorney – et les sentiments commandés par l'autre partie de son cerveau, lequel n'était pas encore bien habitué à envisager Len comme un ennemi.

D'autre part, le calme qu'il affichait, son côté affable et sûr de lui, donnait à Yuki l'impression d'avoir prononcé son discours préliminaire sur un ton qui frisait l'hystérie.

Même Natalie semblait subjuguée par Red Dog.

Len longea le box du jury en faisant glisser sa main sur la balustrade, prenant le temps de regarder chacun des jurés dans les yeux.

— Je dois féliciter l'avocate de la partie adverse pour avoir su dresser un portrait aussi flatteur du jeune Aaron-Rey Kordell, mais je suis au regret d'affirmer que la réalité est tout autre.

» Si Aaron-Rey passait une grande partie de son temps libre dans un squat de toxicomanes, c'était parce que lui-même consommait de la drogue. Il n'y allait d'ailleurs pas uniquement *après* les cours. Bien souvent, il y passait la journée entière.

» Et j'ajoute que Mme Castellano ignore si Aaron-Rey a trouvé l'arme dans les escaliers au moment où il s'enfuyait, ou s'il l'a trouvée dans l'une des pièces du squat, ou encore si quelqu'un lui a glissé quelques billets en lui disant, “Tiens, Aaron-Rey, voilà un flingue. Tu vas le prendre et aller buter ces trois gars”. Je crois que le système de vidéo surveillance était en panne ce jour-là.

Il y eut des rires parmi les jurés. Parisi était en train de se les mettre dans la poche.

— Aucun témoin ne s'est manifesté à l'époque pour expliquer ce qui s'était passé à l'intérieur du squat, et jamais personne ne viendra en faire le récit. Comme vous l'a dit Mme Castellano, Aaron-Rey n'a pas été soumis à un test de résidus de poudre. Les policiers ont commis là une erreur, c'est vrai. Mais ce que Mme Castellano a oublié de vous dire, c'est que les balles qui ont tué ces trois hommes provenaient bien de l'arme retrouvée sur lui.

» Aaron-Rey était donc en possession de l'arme du crime lorsque les policiers l'ont stoppé dans sa fuite. À ces mêmes policiers, le jeune homme a affirmé qu'il n'avait pas tué les trois personnes, et il a tout de suite cité leurs noms.

» Les policiers lui ont bien sûr demandé comment il s'était procuré l'arme, et il a répondu qu'il l'avait trouvée. Ils sont alors allés inspecter le squat, ils ont trouvé les trois cadavres et ils ont procédé à l'arrestation d'Aaron-Rey Kordell. En somme, ils n'ont fait que leur travail.

» Quant à savoir comment il s'est procuré l'arme… Ce jeune garçon n'est plus parmi nous pour répondre à cette question, et au fond, peu importe la réponse. Il s'agissait de l'arme du crime, et lorsqu'il a eu l'occasion de dire aux inspecteurs de la brigade de stupéfiants qui l'interrogeaient ce qui s'était passé dans le squat, il a avoué avoir tué A. Biggy, Duane et Dubble D.

» Mais nous ne sommes pas réunis ici pour tenter d'expliquer la provenance de l'arme qui a servi à abattre ces trois hommes. Ni pour déterminer qui a tué Aaron-Rey Kordell en prison.

» Ce procès, comme vous l'a expliqué Mme Castellano, doit nous permettre de répondre à une seule question : les inspecteurs Stanley Whitney et William Brand ont-ils extorqué les aveux formulés par Aaron-Rey Kordell ?

» Pour nous, la réponse est non.

» Ont-ils employé des techniques d'interrogatoire légales ? Oui. Ont-ils eu recours au mensonge ? Oui, très probablement. Un interrogatoire s'apparente à un jeu de dupes : les policiers mentent, la personne interrogée ment également, et chacun met tout en œuvre pour avoir l'air crédible.

» Le mensonge, dans le cadre d'un interrogatoire, est autorisé par la loi.

» Et lorsque nous vous diffuserons les images de cet interrogatoire, vous verrez que le jeune homme était calme et posé, et qu'il a tout simplement avoué avoir tué ces trois hommes.

» Après ses aveux, les inspecteurs Brand et Whitney l'ont placé en détention, ce qui est la procédure normale dans le cadre d'une affaire d'homicide, car après tout, la société préfère savoir un tueur derrière les barreaux que dans la nature.

» Voilà pourquoi Aaron-Rey attendait en prison l'ouverture de son procès, qui devait avoir lieu dans les plus brefs délais, comme le garantit la loi pour tous les citoyens américains.

» Nous sommes bien sûr émus par la détresse de la famille d'Aaron-Rey, mais sa mort n'est en aucun cas imputable au San Francisco Police Department.

59

Les funérailles de la famille Calhoun se déroulèrent au Cypress Lawn Memorial Park, à Colma, et je dois dire que j'avais rarement assisté à un événement plus dévastateur sur le plan émotionnel.

Le père de Marie Calhoun, le père de Tom Calhoun, l'entraîneur de base-ball des enfants ainsi que leur professeur principal, prononcèrent une oraison funèbre. Le SFPD fut également représenté en la personne de Jacobi, ainsi que du sergent Phil Pikelny et de l'inspecteur Ted Swanson, qui bafouilla quelques paroles en retenant ses larmes, juste pour dire que Calhoun était « vraiment un mec bien ».

Les centaines de policiers qui s'entassaient dans la chapelle se dispersèrent à l'extérieur. Beaucoup pleuraient. Ils formaient une épaisse muraille bleu marine derrière la famille meurtrie, recueillie au bord de la tombe où quatre cercueils, dont deux petits, furent lentement descendus.

La tristesse générale se teintait de colère face à ces morts horribles, odieuses.

J'avais à peine connu Tom Calhoun, mais je me souvenais parfaitement de son optimisme le matin de l'attaque du comptoir commise par les trois *copycats* abattus par des policiers en patrouille.

Et cette pensée me hantait.

Après la cérémonie, Conklin et moi regagnâmes le Bronco et quittâmes lentement le cimetière en suivant les autres véhicules. Nous longeâmes bientôt la section où ma mère était enterrée, puis nous passâmes près de celle où reposait Keiko, la mère de Yuki qui nous faisait tant rire. Submergés par les souvenirs de ces funérailles, nous reprîmes l'autoroute dans l'autre sens.

De retour à San Francisco, j'aurais voulu me poser dans un petit bar où de vieux piliers de comptoir auraient été tranquillement installés devant un match, où j'aurais pu boire un verre incognito. J'avais besoin de temps et d'un lieu où recouvrer mes esprits avant de rejoindre ma famille.

— Je veux retourner voir la maison des Calhoun, lança soudain Conklin.

— Pour quoi faire ?

— Je ne sais pas, je veux y retourner.

— O.K., soupirai-je. Si tu y tiens.

60

Conklin se gara devant la petite maison verte de Texas Street, sous un fil téléphonique où s'étaient regroupés de nombreux merles. Nous restâmes un moment assis en silence avant de quitter la voiture. Après être passés sous le ruban jaune, nous brisâmes le scellé de la porte d'entrée, que nous enfonçâmes à coups d'épaules.

Il n'y avait plus aucun signe de vie dans la maison du crime, mais il flottait une odeur désagréable et, durant les quelques secondes qui s'écoulèrent avant que nous n'allumions la lumière, j'eus l'impression d'entendre résonner les cris de Marie Calhoun.

Je proposai à Conklin d'inspecter chacun une pièce en essayant de poser un regard neuf sur ce qui nous entourait. Conklin voulut commencer par la chambre des enfants.

Je choisis la cuisine.

Les premières choses que je remarquai furent la cuillère et le bol dans l'évier, un bol qui avait manifestement contenu de la glace au chocolat, ultime repas de l'une des victimes. Affichés sur la porte du frigo à l'aide de gros aimants, des dessins de lapins de Pâques étaient couverts d'éclaboussures de sang, à quelques dizaines de centimètres des traits de craie dessinant les contours du corps de Marie Calhoun, là où elle s'était effondrée, morte.

La porte du réfrigérateur était restée ouverte ; à l'intérieur, la nourriture avait commencé à moisir. L'air était imprégné d'une odeur de viande en putréfaction. Je jetai un coup d'œil dans la poubelle, au cas où elle aurait été oubliée par les techniciens de scène de crime, mais le sac avait été enlevé en vue d'analyser son contenu.

Le bloc à couteaux présentait un emplacement vide, vraisemblablement celui qui accueillait le couteau à légumes, lequel avait probablement été utilisé pour trancher les paupières de Tom Calhoun.

Tâchant d'appliquer le conseil que j'avais donné à Conklin, j'essayai de poser un regard neuf sur la scène, mais j'étais incapable de prendre la moindre distance face à un quadruple homicide aussi brutal.

Un seul mot tournait en boucle dans mon esprit : *pourquoi ?*

Brady s'était interrogé à voix haute sur l'éventuelle appartenance de Calhoun au gang des coupe-vent. Avait-il des infos concernant le stock de drogue dérobé à Wicker House et les employés du labo clandestin assassinés ?

Je faisais souvent confiance à l'instinct de Brady. Si, comme il le supposait, Calhoun faisait bien partie de ces ripoux, cela signifiait qu'il n'était pas seul. Avait-il travaillé en collaboration avec d'autres policiers ? Swanson, Vasquez et même Robertson, faisaient-ils également partie du gang ?

Conklin, lui aussi, pensait que la tuerie de Wicker House et ce quadruple homicide étaient liés. J'entendis des bruits de pas et me retournai au moment où il entra dans la cuisine.

— Je n'ai rien remarqué de nouveau à l'étage, me dit-il. C'était clairement une exécution. Je ne vois aucun signe d'un éventuel cambriolage. Comme l'a dit Clapper, rien n'a été dérangé.

— Je me demande vraiment qui les a tués, lançai-je.

— Ça t'inspire quoi, tout ça ?

— Imaginons que Brady ait raison et que Calhoun faisait partie du gang des coupe-vent. Ça expliquerait pourquoi il s'est montré si enthousiaste le jour où les trois *copycats* ont été abattus.

Conklin hocha la tête.

— En partant de ce raisonnement, une fois l'affaire du gang des coupe-vent résolue, c'était pour Calhoun l'assurance de ne jamais être inquiété pour cette série de braquages et d'homicides.

— Ça se tient.

— Et si Calhoun était impliqué dans l'attaque de Wicker House, où une grosse quantité de marchandise a été volée, alors quelqu'un a perdu beaucoup d'argent cette nuit-là. Et si ce quelqu'un n'était autre que Kingfisher ? Et si ce même Kingfisher savait qui l'avait volé ?

— Donc, selon toi, Calhoun n'aurait pas été torturé pour une information, mais simplement pour faire passer un message : « Regardez ce qui se passe quand on déconne avec nous » ?

— C'est juste une hypothèse, répondis-je en observant le sang séché sur le sol de la cuisine.

— Une hypothèse qui me paraît beaucoup plus sensée que tout ce que j'ai entendu jusqu'ici.

61

Je rentrai chez moi avant l'heure du dîner, pris une bonne douche et enfilai une tenue confortable avant d'asseoir Julie sur mes genoux pour lui faire manger son petit pot à l'agneau et aux petits pois tout en écoutant *Pushin' Against a Stone*, de Valerie June. Joe la prit dans ses bras à la fin du repas et j'allai remplir la gamelle de Martha avec les croquettes de luxe que je gardais pour des occasions spéciales.

— Ce soir, c'est moi qui cuisine, fis-je à Joe. J'ai besoin de faire une activité que je peux contrôler et qui me donne l'impression d'accomplir quelque chose de bien.

— Ah, tu m'as bien eu ! J'ai vraiment cru un instant que tu allais préparer le dîner.

Je partis d'un grand éclat de rire, mon premier moment de joie de la journée. Mon mari se joignit à moi puis me servit un verre de jus d'orange frais.

Je commençai à découper les légumes en racontant à Joe la journée merdique que je venais de passer.

— J'avais dit que je t'accompagnerais à Colma.

— Non, c'était mieux que j'y aille avec les collègues.

Je lui fis un rapide compte rendu de notre contre-inspection de la maison des horreurs de Texas Street. Et tandis que j'aplatissais les côtelettes de veau à coups de maillet, je lui fis part de ma théorie selon laquelle Kingfisher était peut-être impliqué dans cette affaire. Lorsque les côtelettes furent devenues si fines qu'elles en étaient presque transparentes, Joe me retira doucement le maillet de la main.

Je ris à nouveau, ce qui, je dois l'avouer, me fit un bien fou.

Tout en sirotant mon jus d'orange, j'écoutai Joe me parler des barons de la drogue dont il avait croisé le chemin au cours de sa carrière. Il connaissait Kingfisher, un psychopathe capable de la violence la plus extrême. L'homme devait son surnom au fait qu'il éliminait systématiquement tous ceux qui se mettaient en travers de sa route.

— C'est une figure légendaire, un mythe, fit Joe. Personne ne sait à quoi il ressemble, mais on dit de lui qu'il est lié à tous les trafics de drogue de Californie.

— Oui, soupirai-je.

— Ce n'est pas pour t'inquiéter, Linds, mais tu penses que Kingfisher est impliqué dans la torture d'un flic lui-même potentiellement impliqué dans une affaire sur laquelle tu enquêtes.

— Je sais, fis-je. Je sais.

L'huile d'olive et le veau grésillaient à présent dans la poêle ; Joe servit deux verres de vin.

— Je suis inquiet pour toi, Linds.

— Je vais être prudente. Je ne compte pas prendre de risques inutiles.

Joe hocha la tête. Il actionna l'alarme pendant que je servais le repas. Pour une fois, nous avions décidé de dîner dans la salle à manger. Martha vint se poster entre nous sous la table, pleine d'espoir. Une fois le dessert terminé, alors que le café coulait, Joe aborda un autre sujet brûlant : son enquête sur l'affaire CBM.

— Je tiens peut-être un suspect, me dit-il. Il s'appelle Wayne Broward et il a déjà été condamné à des dommages et intérêts pour avoir lacéré les pneus de l'un de ses voisins. Le jour du procès, le gars s'en est pris au juge en menaçant de le tuer, de violer sa femme et d'étrangler ses enfants.

— Effectivement, il n'a pas l'air très net.

— Il a pris la peine maximum pour menaces envers un juge, soit une amende de cinq mille dollars et un an de taule, mais il a bénéficié d'une libération anticipée pour bon comportement. Et à la question, « Mais quand donc a-t-il été libéré ? », je réponds, « Il y a cinq ans, juste avant l'anniversaire de Claire ».

— O.K. Tu me montres ça ?

Je débarrassai la table, puis Joe m'apporta son ordinateur portable. Je consultai les dossiers qu'il avait dénichés, puis me connectai à la base de données du SFPD pour effectuer une petite recherche sur notre homme, Wayne Lawrence Broward. Il vivait dans le quartier de Bayview, au croisement de Hollister Avenue et de Hawes Street.

Hormis l'« attaque » sur les pneus de la voiture de son voisin, Broward avait eu affaire à la justice pour avoir frappé un autre voisin qui avait déposé ses poubelles un peu trop près de son allée de garage. En plus de ces deux histoires, la femme de Broward avait porté plainte pour violence conjugale.

Elle avait fini par retirer sa plainte, mais sa déposition apportait un éclairage intéressant.

— Écoute ça, Joe. Mme Broward dit de son mari qu'il a été « bousillé par sa cinglée de mère » et qu'il a parfois des accès de colère incontrôlables.

— Elle est restée vivre avec lui ?

— Oui. Si je trouve un moment demain, j'irai rendre une petite visite à ce type.

— Fais attention, Linds.

62

Wayne Lawrence Broward habitait une bicoque en bardeaux de bois sur Hollister Avenue, à quelques mètres du croisement avec Hawes Street. Elle se dressait derrière une clôture grillagée sur laquelle étaient apposées pas moins d'une dizaine de pancartes PROPRIÉTÉ PRIVÉE DÉFENSE D'ENTRER, ce qui lui donnait des airs de camp retranché pour paranoïaque.

Je me garai le long du trottoir et accrochai mon insigne au revers de ma veste, pour que le métal doré ressorte bien sur le tissu bleu marine. Je pris également soin de déboutonner ma veste pour faire apparaître la crosse de mon arme, puis poussai le portail grillagé.

J'avais parfaitement conscience d'outrepasser mes pouvoirs. L'enquête sur le meurtre de Tina Strichler avait été confiée aux inspecteurs Michaels et Wang, et même s'ils étaient encore nouveaux, ou peut-être à cause de ça, j'hésitais à leur demander de mettre le nez dans un scénario fondé sur notre seule intuition, à Joe et à moi.

Difficile, pourtant, de mettre de côté un pressentiment. Je devais en avoir le cœur net. Je franchis donc le portail et remontai l'allée cimentée menant à la porte, sur laquelle une énième pancarte avertissait : PROPRIÉTÉ PRIVÉE, DÉGAGEZ !

Je pressai le bouton de la sonnette.

J'entendis un chien aboyer quelque part au fond de la maison, puis une voix d'homme :

— Ouais, Hauser. Voyons voir qui est le fils de pute qui vient nous déranger.

Il y eut une série de bruits : le frottement du cache métallique du judas, suivi du cliquetis d'une chaîne et du bruit d'un verrou qu'on actionne. Étant donné le faible niveau de revenu des habitants du quartier, soit Wayne Broward planquait des lingots d'or, soit il était engagé dans une lutte armée solitaire contre le reste du monde.

Peut-être avait-il aussi poignardé à mort une femme le 12 mai de chacune des cinq dernières années écoulées.

J'entendis d'autres aboiements, puis la porte s'ouvrit enfin et un homme aux cheveux châtains, de taille et de corpulence moyennes, portant un jean et une chemise en denim, apparut dans l'entrebâillement. Il tenait une Winchester dans ses mains.

— Vous voulez quoi ? grogna-t-il.

— Sergent Lindsay Boxer, me présentai-je. Je cherche M. Wayne Lawrence Broward.

Le chien, qui s'avéra être un boxer, se jeta sur la porte mais son gentil maître le repoussa à l'aide de sa jambe.

— Vous voulez quoi ? répéta-t-il.

— Je suis de la police, fis-je en indiquant mon insigne. Baissez tout de suite cette arme.

L'homme se renfrogna mais s'exécuta néanmoins.

Je sortis une photo de Tina Strichler. Le souvenir de son corps ensanglanté effondré au milieu de la chaussée était encore bien vivant dans ma mémoire.

— Connaissez-vous cette femme ? demandai-je.

Broward scruta la photo en plissant les yeux puis ouvrit la porte en grand.

— Il fallait commencer par ça, dit-il. Entrez, sergent. Entrez !

63

Broward venait implicitement d'admettre qu'il connaissait Tina Strichler, mais je voulais l'entendre dire.

— Connaissez-vous cette femme, monsieur Broward ?

— Entrez, insista-t-il. Je ne vais pas vous mordre. Même Hauser ne vous mordra pas.

Il attrapa son chien par le collier, le poussa dans une chambre et referma la porte.

La main sur la crosse de mon arme, je pénétrai prudemment dans la maison et promenai mon regard autour de moi. L'ambiance, à l'intérieur, évoquait un mélange improbable entre *American Pickers* et *Hoarding : Buried Alive*.

Des poules étaient enfermées dans une cage posée sous une table ; des conserves de nourriture s'entassaient du sol au plafond, des boîtes de munitions encombraient le plan de travail de la cuisine et plusieurs armes étaient accrochées aux murs. L'endroit était d'une saleté repoussante.

Je scrutai la pièce à la recherche d'objets qui auraient pu s'apparenter à des « trophées » : photos ou coupures de journaux. Je cherchai également une collection de couteaux qui auraient pu servir à commettre des meurtres.

Mais le chaos qui régnait autour de moi était tel que j'oubliai la présence de Broward pendant quelques secondes – jusqu'à ce que je sente le métal froid d'un canon contre ma nuque.

— Jette ton arme, histoire de te mettre à l'aise. Tu vas bien rester un moment, non ?

— J'adorerais, lançai-je.

La peur et la honte envahirent mon corps tout entier. Je m'étais comportée comme une abrutie. Je m'étais jetée toute seule dans la gueule du loup et j'allais peut-être y rester.

— Très bien, monsieur Broward. Je vais sortir mon arme très doucement, articulai-je, toujours dos à lui. Juste avec le bout de mes doigts.

Comme j'avais été entraînée à le faire, je pivotai brusquement sur mes talons, écartai d'un geste vif le canon du fusil de Broward et lui arrachai son arme des mains. Il perdit l'équilibre et je balançai son fusil le plus loin possible ; l'arme percuta une pile d'enjoliveurs dans un fracas métallique. Je dégainai aussitôt mon Glock et le braquai vers Broward.

Dix secondes à peine s'étaient écoulées, mais j'avais l'impression qu'il s'agissait des dernières secondes de mon existence. Dans la chambre, derrière la porte, Hauser aboyait à tue-tête. Quelle chance que Broward m'ait sous-estimée au point d'enfermer son chien.

— Salope, cracha Broward. J'aurais dû te buter direct. Personne ne l'aurait jamais su.

— Tournez-vous, lui ordonnai-je. Mains sur la tête.

Il s'exécuta.

— Avant de te tuer, je t'aurais fait ta fête. Ça fait longtemps que je ne me suis pas tapé une blonde.

— Fermez-la !

Je rangeai mon arme et menottai Broward les mains dans le dos.

— Monsieur Broward, je vous arrête pour agression d'un agent des forces de l'ordre.

64

Broward était à présent menotté sur la banquette arrière de mon véhicule, derrière la vitre de sécurité en plexi.

De mon côté, je tremblais encore suite à la montée d'adrénaline qui avait suivi les quelques secondes où j'avais cru que j'allais mourir. Et ç'aurait été entièrement de ma faute. J'avais commis une grossière erreur.

Je ne pouvais m'empêcher d'observer Broward à la dérobée dans le rétroviseur. Ce type était à n'en pas douter un grand malade, mais pour autant, il ne semblait ni inquiet, ni même conscient d'être en route pour la prison.

— Tu te souviens quand on vivait chez ma mère ?

— Ouais. Drôle de période.

— Tu m'appelais chéri, à l'époque. J'adorais ça.

— C'était avant, Wayne, fis-je en rentrant dans son jeu. Je suis passée à autre chose maintenant.

Broward se mit à fredonner *Jesus Loves Me*.

J'allumai la radio et tâchai de me concentrer sur la route. Je me demandais ce que j'allais bien pouvoir expliquer au juge pour justifier la petite visite que j'avais rendue à un homme qui n'était officiellement suspecté de rien. Dieu merci, c'était Broward qui m'avait invitée à entrer chez lui. Cet élément, ajouté au fait qu'il avait été condamné à de la prison ferme pour avoir menacé un juge, jouerait peut-être en ma faveur.

Vingt minutes plus tard, je me garai sur le parking de Bryant Street et remis les clés au gardien de jour. Broward se laissa escorter sans broncher jusqu'au Palais de Justice. Je le fis passer par le détecteur de métaux avant de le conduire vers l'escalier, puis nous grimpâmes au troisième étage, pour les procédures administratives. Le sergent Brooks était de service.

— Bonjour, sergent. Je vous amène M. Broward, que j'ai arrêté pour agression d'un agent des forces de l'ordre. J'aimerais qu'il soit soumis à un examen psychiatrique.

Le sergent Brooks posa plusieurs questions et remplit un formulaire, puis un policier en uniforme emmena Broward pour son admission en cellule. Mon pote à la carabine allait être occupé pour les prochaines vingt-quatre à trente-six heures : fouille corporelle, prise d'empreintes, douche, examen médical et évaluation psychiatrique. Il lui serait alors fourni une combinaison, suite à quoi il serait placé en cellule en attendant que je retourne le voir.

Dans la salle de la brigade, je trouvai Conklin à son bureau. Une pile de dossiers concernant différents trafiquants de drogue s'élevait à côté de l'écran de son ordinateur.

— Désolée, Rich. J'ai eu un contretemps.

J'étais sur le point de lui parler de ma visite chez Wayne Broward, mais il me cloua le bec avec la dernière info qui venait de tomber.

— Ralph Valdeen s'est fait buter.

Ralph Valdeen, alias Rascal, était l'un des deux anciens magasiniers de Wicker House. Arrêté pour avoir frappé Conklin, il avait été libéré sous caution. Contrairement à Donnie Wolfe, que nous avions mis en examen pour vol de voiture, nous n'avions rien d'autre contre Valdeen. Rien ne laissait présumer qu'il ait pu connaître les assaillants ou savoir ce qu'il était advenu de la marchandise dérobée dans le labo.

— Raconte.

— Sa mère est allée chez lui et elle l'a retrouvé dans la chambre. Deux balles dans la poitrine, une troisième dans le crâne. À mon avis, quelqu'un est venu faire le ménage. Valdeen connaissait peut-être l'identité des assaillants de Wicker House.

— Encore un témoin qui disparaît.

— Encore un !

65

Brady organisa une grande réunion juste avant la relève. Nous avions tous l'air au bout du rouleau, mais nous n'en restions pas moins motivés, déterminés à mettre un terme à cet amoncellement de cadavres et à sauver notre réputation largement mise à mal par les médias, qui s'en donnaient à cœur joie, de jour comme de nuit et même le week-end.

— On a un gros problème, lança Brady lorsque tout le monde fut rassemblé. Et quand je dis « on », je veux dire « chacun d'entre nous ». Plus d'une douzaine de morts, dont l'un de nos hommes et sa famille. Les autres sont des victimes de crimes, des témoins ou des criminels, sans qu'on sache vraiment qui est qui dans l'affaire.

» Voilà comment j'envisage les choses.

» La nature de la guerre qui nous oppose aux trafiquants a changé. Des policiers sont peut-être impliqués dans des crimes liés au trafic et les dealers répliquent. Personne ne peut dire précisément qui fait quoi à qui, ce qui ne fait que rendre les choses encore plus… je ne sais pas, dégueulasses.

» En tout cas, ça ne peut plus continuer.

» Chacun d'entre vous va se voir confier une bataille dans cette guerre. Je veux que vous fassiez le tour de vos indics. Essayez de vous souvenir du moindre fait, de la moindre phrase qui aurait peut-être dû vous alerter ou vous questionner. Laissez tomber ces histoires de loyauté à la con, comme quoi on ne balance jamais un collègue. Je vous rappelle que l'un de nos frères a été torturé et toute sa famille abattue.

» Je n'avais encore jamais été confronté à une telle situation au cours de ma carrière. Inutile de vous préciser que je ne tiens pas à ce que ça se reproduise. Ma porte est ouverte à tous. Si vous pensez tenir une piste, même si elle implique une personne que vous connaissez et en qui vous avez toute confiance, venez m'en parler en privé.

Brady arpenta la pièce un instant puis demanda s'il y avait des questions. Non, aucune. Nous connaissions tout le monde dans la salle. Rien que des gens qui avaient notre confiance depuis des années.

L'un d'eux avait quand même laissé un message anonyme sur mon bureau : MÉFIE-TOI, SALOPE.

Brady poursuivit :

— Boxer et Conklin dirigent l'enquête sur l'attaque de Wicker House, ainsi que l'enquête sur les meurtres de Tom Calhoun et de sa famille. Si vous travaillez sur ces dossiers, c'est à eux que vous devrez faire vos rapports.

» Swanson et Vasquez seront vos référents sur les enquêtes liées aux braquages commis par le gang des coupe-vent.

» Enfin, pour tout ce qui concerne les meurtres de dealers, c'est avec Whitney et Brand que vous verrez ça. Je veux être prévenu immédiatement dès que vous aurez la moindre information liée à des vols ou des meurtres de dealers.

» Mon numéro de portable et mon adresse mail personnelle sont affichés en salle de pause. Je sais qu'on va y arriver, alors au boulot. Dernier détail, pas de congés pour qui que ce soit jusqu'à nouvel ordre.

La réunion s'acheva ainsi, et Brady se fraya un chemin jusqu'à son aquarium à travers la salle bondée. Conklin et moi regagnâmes nos bureaux. J'appelai aussitôt la prison pour hommes et organisai en quelques minutes un entretien avec Donald Wolfe, voleur de voitures et ancien magasinier chez Wicker House.

66

Donnie Wolfe semblait d'excellente humeur lorsqu'il entra dans la salle d'interrogatoire, menotté et vêtu de sa combinaison orange.

— Quoi de neuf ? lança-t-il en se laissant glisser sur une chaise.

Le gardien qui l'avait escorté quitta la pièce. Wolfe se mit à l'aise, visiblement ravi de l'attention qui lui était accordée, ou bien simplement content d'avoir de la compagnie.

— Vous êtes en train de me faire rater le dîner, ajouta-t-il.

— J'ai une mauvaise nouvelle pour toi, Donnie, fit Conklin.

— Ah ouais ?

— Ton pote Rascal s'est fait descendre.

— Vraiment ? Ça m'étonnerait.

Conklin sortit son téléphone de sa poche et afficha la photo de Ralph Valdeen étendu sur son lit – les draps bleu clair étaient atrocement imbibés de sang. Il tourna le portable face à Donnie Wolfe.

L'espace d'un instant, je perçus en lui le jeune homme tout juste sorti de l'adolescence. Ses yeux s'écarquillèrent et il eut un mouvement de recul – un choc qu'il dissimula aussitôt pour retrouver sa posture de criminel arrogant qui n'aspire qu'à gravir l'échelle de la délinquance.

— C'est une photo truquée. Vous essayez de me faire flipper.

— Tu crois franchement qu'on serait allés mettre du faux sang et des morceaux de cervelle sur la tête de lit juste pour te faire peur ?

— Pourquoi pas ?

— Parce qu'on n'a pas besoin de te faire peur, Donnie. Tu es en prison. Tu vas bientôt être jugé et condamné pour vol de voiture, ce qui signifie que tu vas passer un bon moment derrière les barreaux. Mais qui sait ? Tu seras peut-être sorti pour le mariage de ton futur enfant.

Une longue minute s'écoula pendant laquelle Donnie sembla se projeter dans l'existence qui l'attendait.

— Ou sinon ? lança-t-il enfin.

C'est l'une des choses que j'apprécie chez Conklin. C'est un type fiable, en qui on peut avoir confiance. Et sa gentillesse s'exprime même envers des voyous comme Donnie.

— Écoute, il faut qu'on sache pourquoi Valdeen est mort, répondit mon coéquipier. Qui l'a tué et pour quelle raison. Aide-nous à comprendre et on dira au procureur que tu t'es montré coopératif. Je te promets que ça comptera le jour de l'audience préliminaire.

Le silence s'abattit dans la pièce pendant que Donnie envisageait les différentes options qui s'offraient à lui. Je m'efforçai de rester immobile pour ne pas perturber sa réflexion.

— Comment je pourrais vous aider ? demanda-t-il. Je n'étais pas là quand Rascal s'est fait buter. Je ne vois pas qui aurait pu lui en vouloir.

Je me sentis obligée d'intervenir :

— Ton pote a été exécuté, Donnie. Je pense que tu le comprends, ça ? Il n'a pas simplement reçu une balle pendant un hold-up, ou parce qu'il venait de se taper la femme d'un autre mec. Il a été abattu dans son lit. Pendant son sommeil.

— Non. C'est impossible.

— Ça l'est, Donnie. Je t'assure. Ce que je crois, c'est que Ralph savait quelque chose et que quelqu'un n'avait pas envie qu'il parle.

Nouveau silence.

— Il savait peut-être quelque chose que moi je ne sais pas.

— Il connaissait peut-être l'identité de ceux qui ont attaqué Wicker House ? Et peut-être que toi aussi, tu sais qui a fait le coup ?

Wolfe leva les yeux vers la caméra, puis son regard se posa sur Conklin :

— Coupez ça, d'abord.

Conklin quitta la pièce. À son retour, le point rouge de la caméra s'était éteint.

— On t'écoute, Donnie, fit Conklin.

— C'est des flics qui ont fait la descente à Wicker House.

— Quels flics ? demandai-je.

— Des flics. Rascal et moi, on a renseigné le chef sur le moment où la drogue devait quitter le labo.

C'était censé être un simple braquage. On ne savait pas qu'ils allaient mitrailler dans tous les sens. Je vous le jure sur la tête de mon gamin : ils ne nous ont jamais dit que ça se terminerait en massacre. J'avais besoin d'argent pour partir, c'est pour ça que j'ai fait ça.

Des larmes emplirent ses yeux. Il les essuya d'un revers de la main, et je revis le jeune homme sensible, choqué par la photo du cadavre de son ami.

— Comment tu sais qu'ils étaient flics ?

— Ils portaient des vestes du SFPD.

— C'est tout ? Tu as vu leurs insignes ? C'étaient des flics auxquels tu avais déjà eu affaire ?

— Ils parlaient comme des flics. Ils marchaient comme des flics. C'étaient des flics, point barre.

— Ils étaient combien ?

— J'ai rencontré seulement le gars avec qui on a fait affaire, mais j'ai entendu dire qu'ils étaient peut-être six. Celui qui m'a filé l'argent, je l'ai prévenu : je lui ai dit que la came appartenait au King et qu'il allait péter un câble en apprenant le vol.

— Kingfisher ? Et ce flic, il t'a répondu quoi ?

— Je ne sais plus trop. Un truc du genre, « Aucun problème ».

— Son nom ? intervint Conklin. Il nous faut son nom.

Wolfe médita plusieurs secondes sur l'opportunité de nous livrer cette information ; sur ce qu'il avait à gagner ou à perdre.

— Décris-le-nous, ajouta Conklin.

— À chaque fois que je l'ai vu, il était au volant d'une bagnole. Un Blanc, avec une casquette de flic et des grosses lunettes de soleil. On voyait juste son nez. Un nez normal. Ni grand, ni petit.

— Son nom, Donnie, répéta patiemment Conklin.

— Numéro Un. C'est ce qu'il m'a dit. C'est comme ça qu'il se fait appeler. Numéro Un.

67

Je venais juste de rentrer chez moi lorsque je reçus un appel de Cindy. Elle était à l'aéroport, de retour de sa tournée promotionnelle ; je l'invitai avec Richie à venir déguster un plat de lasagnes à la saucisse, une spécialité de Joe.

Une demi-heure plus tard, Julie était couchée et deux de mes meilleurs amis étaient avec nous dans la cuisine en train de goûter l'excellent vin que Cindy avait acheté chez notre caviste de quartier.

Elle portait un jean et un pull jaune d'or ; des barrettes incrustées de brillants retenaient ses longs cheveux blonds et bouclés. Richie avait passé son bras autour de sa taille et la tenait serrée tout contre lui. Tous les deux rayonnaient de bonheur et j'étais ravie de les voir comme ça. Vraiment.

Tandis que je mélangeais la salade, Cindy nous fit le récit de la dernière étape de sa tournée, au Mysterious Galaxy Bookstore de San Diego. Une femme l'avait attendue à la fin de la séance de dédicaces.

— Elle s'est plantée devant moi et elle m'a glissé, en chuchotant : « J'ai une histoire dont vous auriez sûrement envie de faire un livre. »

— Une histoire vraie? demanda Joe.

— C'est ce qu'elle m'a dit.

Il s'agissait d'une histoire de polygamie – un homme marié à cinq femmes différentes, chacune ignorant l'existence des quatre autres. Le type se faisait passer pour un voyageur de commerce mais était en réalité un escroc.

— Cette femme, Nikki, m'a ensuite dit, texto : « Benny était l'homme le plus gentil du monde. Adorable, toujours très attentionné. Avec lui, j'avais l'impression d'être la personne la plus importante du monde. Oh, j'ai oublié de vous dire que Benny était mon père. »

Cindy éclata de rire en lisant la stupeur sur nos visages.

— Elle m'a expliqué que son père avait disparu depuis une dizaine d'années et qu'il était présumé mort, même si son corps n'a jamais été retrouvé. Elle voudrait que j'écrive un livre sur lui et sur le mystère qui entoure sa disparition. Elle veut que je le retrouve, vivant ou mort, et s'il a été tué, elle veut que je retrouve le meurtrier. Rien que ça ! Mais à vrai dire, j'hésite quand même.

Le dîner fut chaleureux, savoureux et servi avec une bonne dose de rires – exactement ce qu'il me fallait. Malgré tout, je me sentais encore un peu honteuse à cause de l'épisode Wayne Lawrence Broward. J'avais hâte d'en parler avec Joe.

Tout, depuis le moment où j'avais toqué à la porte de cet homme, me laissait un souvenir embarrassant. Je n'en avais même pas parlé à Conklin. Heureusement, Cindy et Rich souhaitèrent rentrer tôt pour finir la soirée chez eux. Sitôt les embrassades terminées, j'allai vérifier si Julie dormait bien et revins auprès de Joe.

— Joe ? J'ai fait un truc complètement stupide aujourd'hui.

Je lui parlai de ma pause déjeuner, pendant laquelle j'étais allée rendre visite à Wayne Broward, et de notre entrevue qui s'était soldée par une arme braquée contre ma nuque. Une grimace se dessina sur le visage de Joe. Je sentais qu'il se retenait de me rappeler que j'avais une petite fille et que je ne pouvais pas me permettre de faire n'importe quoi.

— S'il te plaît, Joe. Pas d'engueulade. Je m'en veux déjà assez comme ça.

— Je n'ai rien dit.

— Je sais. Mais tu serais en droit de me faire une remarque. Broward est un cinglé fini. Et je ne dis pas ça à la légère. C'est vraiment un cas psychiatrique. J'ai du mal à l'imaginer orchestrer des assassinats programmés d'une année sur l'autre et réussir à ne jamais se faire serrer.

Je secouai la tête en repensant à la maison encombrée d'une multitude d'objets en tous genres, à la façon dont Broward semblait naviguer entre passé et présent sans aucun contrôle. Je lui avais présenté mon insigne, mais j'étais presque certaine qu'il ne l'avait même pas remarqué.

— J'ai fait l'erreur de lui tourner le dos. Il était armé.

— Allez, viens là, fit Joe.

Je me réfugiai dans les bras de mon mari, respirai profondément, puis l'attirai jusqu'au canapé pour me blottir contre son épaule.

— Je vais devoir en parler à Brady et à Richie, et après la lecture de l'acte d'accusation, tout le monde saura ce qui s'est passé. Je vais en prendre plein la gueule. Normal, je n'avais pas à rentrer chez ce type juste à cause d'un pressentiment.

— O.K. C'était une fausse piste. Mais pendant ce temps-là, le meurtrier de Tina Strichler court toujours.

— C'est vrai... Tu sais quoi ? Je finis par me demander si tous ces meurtres sont vraiment liés. Il n'y a peut-être pas un tueur unique animé par je ne sais quelle idée fixe, mais cinq tueurs différents, totalement indépendants les uns des autres.

68

C'était le deuxième jour du procès.

Yuki avait passé une nuit agitée. Brady et elle se trouvaient chacun à une extrémité du système judiciaire, et le cloisonnement était parfaitement étanche. Elle ne pouvait pas lui parler de son affaire en cours, ni lui des siennes, ce qui rendait les conversations poussives et le sommeil presque impossible à trouver.

Elle arriva au bureau à 7 h 45, et Natalie lui apporta du café quelques minutes après. Les deux décortiquèrent le discours préliminaire de Parisi et se demandèrent quelle attitude il adopterait envers leurs témoins.

— Ne t'inquiète pas, Yuki, la rassura Natalie. Ça va aller.

Zac apparut à cet instant dans l'encadrement de la porte.

— J'ai reçu une bonne dizaine de textos par rapport à ton intervention d'hier, dit-il à Yuki. Mazel tov ! Et merci à toutes les deux.

Yuki sentit revenir sa bonne humeur. Fraîchement caféinée, elle se rendit à McAllister Street en voiture avec Natalie et se gara dans le parking souterrain.

Dans la salle d'audience, Natalie remit le DVD au greffier et rejoignit Yuki sur le banc de l'accusation. Elles s'entretinrent à voix basse tandis que la salle se remplissait peu à peu.

Lorsque vint le moment de s'exprimer pour la partie plaignante, Yuki se leva de son siège et se dirigea droit vers le box des jurés. Aujourd'hui, tout reposait sur l'enregistrement vidéo de l'interrogatoire.

— Bonjour à tous, commença-t-elle. Hier, lors de mon discours préliminaire, je vous ai annoncé que vous alliez visionner plusieurs séquences tirées des seize heures d'interrogatoire d'Aaron-Rey Kordell.

» Je vous ai également dit que ce procès devait servir à répondre à une question précise : les aveux d'Aaron-Rey ont-ils été formulés sous la contrainte ? Si tel est le cas, alors on ne peut pas à proprement parler d'aveux. Et si Aaron-Rey n'a pas avoué, alors il n'aurait pas dû se retrouver en prison et il serait encore en vie à l'heure qu'il est.

» J'ai sélectionné plusieurs passages de l'interrogatoire, mais vous aurez également accès à l'intégralité de la transcription.

Yuki demanda au greffier de lancer le DVD. Les lumières s'éteignirent et les images apparurent sur l'écran plat. Aaron-Rey, un adolescent solidement bâti d'un mètre quatre-vingt-cinq, était assis derrière une table en bois couverte d'éraflures. Face à lui, deux inspecteurs se présentèrent : William Brand et Stan Whitney.

Whitney était âgé d'une trentaine d'années. Barbe courte, petites lunettes rondes à monture d'acier, il ressemblait davantage à un prof de physique qu'à un agent des stups. À sa posture et au ton de sa voix, on avait le sentiment qu'il compatissait à la détresse d'Aaron-Rey.

— C'est comme ça que ça s'est passé, Aaron ? Tu as eu peur ? Ces dealers étaient des types dangereux. Et puis ils étaient armés. Ils t'ont menacé et tu les as pris par surprise, pas vrai ? Tu leur as tiré dessus et puis tu t'es enfui. Parce que si ça s'est passé comme ça, tu n'as fait que te protéger, et c'est tout à fait normal.

— Je ne leur ai pas tiré dessus, répondit Aaron-Rey. J'savais *même pas* qu'on leur avait tiré dessus. J'ai trouvé le pistolet par terre et je me suis dit que je pouvais le revendre pour cinquante dollars. Je sais que c'est mal, parce que ce pistolet n'était pas à moi. Je m'excuse. Je suis désolé.

— Écoute, Aaron, ce n'est plus la peine de mentir. On va découvrir ce qui s'est passé, de toute manière. Mais si tu acceptes de nous dire la vérité, on pourra te protéger. Tu comprends, ça, fiston ?

Suivirent cinq minutes pendant lesquelles Whitney faisait ami-ami avec Aaron-Rey et lui expliquait qu'il valait mieux tout avouer.

— Tu n'as pas envie de rentrer chez toi, Aaron ? Tu n'en as pas marre qu'on t'interroge, et tout, et tout ?

— Oui, je veux rentrer chez moi.

Whitney lui glissa une feuille de papier.

— Sur ce document, il est écrit que nous t'avons informé de tes droits, mais que tu renonces à être assisté d'un avocat. Tu n'as pas envie de tout compliquer, Aaron ?

— Je n'ai tiré sur personne !

— Tant mieux, Aaron. Tant mieux, fit Brand.

Il tendit un stylo au garçon, et Aaron-Rey signa à l'endroit que lui indiquait l'inspecteur. Brand s'empara aussitôt de la feuille et quitta la pièce.

— Alors, ça va mieux ? demanda Whitney.

— Non, répondit Aaron-Rey.

Yuki prit la télécommande pour passer directement à la sixième heure, au moment où l'inspecteur Brand prenait les rênes de l'interrogatoire.

69

Sur les images, William Brand arpentait le minuscule périmètre de la salle d'interrogatoire en faisant de grands gestes nerveux avec les bras. Sous certains angles, on apercevait ses initiales tatouées sur son cou, juste sous l'oreille gauche. Un tatouage qui évoquait un marquage de bétail, *WB*.

— Tu as signé ce papier pour dire que tu n'avais pas besoin d'un avocat, alors maintenant, *tu dois nous dire la vérité*, Aaron. Et si tu continues à mentir, je te garantis que tu vas te noyer dans ta propre merde, tellement tu seras dedans jusqu'au cou. Tu comprends ?

— Mais je vous ai dit la vérité, répondit Aaron-Rey, en larmes.

Il enfouit sa tête dans ses bras et se mit à sangloter.

— Tu es un menteur, Kordell. Les gars comme toi, ça me file la gerbe. Ça joue les bonshommes avec un flingue dans la main, mais dès qu'il faut assumer ses actes, il n'y a plus personne. Tu te comportes vraiment comme un mec de la pire espèce. Pourtant, on devrait te remettre une médaille pour ce que tu as fait. En butant ces saloperies de dealers, tu as rendu un fier service à la communauté. Parce que c'est bien toi, qui les as butés, Aaron ?

— Nooooon !

— Pauvre petite merde, beugla l'inspecteur en rapprochant son visage de celui de l'adolescent. Tu ne comprends pas que j'essaie de t'aider ? Dis-moi la vérité, qu'on en finisse, putain ! Tu n'as pas envie que tes parents soient fiers de toi ? Fiers que tu aies assumé tes actes au lieu de mentir comme un mec qui n'a rien dans le froc ?

— Je ne leur ai pas tiré dessus, sanglota Aaron-Rey.

Yuki interrompit la vidéo :

— Nous allons avancer jusqu'à la quinzième heure. Quinze heures et quarante-cinq minutes pour être précis. Aaron-Rey a eu droit en tout et pour tout à trois canettes de soda et un paquet de chips. Il a renoncé à ses droits pour pouvoir rentrer chez lui – ou du moins le croit-il. Il a dit la vérité mais les inspecteurs Whitney et Brand ne le croient pas.

— Objection, Votre Honneur, intervint Parisi. Je crois que la vidéo parle pour elle-même.

— Objection rejetée, fit le juge Quirk.

Yuki pressa la touche PLAY. Comme dans l'extrait précédent, l'inspecteur Brand, les mains dans les poches, marchait autour de la pièce. Il ne cherchait pas à dissimuler sa colère.

— Je te laisse une dernière chance, Aaron. Une dernière chance d'avouer pour qu'on puisse passer à autre chose. Tu veux finir en prison pour le restant de tes jours, et peut-être même risquer une condamnation à mort ? Dans les deux cas, tu ne reverras jamais ta maman. Ou alors... tu nous dis ce qui s'est passé. Tu étais défoncé. Tu ne savais plus trop ce que tu faisais. Tu as dû te défendre contre ces trois types et tu leur as tiré dessus parce que tu n'avais pas le choix.

Brand se rassit, rapprocha sa chaise de celle d'Aaron-Rey et posa sa main sur la nuque du garçon.

— Tu as tout intérêt à avouer, Aaron. C'est maintenant ou jamais, alors réfléchis. Moi, j'en ai marre. J'ai une famille qui m'attend et j'aimerais rentrer chez moi. Dis-moi la vérité ou alors, la prochaine fois que je te verrai, ce sera pour assister à ton exécution. Ton papa et ta maman seront là aussi, en train de pleurer, et je leur expliquerai que je t'avais laissé une chance de parler mais que tu as préféré continuer à te foutre de ma gueule. C'est comme ça que tu aimerais que les choses se terminent ?

Aaron-Rey releva la tête :

— Je pourrai rentrer chez moi, après ?

— Oui. Alors, tu avoues ou tu persistes à te taire ? Dans ce cas, je rentre chez moi et toi, tu restes en prison.

— O.K., soupira le jeune homme. Ouais, c'est moi qui leur ai tiré dessus. J'avais peur et c'est pour ça que je les ai tués. Ça va, comme ça ?

— Tu as tué qui ? lança Whitney.

— A. Biggy, Duane et Dubble D.

Aaron-Rey se remit à pleurer.

— C'est bien, mon garçon, fit Whitney.

Il se tourna vers la glace sans tain et leva le pouce en signe de victoire. Brand ouvrit la porte ; plusieurs policiers en uniforme entrèrent dans la pièce et forcèrent Aaron-Rey à se lever.

Whitney et Brand se tapèrent dans la main puis la vidéo s'arrêta.

Yuki remit la transcription au greffier et regagna sa place.

— Voulez-vous appeler un témoin, madame Castellano ? demanda le juge.

Elle comptait prendre Parisi de vitesse en interrogeant deux témoins qui auraient normalement dû être appelés par la défense. En termes juridiques, on parle de « témoins opposés », et Yuki pouvait les interroger comme si elle menait un contre-interrogatoire des témoins de la partie adverse.

— Oui, Votre Honneur. J'appelle à la barre l'inspecteur Stanley Whitney.

70

L'inspecteur Stan Whitney portait un jean, une chemise de la même matière et une cravate rayée sous une veste bleu marine – l'allure d'un homme respectable et digne de confiance, qu'accentuaient encore un peu plus ses petites lunettes à monture métallique.

Il s'avança à la barre et prêta serment sur la Bible, jurant de dire toute la vérité, rien que la vérité.

Yuki passa quelques minutes à retracer le parcours professionnel de Whitney. Il avait intégré le SFPD huit ans plus tôt, passé les cinq premières années à patrouiller en uniforme, et les trois dernières au sein de la brigade des stupéfiants.

Elle lui demanda ensuite de décrire l'interrogatoire d'Aaron-Rey.

— Il se comportait comme n'importe quel criminel qui vient de se faire arrêter. Jeunes ou vieux, qu'ils en soient ou non à leur premier coup, ils passent rarement aux aveux au bout de la première minute, vous savez. Même si on les a attrapés à côté du corps, l'arme à la main et les vêtements éclaboussés de sang.

— Je vois, fit Yuki. Mais étant donné qu'il s'agissait d'un triple homicide, pourquoi l'interrogatoire a-t-il été mené par des inspecteurs de la brigade des stupéfiants ?

— M. Kordell a été arrêté au moment où il venait de s'enfuir d'un squat de toxicomanes, une arme à la main. Ce n'était pas la première fois qu'on tombait sur lui. Au début, on pensait juste qu'il avait été témoin de quelque chose.

— L'aviez-vous déjà arrêté par le passé ?

— Jamais.

— Il n'avait jamais été soupçonné du moindre crime ?

— Non.

— À quelles occasions étiez-vous déjà, pour reprendre vos termes, « tombés » sur M. Kordell ?

— Il traînait souvent dans le quartier. Il était parfois présent sur les lieux de certaines arrestations.

— Aviez-vous déjà remarqué chez lui la moindre violence ?

— Violent, il l'a été quand il a abattu ces trois hommes.

— Avez-vous la moindre preuve pour affirmer que c'est bien lui l'auteur de ce triple homicide ?

— Il avait l'arme du crime à la main au moment de son arrestation.

— Avez-vous effectué le moindre test pour déceler des résidus de poudre sur les mains ou sur les vêtements de M. Kordell ?

— Non.

— Parce que vous saviez que ces tests se révéleraient négatifs, n'est-ce pas, inspecteur ?

— L'interrogatoire se déroulait comme on l'espérait. On cherchait à obtenir des réponses et on avait bon espoir de trouver des témoins par la suite.

Yuki transpirait dans son tailleur pantalon noir. Il était temps de passer à la vitesse supérieure.

— Le fait est que vous n'en avez trouvé aucun, lança-t-elle. Je me trompe ?

— Non.

— Et M. Kordell a maintenu pendant plus de quinze heures consécutives qu'il n'avait tiré sur personne. Vrai ou faux ?

— Vrai.

— Mais vous n'acceptiez pas sa version des faits.

— Il me semblait évident que c'était lui le coupable.

— Personnellement, cela ne me semble pas si évident, inspecteur. Vous n'aviez aucun témoin, pas de test de résidus de poudre, pas la moindre preuve scientifique sur laquelle vous appuyer, et pendant presque seize heures, aucun aveu. Est-ce exact ?

— Oui.

— Si je ne m'abuse, lors d'un interrogatoire, un inspecteur de police est censé poser des questions destinées à provoquer une réponse incriminante. Vrai ou faux, inspecteur Whitney ?

— Vrai.

— Est-il vrai aussi qu'un adolescent, et qui plus est un adolescent souffrant d'une déficience intellectuelle, aurait naturellement cherché à satisfaire le policier qui l'interrogeait et qui lui avait promis qu'il pourrait rentrer chez lui s'il avouait ? Car n'est-ce pas là exactement ce que vous lui aviez promis, inspecteur Whitney ? N'est-ce pas exactement ainsi que vous avez soutiré ses aveux à M. Kordell ?

Parisi se leva d'un bond :

— Objection, Votre Honneur. À laquelle de ces questions Mme Castellano souhaite-t-elle que le témoin réponde ?

— Je retire mes questions, Votre Honneur.

Il y eut des murmures dans la salle : les spectateurs échangeaient à voix basse avec leurs voisins. Les jurés observaient le juge.

— Souhaitez-vous contre-interroger le témoin, monsieur Parisi ? demanda le juge Quirk.

71

Len Parisi, district attorney de San Francisco et co-avocat au côté de Moorehouse & Rogers, qui étaient payés pour défendre la ville, se leva de son siège et s'approcha lentement de la barre des témoins.

— Inspecteur Whitney, lança-t-il. Pensiez-vous avoir des motifs valables pour arrêter Aaron-Rey Kordell dans le cadre de ce triple homicide ?

— Absolument.

— Pensiez-vous que M. Kordell était l'auteur des coups de feu mortels ?

— Il bénéficiait de la présomption d'innocence, mais c'était notre principal suspect et j'étais persuadé que c'était lui qui avait tiré. Non seulement il avait cité les noms des trois victimes, mais il était également porteur de l'arme du crime au moment où il s'est enfui du squat.

— Avez-vous fait usage de violence physique pour amener M. Kordell à passer aux aveux ?

— Non.

— L'avez-vous physiquement intimidé ?

— Non plus.

— L'avez-vous informé de ses droits ?

— Oui.

— Dans ce cas, pourquoi lui avez-vous fait signer un document stipulant qu'il renonçait à son droit d'être assisté par un avocat ?

— Pour établir qu'on lui avait clairement laissé la possibilité de faire appel à un avocat et qu'il y avait renoncé. C'est lui qui a pris cette décision.

— Et pourquoi ses parents n'étaient-ils pas présents ?

— Les policiers qui ont procédé à son arrestation avaient indiqué dans leur rapport qu'il ne fallait pas les contacter.

— Savez-vous pourquoi ?

— M. Kordell leur avait dit qu'il avait dix-huit ans. En général, les jeunes n'ont pas très envie que leurs parents soient mis au courant de ce qu'ils ont fait.

— Connaissiez-vous l'âge de M. Kordell ?

— Non. Il n'avait ni antécédents judiciaires, ni papiers d'identité.

Parisi se tourna pour faire face aux jurés.

— Estimez-vous que les aveux obtenus lors de cet interrogatoire l'ont été de façon régulière ?

— Nous avons utilisé les outils mis à notre disposition. On voulait obtenir des aveux, c'est vrai, mais on est toujours restés dans le cadre légal. M. Kordell a fini par avouer qu'il avait tué ces trois enfoirés, et à mon avis, il a dit la vérité.

— Merci, inspecteur. Je n'ai plus de questions, Votre Honneur.

Il y eut des bruits de chaise et quelques murmures parmi l'assistance tandis que Parisi regagnait sa place.

— Silence ! ordonna le juge en abattant son marteau. Madame Castellano, souhaitez-vous interroger à nouveau le témoin ?

— Oui, Votre Honneur.

Yuki s'avança vers la barre des témoins, passa à côté de Parisi sans le regarder et vint se planter face à Whitney.

— Inspecteur Whitney, reconnaissez-vous qu'avant d'avouer le meurtre de ces trois « enfoirés », Aaron-Rey Kordell a affirmé n'avoir jamais tiré sur personne ?

— Comme tous les coupables. Au départ, ils jurent tous qu'ils sont innocents.

— Répondez à la question. Oui ou non, M. Kordell a-t-il plusieurs fois répété qu'il n'avait tiré sur personne ?

— Oui.

— Et seriez-vous surpris d'apprendre qu'au cours de l'interrogatoire que vous avez personnellement mené, M. Kordell a maintenu n'avoir tiré sur personne à soixante-sept reprises ?

— Je l'ignorais.

— Nous avons compté.

— O.K.

— Seriez-vous également surpris d'apprendre qu'au cours de votre interrogatoire, M. Kordell a répété vingt-deux fois que le pistolet ne lui appartenait pas ?

— Ça non plus, je n'ai pas compté.

— Moi, si. Il l'a répété à vingt-deux reprises. Et selon vous, inspecteur Whitney, combien de fois a-t-il dit qu'il avait tiré sur ces trois dealers ?

— Une seule, je suppose.

— Une seule fois, exact. Et ce après plus de quinze heures d'interrogatoire, n'est-ce pas, inspecteur ?

— En effet, répondit Whitney sans manifester la moindre émotion.

— Vous n'aviez aucun suspect et aucune preuve formelle pour remettre en question la parole de ce garçon, vrai ou faux ?

— Vrai.

— Vous l'avez donc eu à l'usure jusqu'à ce qu'il finisse par dire ce que vous vouliez entendre, à savoir, « Oui, c'est moi qui les ai tués ». N'est-ce pas, inspecteur Whitney ?

Whitney la dévisagea sans rien dire.

— Vous ne répondez pas ? lança Yuki. (Elle laissa sa question flotter dans l'air avant d'ajouter :) Pas d'autres questions, Votre Honneur.

72

Natalie Futterman fit glisser sa tablette numérique vers Yuki : *NICKEL!* pouvait-on lire sur l'écran en gros caractères. Yuki lui répondit par un sourire, puis se leva et appela à la barre l'inspecteur William Brand.

Brand franchit les portes battantes au fond de la salle et traversa le parquet en direction de la barre des témoins. Il posa sa main sur la Bible, déclina son identité et jura de dire toute la vérité.

En s'approchant de lui, Yuki remarqua tout de suite la colère qui émanait de son visage carré, la tension dans son corps musculeux, le col de sa chemise juste assez large pour contenir son cou puissant.

Elle entra tout de suite dans le vif du sujet.

— Monsieur Brand, connaissiez-vous Aaron-Rey Kordell avant ce triple homicide?

— Oui.

— Dans quelles circonstances aviez-vous déjà croisé son chemin?

— Je l'avais déjà vu au squat de Dodge Place, lors de plusieurs coups de filet sur lesquels j'intervenais.

— L'aviez-vous déjà fouillé à la recherche d'armes ou de produits stupéfiants ?

— Oui.

— Combien de fois ?

— Deux, je crois.

— Et vous n'avez jamais rien trouvé, je me trompe ?

— Non, en effet.

— S'était-il montré agressif lors de ces interventions ?

— Non.

— Comment décririez-vous sa personnalité ?

— C'était un grand gamin un peu bête qui traînait dans un squat de toxicomanes. J'avoue que je ne lui avais pas fait passer un examen de personnalité. Je n'avais pas vraiment fait attention à lui.

— Il n'avait pas d'antécédents judiciaires avant cette arrestation pour port d'arme. Est-ce exact ?

— C'est exact.

— S'est-il montré belliqueux ou agressif lorsque vous l'avez interrogé dans le cadre du triple homicide survenu le 16 février de cette année ?

— Non, pas vraiment.

— Pourriez-vous décrire son comportement en quelques mots ?

Brand laissa échapper un soupir et haussa les épaules.

— Il pleurait. Il niait être impliqué d'une quelconque manière dans ces meurtres.

— Pour résumer, et pour que les choses soient bien claires, vous aviez déjà rencontré M. Kordell à plusieurs reprises mais vous n'aviez jamais trouvé ni drogue, ni arme sur lui. D'autre part, son casier judiciaire était vierge. Tout cela est-il exact ?

— Oui.

— Et ce jour-là, vous l'avez poussé à formuler des aveux pour un triple homicide qu'il niait avoir commis, est-ce exact ?

— Je vous rappelle qu'il avait l'arme du crime à la main. Les trois victimes ont toutes été tuées à bout portant. A. Biggy et ses gars n'auraient jamais laissé personne d'autre qu'Aaron-Rey s'approcher aussi près avec un flingue. Vous voyez ce que je veux dire ? Ils n'avaient pas peur d'un imbécile comme lui. Avec n'importe qui d'autre, ils se seraient méfiés et ils se seraient défendus.

Brand venait d'apprendre à Yuki un élément dont elle n'avait pas encore eu connaissance. Si le policier avait commis une erreur, elle allait peut-être pouvoir s'en servir pour détruire sa crédibilité.

D'un autre côté, elle était peut-être sur le point de commettre elle-même une grosse erreur.

73

La première règle, lors d'un contre-interrogatoire, consiste à ne jamais poser une question dont on ne connaît pas la réponse.

Mais parfois, il faut tenter un coup de poker.

— Inspecteur Brand, vous venez de nous expliquer que seul un «imbécile» comme Aaron-Rey aurait pu s'approcher aussi près des trois dealers pour leur tirer dessus à bout portant, est-ce exact?

— C'est exact.

— Mais vous ignoriez que ces trois hommes avaient été tués à bout portant?

— Je ne comprends pas la question.

— Alors je vais la reformuler. M. Kordell a été arrêté parce qu'il était porteur d'une arme. C'était le 16 février dernier, aux alentours de midi. Il a ensuite été conduit dans les locaux de votre brigade, où vous l'avez interrogé presque immédiatement après, et ce jusqu'au matin du 17 février. Quand avez-vous vu les corps des trois victimes?

— Quelques jours après.

— Quelques jours après avoir interrogé M. Kordell?

— Oui.

— Et ces corps se trouvaient alors à la morgue ?

Brand semblait déconcerté. Comme s'il réfléchissait à ses réponses aussitôt après les avoir formulées, comme s'il essayait de suivre Yuki dans son raisonnement. Peut-être était-il en train de comprendre son erreur.

— Oui.

— Ce que vous nous avez dit il y a un instant était donc inexact. Vous n'avez vu les corps que plusieurs jours après avoir extorqué des aveux à M. Kordell, c'est bien ça ?

— Je me suis juste embrouillé sur les dates.

— Vous ignoriez donc à quelle distance les balles avaient été tirées lorsque vous avez interrogé M. Kordell ?

— Je vous l'ai dit, je me suis embrouillé dans la chronologie.

Yuki enchaîna sans laisser à Brand le moindre répit :

— Et vous avez interrogé un « imbécile », selon vos propres termes, sans la présence d'un avocat. Vous avez décidé qu'il était coupable alors même que vous n'aviez aucun témoin et aucune preuve scientifique, sans même avoir pris la peine d'échafauder une théorie – elle n'est venue que plus tard. Mais avant ça, vous avez cuisiné ce pauvre garçon jusqu'à obtenir des aveux, car au fond, il n'y a que ça qui vous intéressait, n'est-ce pas, inspecteur Brand ?

— Ça, c'est vous qui le dites.

— En effet. Je n'ai pas d'autres questions, Votre Honneur.

— Monsieur Parisi ? lança le juge. Souhaitez-vous contre-interroger le témoin ?

Parisi prit la parole sans quitter son siège, avec l'air imperturbable d'un homme qui maîtrise son sujet.

— Inspecteur Brand, étiez-vous lié par une relation d'amitié ou de loyauté avec les trois trafiquants abattus dans le squat ?

— Hein ? Bien sûr que non !

— Aviez-vous de l'animosité envers M. Kordell ?

— Non, pas du tout.

— Vous l'avez donc interrogé comme vous l'auriez fait avec n'importe quel suspect ?

— Exactement.

— Êtes-vous satisfait des aveux que vous avez obtenus lors de cet interrogatoire ?

— Tout à fait. Il a avoué avoir tiré sur ces trois hommes et on l'a cru.

— Merci, inspecteur Brand. J'en ai fini avec le témoin, Votre Honneur.

— Si Mme Castellano n'a plus de questions, j'invite le témoin à se retirer, fit le juge Quirk.

74

L'audience avait été suspendue pour la journée lorsque Yuki reçut un message de Brady : *Tony Willis s'est fait tabasser. Il est hospitalisé à SF Gen. et il veut te voir.*

Yuki courut jusqu'à sa voiture et se faufila dans la circulation frénétique en direction du San Francisco General Hospital, où étaient soignés les détenus dont l'état nécessitait une hospitalisation.

Tony Willis, alias Li'l Tony, avait été un temps suspecté pour le meurtre en prison d'Aaron-Rey Kordell. Il avait toujours clamé son innocence, mais la dernière fois que Yuki s'était entretenue avec lui, elle avait eu le sentiment qu'il connaissait l'identité de l'assassin.

Peut-être allait-il se mettre à table.

S'il survivait à ses blessures…

La circulation était dense, et Yuki dut prendre sur elle pour garder son calme. Elle ne tenait pas à avoir un accident maintenant. En quittant le parking, elle avait tourné à gauche dans Polk Street puis traversé le quartier de Mission jusqu'à la 23e – presque une demi-heure pour un trajet de quatre kilomètres. Il lui fallut vingt minutes supplémentaires pour se garer et accéder à l'hôpital.

Lorsqu'elle se présenta à la porte de la salle 7D de l'unité chirurgicale, Tony Willis était encore vivant et respirait grâce à une bouteille d'oxygène. Des câbles partaient de sa poitrine et des tuyaux distillaient toutes sortes de liquides dans ses veines.

— Il a perdu beaucoup de sang, lui dit le médecin. Son corps présente une série de plaies par perforation et plusieurs organes ont été touchés. Nous l'avons placé sous analgésique. Je ne peux pas garantir qu'il vous reconnaîtra.

— C'est lui qui a demandé à me voir.

— Très bien. Pas plus de cinq minutes, d'accord?

Yuki parcourut l'allée ménagée entre les lits – les onze étaient occupés. Willis se trouvait au bout de la rangée de gauche. Elle s'approcha de lui, tira le rideau et s'assit sur une chaise.

Le petit Tony Willis avait l'air encore plus petit et plus jeune que la dernière fois, avec ses cheveux ébouriffés, son drap blanc coincé sous ses aisselles et l'armée de moniteurs qui contrôlait ses fonctions vitales.

— Tony? C'est moi, Yuki Castellano.

Tony Willis entrouvrit les yeux en grimaçant et posa sa main recouverte de bandages sur le drap, au niveau de son torse.

— Hey. Vous êtes venue.

— Comment vous sentez-vous?

— J'ai l'impression d'avoir été piqué comme une putain de merguez!

— Je vois.

— Je veux que vous soyez mon avocate, miss Cassielandro. J'ai besoin de vous parler mais il me faut le secret professionnel.

— Vous voulez que je vous représente ? Il faut d'abord que j'examine votre dossier. Je ne sais pas quelles sont les charges retenues contre vous, et puis ce n'est pas moi qui peux prendre cette décision. Je ne travaille pas en indépendante.

— Je dois vous parler tout de suite, vous comprenez ? Mais je veux être sûr que ça restera entre nous.

Sa respiration était sifflante. Clairement, il souffrait le martyre. Il risquait de mourir d'un instant à l'autre.

— O.K., Tony. J'accepte d'être votre avocate. Que vouliez-vous me dire ?

— C'est officiel ?

Elle prit sa main bandée dans la sienne et la serra doucement :

— C'est officiel.

— O.K. C'est moi qui ai tué Aaron-Rey.

— C'est vous ? s'exclama Yuki.

— On m'avait demandé de le buter le plus vite possible, et après ça, j'étais censé être transféré à Corcoran. Comme vous voyez, ça ne s'est pas passé comme prévu.

— J'ai du mal à y croire, fit Yuki.

Elle avait beau se triturer les méninges, les pièces du puzzle semblaient ne pas vouloir s'imbriquer. Quelque chose clochait. La personne qui avait engagé Li'l Tony lui avait également promis une protection. Qui avait bien pu faire ça ? D'autant que le transfert n'avait pas eu lieu.

— Qui vous a demandé ça, Tony ?

— Écoutez-moi bien avant que je clamse. C'est un flic qui m'a demandé de liquider le gamin.

— Quel flic ? Il me faut un nom.

— Dans la rue, il se fait appeler Numéro Un.

— Ce n'est pas un nom, ça. Donnez-moi d'autres informations. Je ne peux pas passer un marché avec vous si tout ce que vous avez à me dire, c'est que vous avez tué Aaron-Rey. Plus personne ne recherche son assassin.

Tony luttait pour continuer à respirer. D'une seconde à l'autre, une infirmière allait débarquer pour demander à Yuki de partir. Elle prit la main du jeune homme.

— Donnez-moi quelque chose d'exploitable, Tony. Numéro Un, ça ne va pas me suffire.

— Vous n'avez pas l'air comme ça, mais vous êtes coriace comme nana. (Il avala péniblement sa salive.) Arturo. Mendez. Trouvez-le. C'est le pote d'Aaron-Rey. Il sait qui a buté les trois dealers.

— Comment je peux le trouver ?

Tony ferma les yeux. Sa respiration devenait de plus en plus irrégulière.

— Putaaaaain ! lâcha-t-il dans un souffle. J'vais quand même pas vous mâcher tout le travail ? Allez voir la mère d'Aaron. Elle vous dira…

— Tenez bon, fit Yuki. Je vais faire tout mon possible.

75

Yuki appela la mère d'Aaron-Rey, Bea Kordell. Cette dernière avait gardé le téléphone portable de son fils, dont le répertoire contenait encore tous ses contacts. Un certain « Arturo » faisait bien partie de la liste. Yuki récupéra son numéro et lui envoya aussitôt un texto.

Une heure plus tard, à presque 20 heures, elle se gara sur Turk Street, tout près de Dodge Place et du squat miteux de sinistre mémoire.

Elle n'eut pas à attendre très longtemps.

Un jeune sortit d'un restaurant chinois. Mince, il mesurait environ un mètre soixante-quinze pour soixante-cinq kilos et portait un sweat à capuche et un jean large qui lui tombait sur les hanches, laissant apparaître un caleçon à rayures. Des écouteurs iPod pendaient à ses oreilles.

Il resta un instant posté au coin de la rue, à regarder de droite à gauche. Ses yeux s'arrêtaient à chaque fois qu'ils se posaient sur l'Acura couleur bronze de Yuki.

Au bout d'un moment, profitant d'un creux dans la circulation, le jeune homme traversa la rue d'un pas tranquille, dodelinant de la tête au rythme de sa musique. Il s'approcha de la vitre.

— Yuki ?

— Bonsoir, Arturo. Montez.

Yuki songea que si Brady l'avait vue en train d'inviter un dealer de crack à monter dans sa voiture, il aurait pété un câble.

Arturo grimpa sur le siège passager et referma la portière.

— J'ai une minute à vous accorder.

— Mme Kordell vous a expliqué ? J'ai besoin de savoir ce qui s'est passé dans le squat.

— Et j'obtiens quoi en échange ?

— La possibilité de faire ce qui est juste.

— Et une avocate gratuite en cas de besoin ?

— Marché conclu.

Ils échangèrent une poignée de mains et Yuki lui tendit sa carte de visite. En une seule journée, elle venait de tripler sa clientèle. Arturo continuait de scruter la rue d'un côté et de l'autre. Les trottoirs étaient déserts.

— Aaron n'a tiré sur personne. Je les ai vus, moi, les tireurs : trois types qui ressemblaient à des flics. Ils portaient des coupe-vent du SFPD. Ils se sont pointés à l'étage, et direct tout le monde s'est débiné – mais moi, je sortais des chiottes et j'ai tout vu.

Yuki était stupéfaite. Choquée, même.

— Ce sont des flics qui ont tué ces dealers ?

— Je ne sais pas s'ils étaient flics. J'ai juste dit qu'ils portaient des coupe-vent du SFPD, mais ils avaient aussi des masques. Ils ont poussé Duane,

A. Biggy et Dubble D contre le mur pour les fouiller. Ils leur ont tout pris : leur fric, leur came, leurs flingues, leurs téléphones et j'sais pas quoi d'autre, des photos de leurs copines à poil.

» À la fin, A. Biggy et ses gars se sont retournés et A. Biggy leur a demandé, "C'est bon, vous avez fini ?".

» Là, celui qui avait l'air d'être le boss lui a répondu un truc du genre, "Désolé, mec, mais mets-toi un peu à ma place". Et boum, il les a shootés.

Un voile assombrit soudain le visage d'Arturo, comme s'il revivait mentalement la scène. Il secoua la tête pour chasser ces images.

— Pourquoi est-ce la première fois que j'entends tout ça ? lui demanda Yuki.

— Parce que j'étais le seul rescapé à avoir vu ce qui s'était passé.

— Et ensuite, que s'est-il passé ?

— Les trois gars sont repartis comme si de rien n'était. J'ai attendu quelques minutes pour être sûr que le champ était libre, et au moment où j'allais me barrer, Aaron est arrivé à l'étage. Il n'avait pas vu les gars se faire buter et il les cherchait, comme d'habitude. Il traînait souvent avec eux. Quand il m'a vu, il m'a dit, "Regarde ce que j'ai trouvé dans l'escalier".

» Il avait ramassé le calibre 38 du flic qui avait tiré sur ses potes. Tout de suite, je lui ai dit qu'il devait partir, mais c'est à ce moment-là qu'il a vu les corps. Il a commencé à s'approcher d'eux et j'ai encore insisté pour qu'on s'en aille. Aaron, il chialait. On voyait qu'il les aimait vraiment.

» Après, on s'est enfuis. Aaron courait devant moi dans la rue et une bagnole de patrouille l'a repéré. Les flics se sont arrêtés et se sont jetés sur lui.

» J'ai vu tout ça, mais qu'est-ce que je pouvais faire ? C'étaient des flics qui avaient buté les gars dans le squat. Alors je me suis barré discrètement.

— Vous savez ce qui est arrivé à Aaron-Rey en prison ?

— Ouais, j'en ai entendu parler. Aaron, c'était le genre à faire confiance à tout le monde.

— Arturo, seriez-vous capable d'identifier ces flics ?

— Pas vraiment. Le chef, en tout cas, c'est sûr que non. Peut-être l'un des deux autres, celui qui avait un tatouage dans le cou. Je crois que j'avais déjà vu un stup avec le même tatouage.

Yuki sentit l'adrénaline se répandre dans ses veines, mais elle s'efforça de conserver une expression aussi neutre que possible.

— Je suis actuellement en procès contre le SFPD, expliqua-t-elle au jeune homme. La famille d'Aaron-Rey a porté plainte et je suis leur avocate. J'ai besoin de vous, Arturo. Il faut absolument que vous veniez témoigner.

— Histoire de signer mon arrêt de mort ?

— Laissez-moi voir ce que je peux faire pour…

— Pas la peine, lança Arturo.

Il se pencha pour ouvrir la portière mais Yuki lui agrippa le bras.

— Je suis votre avocate. J'ai de l'influence, vous savez. Si je vous appelle, s'il vous plaît, décrochez. Ça voudra dire que j'aurai pu vous obtenir un programme de protection.

Arturo quitta la voiture et s'éloigna sans se retourner. Yuki le regarda traverser la rue et rentrer dans le restaurant chinois.

Elle fit alors l'impensable. Elle téléphona à son ancien boss, Red Dog Parisi.

— Len? C'est Yuki. J'ai deux nouveaux témoins qui peuvent faire basculer le procès. Il faut à tout prix qu'on se voie.

76

En rentrant chez moi après une nouvelle journée d'interrogatoires infructueux auprès des amis et voisins de la famille Calhoun, je me mis à penser à Tina Strichler.

Je tentai à tout hasard de joindre M. et Mme Gosselin, le couple qui se trouvait dans Balmy Alley lorsque Tina Strichler avait été poignardée. Mme Gosselin avait vu le tueur, même si elle se trouvait derrière lui et qu'il y avait plusieurs personnes entre eux.

Conklin avait interrogé Nathan et Allyson Gosselin sur les lieux du crime, et Michaels et Wang, les deux inspecteurs en charge de l'enquête, s'étaient également entretenus avec eux ce jour-là.

Mais le couple avait déclaré qu'ils étaient incapables d'identifier le tueur, et ils avaient vite été écartés des investigations. À vrai dire, j'étais presque certaine que cette affaire était plus ou moins tombée aux oubliettes depuis que tout le monde s'était mis à bosser sur l'enquête liée au gang des coupe-vent.

Les Gosselin eurent l'air ravis de mon appel et me dirent que le meurtre de cette femme hantait leurs pensées depuis le drame. M. Gosselin me communiqua leur adresse, qui s'avéra être un bel immeuble au croisement d'Elizabeth et de Diamond Street. Mme Gosselin m'ouvrit la porte et m'invita à entrer.

— Merci de m'accorder un peu de temps, fis-je. Je voulais revenir un peu avec vous sur les événements de l'autre jour.

Après avoir frôlé la mort chez Wayne Broward, c'est avec prudence que j'entrai dans l'appartement, et sans jamais quitter des yeux Mme Gosselin, marchant presque de côté pour gagner la cuisine, où M. Gosselin terminait son assiette de poulet.

— Je vous en prie, lui dis-je. Restez assis.

— Prenez une chaise, sergent Boxer. Je vous sers quelque chose ?

— Rien, merci. Je ne reste que quelques minutes.

Et j'espérais que ces quelques minutes allaient m'apporter de nouveaux éléments issus de leurs souvenirs. J'espérais vraiment repartir avec des infos qui permettraient enfin de lancer l'enquête.

Je m'installai à la table et posai les questions de base : *Qu'avez-vous vu exactement ? Êtes-vous certains de n'avoir pas vu le visage du tueur ? Un détail a priori insignifiant vous est-il revenu en mémoire après coup ?*

Allyson Gosselin poussa un soupir.

— Je repense à ce drame nuit et jour, vous savez. Non seulement tout s'est déroulé très vite, mais en plus, la rue était bondée et les gens se dépêchaient de traverser avant que le feu piéton ne passe au rouge. Sans compter que je ne regardais pas directement dans la direction de l'homme qui a commis ce meurtre abominable.

— Je comprends tout à fait.

— Comme je l'ai dit lorsque j'ai été interrogée pour la première fois, je suis presque certaine que c'était un Blanc. Il avait les cheveux bruns et il portait une veste de base-ball. Je dirais qu'il était de taille moyenne. Il ne s'est jamais retourné donc je n'ai pas pu voir son visage. Quand la femme s'est effondrée, la plupart des gens ont paniqué et se sont enfuis. Tout comme moi. Et le temps que je rejoigne Nathan et que j'appelle la police, l'homme avait disparu.

— Vous me semblez être une femme perspicace, madame Gosselin. Le genre à repérer tous les petits détails. Vous êtes le témoin idéal, en somme. En fouillant dans votre mémoire, revoyez-vous un élément en particulier, même un élément qui pourrait sembler insignifiant ?

— Il y a bien quelque chose dont je n'ai pas parlé aux enquêteurs.

— Il n'est jamais trop tard, fis-je en rapprochant ma chaise.

— Eh bien, j'ai vu pas mal de trios ce jour-là.

— Des trios ?

— Oui. Il y avait trois personnes entre moi et l'homme qui a tué cette pauvre femme. Trois voitures de police sont arrivées sur place et j'ai été interrogée par trois policiers différents. Je me souviens aussi d'avoir vu trois merles perchés sur un câble téléphonique.

— Allyson… commençai-je en faisant de mon mieux pour ne pas laisser exploser ma colère.

Mais Mme Gosselin n'avait pas terminé.

— Il y avait aussi trois ambulanciers autour du corps, et enfin la date, le 12 mai – un plus deux égale trois.

— O.K., lançai-je. Qu'en déduisez-vous ?

Elle partit d'un grand éclat de rire :

— Rien de spécial. C'est vous, l'enquêtrice.

Je remerciai les Gosselin, leur laissai ma carte de visite et quittai l'appartement.

J'appelai Joe dans la foulée.

— Il faut que je repasse au Palais, Joe. Tu peux me garder un ou deux trucs à grignoter ? Je sais. Je suis désolée. Je serai là dans deux heures. Promis, juré.

77

D'après Joe, un seul et même tueur se cachait derrière la série de meurtres commis chaque année le jour de l'anniversaire de Claire. L'affaire n'avait pas été classée, mais je savais que Michaels et Wang ne travaillaient plus dessus.

Même si ça me mettait en rogne, je comprenais leurs raisons. Ils n'avaient aucun témoin, aucune piste, et surtout aucun moment à consacrer à cette enquête, qui avait été reléguée au dernier rang sur la liste des priorités.

Mais pas pour moi. J'avais vu le sang de Strichler couler sur le bitume. J'avais fouillé dans son portefeuille et découvert qu'elle était psychiatre. Une femme bien mise qui devait avoir une vie bien remplie – une existence qui avait brutalement pris fin à cause d'un fou qui ne serait peut-être jamais arrêté.

Après avoir prévenu Joe de mon retard, je regagnai le Palais de Justice, pris l'ascenseur pour me rendre à la prison située au sixième étage et demandai à m'entretenir avec Wayne Broward.

Broward était incarcéré parce que j'avais bravé les multiples invitations à foutre le camp affichées à l'entrée de chez lui. Je devais assister à la lecture de l'acte d'accusation le lendemain dans la matinée, et Broward n'avait toujours pas répondu à ma question.

Je mis la pression à l'officier de permanence en usant de ma supériorité hiérarchique, et finis par obtenir l'autorisation de rencontrer Broward dans une salle d'interrogatoire alors que l'heure des visites était déjà passée.

— Salut, beauté, lança-t-il en me voyant. On s'embrasse ?

— C'est interdit par le règlement, Wayne.

Le gardien le fit asseoir sur la chaise et accrocha ses menottes à l'anneau fixé sur la table. Sachant pourquoi Broward était incarcéré, il me demanda si je voulais qu'il reste durant l'entretien.

— Merci, Santino. Ça va aller.

J'étais gênée qu'on me remémore cet épisode, mais je ne devais pas oublier que l'homme assis face à moi avait bel et bien essayé de me tuer.

— J'ai une question à vous poser, Wayne.

— Où est mon avocat ?

— Ça n'a rien à voir avec votre affaire. Vous êtes en prison parce que vous m'avez agressée avec une arme à feu.

Il éclata de rire.

— Agressée, carrément ? C'est un peu exagéré, non ?

— Je suis certaine que ce sera la position défendue par votre avocat. En attendant, vous souvenez-vous de la raison pour laquelle je suis venue à votre domicile ?

— Non. Rafraîchissez-moi la mémoire.

Je sortis la photo de Tina Strichler que je gardais dans la poche de ma veste. Elle était froissée mais le visage était encore reconnaissable.

— Avez-vous déjà vu cette femme ?

— Je ne sais plus trop. Comment s'appelle-t-elle ?

— Vous la connaissez, Wayne ? Vous l'avez déjà vue, oui ou non ?

— Son visage me dit quelque chose.

Je sentis s'allumer une lueur d'espoir.

— Attendez, ce ne serait pas la femme que vous m'avez montrée en photo quand vous êtes venue chez moi l'autre jour ?

— Oui, répondis-je en hochant la tête. C'est elle, en effet.

Wayne Broward était-il taré à ce point, ou bien méritait-il l'Oscar du meilleur acteur ? J'avais déjà eu affaire à des tueurs complètement barges, et Wayne Broward ne me paraissait pas aussi fou que certains d'entre eux.

— À plus tard, Wayne, fis-je après avoir appelé le gardien.

Je quittai le Palais aux alentours de 20 h 30 et repris le volant pour rentrer chez moi en tâchant d'oublier Tina Strichler. Mais sans y parvenir.

78

Joe était de mauvaise humeur.

— Tu m'avais dit que tu serais là à 19 heures, lâcha-t-il d'une voix crispée.

— Je sais, Joe. Je suis désolée.

— Ouais…

— Je suis *vraiment* désolée. Tu as passé une mauvaise journée ?

— Oh, non. La journée classique d'un parent célibataire. J'ai nettoyé la cuisine. J'ai passé l'aspirateur. J'ai fait la lessive. J'ai préparé un sac de vêtements pour Goodwill. Après, je suis allé faire les courses avec Martha et Julie. J'ai épluché, coupé et cuit les légumes pour le dîner. J'ai donné le bain à Julie et je l'ai couchée. J'ai coupé les griffes de Martha et j'ai mangé. Tout seul. J'ai fait la vaisselle, j'ai sorti les poubelles. J'ai fait le lit. J'ai envoyé ma candidature pour trois postes de consultant à Washington. Oh, et j'ai reçu un appel d'Evan Monroe, qui voudrait te voir.

— Evan Monroe ?

— C'est le frère de Tina Strichler.

Le frère de Tina Strichler avait cherché à me joindre ? Pourquoi ? Je mis de côté cette nouvelle.

— Tu aurais été aussi en colère si j'étais rentrée à 19 heures ?

— Je ne crois pas. Tu profites de la situation, Linds.

Je comprenais ce qu'il ressentait. Pendant que je travaillais à l'extérieur, Joe tenait seul la maison et passait de longues heures sans pouvoir entretenir de vraies conversations. Ce n'était pas aujourd'hui, le problème. C'était l'accumulation de plusieurs journées semblables, ajoutée au fait que j'exerçais une activité dangereuse qui risquait de m'attirer des problèmes même une fois rentrée chez moi – si seulement je rentrais.

Je dis tout cela à Joe et m'efforçai de faire amende honorable en lui promettant d'essayer de rentrer plus tôt et en le remerciant de tout ce qu'il faisait.

— Tu sais quoi ? Demain, j'appelle Mme Rose pour qu'elle vienne garder Julie. Comme ça, on pourra aller dîner au restaurant. C'est toi qui choisiras l'endroit. Qu'est-ce que tu en dis ?

— O.K., O.K. Passons à autre chose. Alors, tu étais où, ce soir ?

— Je suis allée rendre visite à Wayne Broward.

— En prison ? Comment ça s'est passé ?

— Ce type est complètement cinglé. Il faut vraiment qu'il reste derrière les barreaux. J'espère qu'il aura un avocat bidon.

Joe ne m'avait pas encore pardonné, mais il rit de bon cœur. Il sortit ensuite une assiette du frigo et je me levai pour la lui prendre des mains.

— Assieds-toi. Je vais la réchauffer.

Je plaçai l'assiette dans le micro-ondes – poulet et haricots verts – et servis deux verres de vin. Pendant que mon dîner tournait en rond dans le four, j'ôtai mes chaussures, rangeai mon arme de service et allai voir Julie, qui dormait paisiblement.

J'entendis le bip du micro-ondes.

Joe travailla un peu sur son ordinateur pendant que je mangeais, ce qui ne me dérangea pas car mon esprit était entièrement accaparé par le message d'Evan Monroe. Je me demandais s'il était trop tard pour le rappeler et si ce coup de fil n'allait pas rendre Joe encore plus furieux.

Après avoir rangé la cuisine, pris une douche rapide et changé de vêtements, je retournai auprès de Joe.

— Dis-moi, il voulait quoi, Evan Monroe ?

— C'est Wang qui lui a donné ton nom. Sûrement parce que c'est toi qui es arrivée en premier sur les lieux. Il a appelé parce qu'il ne comprend pas pourquoi l'enquête n'avance pas. Il pense avoir une idée sur l'identité du tueur.

— C'est ce qu'il t'a dit ?

— Il était dans tous ses états, Linds. Je lui ai dit que tu le rappellerais mais il ne m'a pas laissé raccrocher. Il m'a expliqué que Tina avait été violée quand elle était étudiante. Elle avait pu identifier le type à l'époque, et il a été condamné à vingt-cinq ans de prison. Apparemment, elle l'a revu quand il a été libéré sur parole, et elle a confié à Evan qu'elle n'était plus certaine que ce soit bien lui le violeur.

— Il est sorti de prison ?

— Oui. Sa peine a pris fin il y a cinq ans. Au début du mois de mai.

— Putain… Il t'a donné le nom de ce type ?

— Clement Hubbell. J'ai fait une recherche sur le VICAP.

Joe alla s'asseoir sur le canapé et je l'y rejoignis. Il me prit dans ses bras. C'était agréable.

— Hubbell a été libéré un 5 mai. Si Tina s'est effectivement trompée en l'identifiant, il a eu de nombreuses années en prison pour élaborer un plan. Mais il a peut-être eu du mal à la retrouver. Elle s'appelait Bettina Monroe à l'époque du viol. Par la suite, elle s'est mariée, puis elle a divorcé mais en gardant son nom de femme mariée.

— Voyons voir à quoi ressemble ce Hubbell, fis-je en posant la main sur la cuisse de Joe.

Il se pencha pour allumer son ordinateur et afficha la photo d'identité judiciaire de Clement Hubbell. C'était un Blanc aux cheveux châtains. Taille : un mètre soixante-dix-huit.

Et ce Clement Hubbell était donc libre depuis maintenant cinq ans.

79

Joe n'avait pas mis bien longtemps à localiser Clement Hubbell, l'homme condamné pour le viol de Tina Strichler qui avait passé vingt ans derrière les barreaux dans la prison de Chino, et qui avait été libéré quelques jours avant un meurtre que Joe pensait être le premier d'une série de cinq, tous commis un 12 mai.

Après avoir déjeuné avec Julie et sa baby-sitter, c'est sous un grand soleil qu'il prit le volant en direction de Edgehill Mountain, où résidaient Denise et Clement Hubbell.

Edgehill Mountain était un quartier assez ancien et isolé du reste de la ville, aux rues sinueuses, composé de petites maisons largement espacées les unes des autres et qui jouissaient d'une vue sur le Pacifique et Ocean Beach. Il approchait d'une petite maison beige, aux portes et fenêtres peintes en rouge, lorsque le GPS lui indiqua qu'il était arrivé à destination.

Joe ralentit et observa le potager à côté de la maison, où une vieille femme en pantalon rouge et gilet rose était occupée à désherber le long d'une petite clôture en bois.

Il vérifia le numéro inscrit sur la boîte aux lettres, puis gara sa Mercedes dans l'allée, à côté d'une Toyota Wagon cabossée. Il sortit son Glock de la boîte à gants, glissa l'arme dans son holster d'épaule et enfila son bombardier en cuir avant de quitter sa voiture.

Les mains dans les poches de son blouson, il s'avança vers le portail et jeta un œil dans le jardin. La femme qui s'activait au potager avait les cheveux blancs, un visage de poupée et semblait âgée d'environ soixante-quinze ans. Probablement la mère de Clement Hubbell.

— Madame Hubbell ? l'interpella-t-il.

Elle leva la tête, les mains en visière au-dessus des yeux pour se protéger du soleil.

— Salut, Jerry. Tu n'es pas avec Clem ?

— Non, madame. Je m'appelle Joe Molinari. On ne s'est encore jamais rencontrés. Vous êtes la mère de Clem ?

— Oui, je suis Denise. Clem n'est pas à la maison. Je pensais qu'il était avec toi. (La femme eut un petit rire, se redressa et épousseta ses genoux.) Viens, entre. J'ai fait des muffins aux myrtilles. Ils sont encore au four. Il y a aussi un bocal que je n'arrive pas à ouvrir.

— Je vous suis, fit Joe.

Il ouvrit le portail pour Denise Hubbell, qui le conduisit vers l'arrière de la maison tout en lui expliquant qu'elle avait prévu de planter différentes variétés de poivrons. Joe hésita un instant à la suivre à l'intérieur, mais après tout, Clem était absent, et sa mère pouvait peut-être lui permettre d'éclaircir certains points.

Il entra donc à sa suite et se retrouva directement dans la cuisine.

— Assieds-toi, fit-elle.

Joe s'installa à la table en formica ; Mme Hubbell lui tendit un bocal de pêches au sirop et se mit à s'activer dans la cuisine.

— Votre quartier est très agréable, dit Joe en ouvrant le bocal. Alors, comment va Clement ?

— Oh, il est toujours aussi fou après toutes ces années, répondit-elle en rigolant. Il passe la plupart de son temps dans son trou.

Équipée de maniques, Mme Hubbell ouvrit la porte du four et sortit la plaque contenant les muffins, qu'elle déposa lourdement sur la cuisinière. Joe vit tout de suite qu'ils n'étaient pas cuits, mais elle ne sembla pas le remarquer.

— On va les laisser refroidir un peu, Jerry.

— Excusez-moi, mais vous avez parlé d'un « trou » – de quoi s'agit-il ?

Denise ôta les maniques et se passa la main dans les cheveux.

— C'est comme ça qu'il appelle sa chambre. Les pièces trop grandes ou trop lumineuses, ça lui donne des vertiges. Je me souviens quand vous passiez votre temps dehors à courir comme des fous, Clem et toi, et que je devais appâter Clem avec le repas et fermer la porte à clé dès qu'il était rentré.

Elle éclata d'un beau rire joyeux.

— Vous pensez que ça le dérangerait si j'allais y jeter un coup d'œil ? J'ai un message pour lui, je laisserai le papier sur sa commode.

— Vas-y. Tu connais le chemin – au bout du couloir. Je t'attends, on boira un café en mangeant quelques bonbons.

— Bonne idée, fit Joe.

Il traversa la cuisine et s'avança dans le couloir. Il passa devant le salon, sur sa droite, et devant une chambre tapissée d'un papier peint rose à motifs floraux sur sa gauche. Au fond du couloir, il y avait effectivement une porte.

Joe actionna la poignée, s'attendant à entrer dans le « trou » de Clement Hubbell, mais au lieu d'une chambre, il découvrit un escalier. Joe pressa l'interrupteur de la lumière et vit que les marches en bois menaient à une pièce en sous-sol. Le fameux « trou » où se terrait Hubbell.

Laissant la porte ouverte derrière lui, Joe descendit l'escalier.

80

La pièce souterraine possédait des parois et un sol en béton brut. Quatre fenêtres hautes apportaient un peu de clarté.

Lave-linge, sèche-linge, chauffe-eau et chaudière, on y trouvait tout ce qu'on trouve habituellement dans un sous-sol. Il y avait également des piles de cartons et quelques meubles de jardin, table et chaises.

En revanche, Joe ne voyait ni lit ni canapé, ni aucun autre élément qui aurait pu suggérer que quelqu'un vivait ici. Mais sous l'escalier, il découvrit une porte étroite dont la poignée en cuivre étincelait, preuve qu'elle était régulièrement actionnée. L'entrée de la chambre ?

Joe réfléchit un instant. Il n'avait enfreint aucune loi, puisque Mme Hubbell l'avait d'elle-même invité à entrer, puis autorisé à se rendre dans la chambre de Clement. Il tourna la poignée et pénétra dans un nouveau couloir, cette fois plongé dans l'obscurité la plus totale.

Il laissa la porte ouverte derrière lui, et après avoir attendu que ses yeux se soient accoutumés au manque de lumière, il remarqua que le couloir était entièrement constitué de béton coulé et qu'il s'enfonçait dans le sol selon un angle d'environ quinze degrés. En visualisant mentalement le trajet qu'il venait d'effectuer, Joe estima qu'il se dirigeait vers une zone située sous le potager, à une profondeur de six mètres.

— Il y a quelqu'un ? lança-t-il.

N'obtenant aucune réponse et n'entendant aucun bruit, il s'avança en gardant une main le long de la paroi en béton. Il aboutit dans une pièce de quatre mètres sur quatre, éclairée par une faible lueur bleuâtre.

Au centre de la pièce, une trappe ouverte. Une échelle pliante, attachée au cadre de la trappe, descendait dans un trou d'où émanait la lueur bleue.

— Il y a quelqu'un ? appela-t-il à nouveau.

Pas de réponse. Poussé par la curiosité, il hésita à descendre. Le problème, c'était qu'il allait avoir besoin de ses deux mains, ce qui signifiait qu'il allait devoir garder son arme dans son étui le temps d'arriver en bas à l'aveuglette – pour y trouver dieu savait quoi. Même si Hubbell n'était pas là, Joe avait la désagréable impression qu'il risquait de se retrouver piégé.

Il s'agenouilla au bord de la trappe et se pencha pour observer, mais il ne vit rien d'autre que l'échelle qui descendait vers la lumière bleue. Il décida de retourner auprès de Denise Hubbell et de ses muffins pas cuits pour lui dire qu'il repasserait un autre jour.

Mais au lieu de ça, mû par une impulsion subite, il posa le pied sur le premier barreau, s'assura que l'échelle était solidement fixée et commença à descendre. Lorsqu'il sentit le sol sous ses deux pieds, Joe promena son regard autour de lui et découvrit d'où provenait la lumière : deux ordinateurs portables allumés, posés l'un à côté de l'autre sur un bureau rudimentaire. Il s'approcha en espérant trouver une lampe, lorsqu'un bras musclé s'enroula soudain autour de son torse. Aussitôt, il sentit contre sa gorge le froid d'une lame tranchante.

— Vous êtes qui ? demanda l'homme au couteau.

81

Joe se figea sur place.

Il envisagea une seconde la possibilité d'envoyer un coup de pied dans les genoux du type, mais il courrait alors le risque d'avoir la gorge tranchée. Il leva ses deux mains.

— Je ne vous veux pas de mal, Clement. Inutile de sortir un couteau. C'est votre mère qui m'a demandé de venir voir si vous étiez là. Elle s'inquiétait. Vous ne m'avez pas entendu appeler ?

Joe s'était efforcé de contrôler sa voix, mais il ne pouvait empêcher son cœur de cogner lourdement dans sa poitrine, ni la sueur de dégouliner le long de son visage.

L'étreinte du bras se desserra un peu, mais la pression de la lame s'accentua. Joe la sentit s'enfoncer dans sa peau ; en même temps, il sentit la main de l'homme attraper l'arme rangée dans son holster.

— Beau joujou, dites donc. Vous êtes du FBI ?

— Je travaillais pour le gouvernement, mais je suis à la retraite.

— Alors qu'est-ce que vous foutez là ?

— Je passe souvent par ici en voiture et je m'arrête parfois pour discuter avec votre mère quand je la vois dans son potager. Un jour, elle m'a offert de la ciboulette.

Même s'il inventait au fur et à mesure, et même si l'adrénaline coulait dans ses veines avec la puissance d'un torrent, Joe avait l'impression que son histoire était crédible.

Il se força à ralentir sa respiration et se concentra sur son environnement.

La pièce mesurait environ quatre mètres sur deux mètres cinquante, soit les dimensions d'une cellule pour deux personnes un peu spacieuse. Deux lits superposés à armature métallique étaient installés contre un mur. Sur l'une des largeurs, à sa droite, le bureau était composé de plusieurs planches posées sur deux blocs de béton.

À sa gauche, sur le mur d'en face, des toilettes et un lavabo sans miroir, ainsi qu'un petit réfrigérateur carré. Joe n'avait aucune idée de ce qui se trouvait dans son dos, le long du quatrième mur.

— Asseyez-vous, fit l'ex-détenu.

L'homme éloigna sa lame et poussa Joe sur le lit du bas, qui percuta le mur sous l'effet du choc. Joe se redressa et découvrit le visage de Clement Hubbell.

Hubbell s'avérait plus grand et plus mince que ne le laissait supposer sa photo d'identité judiciaire. Cheveux rasés, pieds nus, il portait un débardeur et un pantalon en toile. Ses bras étaient couverts de tatouages des doigts jusqu'à la clavicule – de l'art carcéral dans toute sa splendeur : crânes, serpents et femmes dénudées. Le mot MAMAN apparaissait sur son biceps droit, entouré d'un cœur qui semblait palpiter à chaque fois que Hubbell pliait le bras.

Joe observa l'homme poser le couteau sur le bureau, près de lui, et vérifier si l'arme de Joe était chargée. Elle l'était. Il pointa le canon vers Joe et souleva l'échelle, qui se replia contre le plafond en même temps que la trappe se refermait.

Joe sentit son rythme cardiaque accélérer à nouveau. Il avait vingt ans de plus que Hubbell, et maintenant que l'échelle était repliée et la trappe fermée, les chances de s'enfuir étaient nulles.

Hubbell désigna une paire de menottes aux pieds de Joe – elles étaient reliées par une chaîne qui disparaissait sous le lit et dont l'autre extrémité devait être fixée à l'un des pieds du sommier.

— Passez les menottes, ordonna-t-il. Après ça, on pourra discuter.

— Ce n'est pas nécessaire, répondit Joe. Je vous l'ai dit, je n'ai rien contre vous.

Hubbell pointa le pistolet en direction du mur et fit feu. La détonation se répercuta en écho contre les parois en béton pendant de longues secondes.

— La prochaine balle sera pour vous, fit Hubbell.

Joe dut se résoudre à se menotter. Puis il tira sur la chaîne pour se faire une idée de sa longueur. À vue de nez, un mètre cinquante. Elle lui permettait de marcher jusqu'aux toilettes mais était trop courte pour qu'il atteigne Hubbell, qui s'était assis face à lui sur une chaise pivotante.

— Votre nom ? demanda Clement Hubbell, qui semblait soudain très détendu.

— Joe.

— Joe comment ?

— Hogan.

— Très bien, Joe Hogan. Mettez-vous à l'aise. Il y a longtemps que j'attends de vous rencontrer.

82

La porte du bureau de Leonard Parisi était fermée lorsque Yuki arriva pour son rendez-vous. Elle consulta sa montre et se rendit compte qu'elle avait six minutes de retard. Elle expliqua à l'assistante de Parisi qu'elle avait perdu du temps à l'entrée à cause des contrôles de sécurité, mais avant que Darlene ait eu le temps d'ouvrir la bouche, Parisi surgit devant elle.

— Je me disais bien que j'avais entendu ta voix. Entre, Yuki. On t'attend.

Le bureau de Parisi occupait un large espace au deuxième étage du Palais de Justice, mais ce qu'il gagnait en superficie par rapport à la moyenne des autres bureaux, il le perdait en attrait à cause du bruit incessant de la circulation sur Bryant Street, en contrebas.

Le chef de la police, Warren Jacobi, était assis à la table de conférence, dos à la fenêtre. Parisi s'installa sur la chaise la plus proche de son bureau, et Yuki prit place entre les deux hommes, près de la porte.

Darlene leur apporta des bouteilles d'eau, et Parisi demanda à ne pas être dérangé pendant toute la durée de la réunion.

— Nous t'écoutons, Yuki, lança-t-il ensuite.

Yuki but une gorgée d'eau. Après avoir été la protégée de Parisi pendant cinq ans, elle sentait que les choses avaient pris un virage à cent quatre-vingts degrés.

— J'ai rendez-vous avec le maire dans quinze minutes, intervint Jacobi.

— J'irai donc droit au but, fit Yuki. J'ai rencontré hier deux nouveaux témoins. Ils sont prêts à coopérer, mais uniquement s'ils obtiennent certaines garanties.

» S'ils acceptent de dire ce qu'ils savent, on aura une piste sérieuse pour identifier ceux qui sont à l'origine du triple homicide du squat de Dodge Place. On saura également qui a assassiné Aaron-Rey Kordell.

— C'est à ça que servent les assignations à comparaître, Maître Castellano. Qu'ont-ils à nous dire ?

— Ils ne viendront pas sans avoir obtenu une protection, Len. Ils craignent pour leur sécurité, et à juste titre. Je vais vous dire ce qu'ils m'ont appris, et si on parvient à trouver un accord, j'organiserai une rencontre. Je pense que vous préférerez arrêter l'action en justice.

— J'en doute, retourna Parisi, mais tu peux toujours essayer de me convaincre.

— Ça ne devrait pas être compliqué. Mon premier témoin est prêt à avouer sous serment être l'auteur du meurtre d'Aaron-Rey Kordell.

— Et après ? lança Parisi. On ne conteste pas le fait que Kordell ait été tué en prison. Pourquoi devrait-on protéger son assassin ? On devrait plutôt l'inculper.

— Cet homme a été engagé, je le cite, pour « buter Kordell le plus vite possible », en échange d'un transfert dans une autre prison.

— Qui lui a promis ça ? demanda Parisi.

— Un policier, Len.

— Pourquoi un flic aurait voulu faire assassiner Kordell ? lança Jacobi.

— Cette question m'amène à évoquer mon second témoin, répondit Yuki.

Jacobi et Parisi la dévisagèrent en silence, pendus à ses lèvres.

— Le flic qui a commandité le meurtre de Kordell est l'un des trois hommes qui ont descendu les dealers dans le squat.

— Tu es en train de nous dire que ce sont des flics qui ont liquidé ces trois dealers, et que l'un d'eux a fait exécuter Kordell pour se couvrir ?

— Exactement. Le second témoin se trouvait dans le squat de Dodge Place lorsque le triple homicide a été commis. Il a tout vu. Si on lui assure une protection, il acceptera de venir témoigner qu'Aaron-Rey Kordell n'a rien à se reprocher, et il est peut-être en mesure d'identifier au moins l'un des trois hommes qui ont mené l'attaque.

83

Le juge Quirk referma la porte de son cabinet, prit la Bible posée sur son bureau et se dirigea vers la table autour de laquelle plusieurs personnes étaient rassemblées : Yuki Castellano, Leonard Parisi et un jeune homme en jean et sweat à capuche, assis sur une chaise, qui battait nerveusement du pied.

Le juge prit place dans un fauteuil à accoudoirs près de lui.

— Veuillez décliner votre identité, jeune homme.

— Arturo Mendez.

— Posez votre main sur la Bible, monsieur Mendez. Vous devez maintenant, devant toutes les personnes ici présentes, jurer de dire la vérité, toute la vérité et rien que la vérité. Levez la main droite et dites « Je le jure ».

— Oui, je le jure.

— La charmante personne assise derrière vous s'appelle Mme Pearson ; elle va enregistrer tout ce que nous allons dire. Mme Castellano va vous poser plusieurs questions, puis ce sera au tour de M. Parisi, le district attorney, de vous poser éventuellement des questions.

» C'est lui qui s'est chargé de mettre en place les mesures destinées à garantir votre sécurité. L'homme aux cheveux gris assis à côté de lui, Warren Jacobi, est le chef de la police. Son intérêt, comme le nôtre, est d'obtenir la vérité. Mais uniquement la vérité, monsieur Mendez. Ça ne nous intéresse pas d'entendre ce que vous pensez, ce qu'on vous a raconté, ou ce que vous pensez que nous souhaitons entendre. Ce qu'on veut savoir, c'est ce que vous avez vu et entendu. Rien d'autre. Avez-vous des questions ?

— Non, monsieur. J'ai pas mal regardé *New York, police judiciaire*, vous savez.

— C'est bien, fit le juge, mais il s'agit d'une série télé. Ici, nous sommes dans la réalité. Si vous mentez, vous risquez d'être condamné à une peine de prison pour parjure. Me suis-je bien fait comprendre ?

— Oui, Votre Honneur. Tout à fait.

— Le témoin est à vous, madame Castellano.

Yuki était assise face à Arturo Mendez.

— Quand vous ai-je rencontré, Arturo ?

— Hier.

— Et comment m'y suis-je prise pour entrer en contact avec vous ?

— C'est la mère d'Aaron-Rey qui vous a donné mon nom. Elle avait mon numéro parce qu'Aaron et moi, on était potes.

— Exact. Pouvez-vous confirmer que nous nous sommes rencontrés au croisement de Turk et de Dodge, à proximité immédiate du squat où les trois dealers ont été abattus ?

— Oui.

— Savez-vous qui a tué ces trois hommes ?

— Oui. J'étais là au moment où ça s'est passé.

— Étiez-vous sous l'emprise de la drogue lorsque vous avez assisté à la scène ?

— Non.

— Êtes-vous sous l'influence de la drogue en ce moment même ?

— Non plus. Je ne suis pas un junky. Je peux pisser dans une bouteille, si vous voulez vérifier.

— Pas maintenant, Arturo. Pouvez-vous nous raconter les événements qui se sont déroulés dans le squat ce jour-là ?

Arturo Mendez leur livra la même version que celle que Yuki avait entendue la veille. Il se trouvait dans le squat lorsque trois hommes vêtus de coupe-vent du SFPD avaient fait irruption et ordonné aux trois dealers de se mettre contre le mur. Mendez s'était caché, mais il avait vu les policiers fouiller les trois hommes et leur prendre leur drogue, leur argent et leurs armes. Ils leur avaient ensuite demandé de se retourner, et c'est là qu'un des policiers avait prononcé cette phrase, « Mettez-vous à ma place ».

Arturo Mendez expliqua ensuite que ce même homme avait abattu les trois dealers, après quoi le groupe de flics en coupe-vent avait quitté le squat.

Mendez avait attendu quelques minutes, et au moment où il s'apprêtait à partir lui aussi, Aaron-Rey Kordell était arrivé par l'escalier, tout excité par la découverte d'un pistolet.

Il ajouta qu'Aaron-Rey n'avait pas assisté au triple homicide. Mendez lui avait conseillé de s'enfuir.

— Pourriez-vous décrire ces trois policiers ?

— Oui. Enfin, si on peut dire… Ils portaient des masques.

— Quel genre de masques ?

— En latex, le genre qui ressemblent à des vrais visages, et comme je vous l'ai dit, ils portaient des coupe-vent et des casquettes du SFPD. Et aussi des chaussures de flics.

— Y a-t-il un autre détail qui permettrait de les identifier, monsieur Mendez ?

— L'un des types avait un tatouage dans le cou, juste sous l'oreille gauche.

Yuki vit les yeux de Parisi s'agrandir.

Des larmes se mirent à couler sur les joues de Mendez.

— Il va vraiment falloir que je déménage dans un autre État, fit-il. Parce que ce gars, je crois que je l'ai croisé en bas, en arrivant dans votre immeuble tout à l'heure. Et je crois que lui aussi, il m'a vu.

84

Quand Joe ne se répétait pas en boucle à quel point il avait été stupide, il tentait d'imaginer une solution pour sortir de cette crypte vivant. Il était toujours assis sur le lit, les mains entravées par des menottes reliées à une chaîne qui disparaissait sous le sommier. Sur sa gauche, trop loin pour que Joe puisse l'atteindre, Clement Hubbell pianotait sur le clavier de son ordinateur.

— Il y a pas mal de Joe Hogan à San Francisco. J'en ai trouvé un qui tient une épicerie fine, et un autre qui bosse dans les pièces détachées automobiles. Il y a aussi un assureur, du même âge que vous, et d'autres qui sont morts. Vous êtes lequel, au juste, parmi tous ces types ?

— J'aimerais vous poser une question, Clem. Je peux vous appeler Clem ?

— C'est mon prénom, répondit Hubbell.

Il ferma son navigateur Internet et pivota sur son fauteuil pour se mettre face à Joe. Une odeur fétide, mélange de sueur et d'ail, émanait de lui.

— Clem, que se passe-t-il ici ?

Sur le mur, derrière Hubbell, était affichée une carte de San Francisco. Cinq localisations y avaient été entourées d'une étoile à l'aide d'un marqueur. S'agissait-il des lieux où avaient été commis les cinq meurtres de femmes, y compris le dernier en date, celui de Tina Strichler?

— Qu'est-ce qui se passe? Eh bien, c'est ici que je vis. Vous imaginez comme j'ai été surpris de tomber sur vous en arrivant? C'est la première fois que quelqu'un vient me rendre visite, et vous savez quoi? Je ressens ça comme une atteinte à ma vie privée.

— Détachez-moi et je disparais. Je ferai comme si je ne vous avais jamais vu.

— Oui, mais ce ne serait pas amusant. On vient à peine de faire connaissance, et j'ai vraiment envie d'en savoir plus sur vous.

Hubbell dépliait et repliait la lame de son couteau tout en pivotant lentement de droite à gauche sur son fauteuil. Un couteau de chasse, avec une poignée en os et une lame de quinze centimètres qui semblait aiguisée comme un rasoir.

— Tout à l'heure, vous m'avez dit que vous attendiez de me rencontrer depuis longtemps. Pourquoi?

— J'aime la solitude, mais de temps en temps, c'est agréable d'avoir quelqu'un avec qui parler.

Hubbell baissa la tête pour examiner son couteau, et Joe distingua le tatouage au sommet de son crâne, visible sous la fine couche de cheveux. Un vautour, bec ouvert et serres déployées.

— Vous voulez me dire quelque chose?

Un sourire se dessina sur le visage de Hubbell.

— Je vais vous parler de tous les meurtres que j'ai commis, à chaque fois en plein jour, et sans jamais me faire prendre. Ils sont tous indiqués sur cette carte. (Il se tourna à moitié pour désigner le plan de San Francisco affiché sur le mur.) J'ai dignement fêté ma sortie de prison, vous ne trouvez pas ?

Joe observa de nouveau la carte, repérant cette fois l'étoile tracée au croisement de Balmy Alley et de la 24e, à l'endroit où Tina Strichler avait été poignardée au milieu d'une foule de touristes.

L'homme attendait une réponse, et Joe voulait en apprendre davantage.

— Vous avez fait de la prison ?

— Oh, oui. On peut même dire que j'ai grandi là-bas. Je vais vous dire des choses que je n'ai jamais confiées à personne, Joe, fit Hubbell en promenant son regard entre la carte et le lit où Joe était assis. Mais vous allez devoir me promettre d'emporter tout ça dans votre tombe. C'est d'accord ? Vous me le promettez ?

— Promis, répondit Joe.

— Tope là ?

C'était une occasion que Joe ne pouvait pas laisser filer.

— Tope là, fit-il en tendant ses mains menottées.

Hubbell tendit sa main droite, et juste au moment où il s'apprêtait à taper dans celle de Joe, il la retira vivement.

— Ah ! Je vous ai bien eu !

Hubbell partit d'un grand éclat de rire et se leva pour se diriger vers le mini-frigo, à côté des toilettes. Il en sortit une carafe d'eau, but quelques gorgées, puis demanda à Joe s'il avait soif.

— Non, merci.

Surmonté de dix mètres de terre, le plafond était parfaitement insonorisé. Joe commençait à se dire qu'il ne ressortirait jamais de ce trou sain et sauf. Lorsque Hubbell aurait terminé son macabre récit, il l'égorgerait avant de le couper en morceaux, qu'il remonterait par l'échelle les uns après les autres.

85

Joe savait que les tueurs en série se classaient en deux grandes catégories. Il y avait tout d'abord les tueurs psychotiques, pénalement irresponsables. Ceux-là étaient victimes d'hallucinations aussi bien auditives que visuelles, et incapables de distinguer le bien du mal.

Et puis il y avait les tueurs pathologiques, responsables, eux, de leurs actes. Des personnes sans conscience, qui tuaient pour le plaisir, parce qu'elles aimaient ça. Le meurtre leur procurait une jouissance extrême, et le seul moyen de les arrêter était de les supprimer. Ou de les enfermer.

Clement Hubbell entrait dans cette seconde catégorie.

Joe tâcha de refouler les pensées effrayantes qui menaçaient d'envahir son cerveau – l'image des êtres qui lui étaient chers et qu'il ne reverrait jamais, les choses qu'il ne ferait plus, la vision de son corps mutilé. Il prit une profonde inspiration et leva les yeux vers son geôlier.

Hubbell était plus jeune et plus fort que lui. Il était armé, et il prenait manifestement son pied à ce petit jeu du chat et de la souris. Un jeu dans lequel, en l'occurrence, le chat avait clairement l'avantage.

Joe avait bien une petite idée sur la manière de s'extirper des griffes de ce félin. Mais c'était quitte ou double.

— Parlez-moi des personnes que vous avez tuées, fit-il. J'adorerais en apprendre davantage. Le meurtre m'a toujours intéressé. J'ai bossé pour le gouvernement fédéral, mais je n'ai jamais été profileur. Je faisais juste de la paperasse. C'est une chance de vous avoir rencontré, Clem. J'ai vraiment hâte d'entendre votre récit.

— Je vous raconterai tout, ne vous inquiétez pas. Mais rien ne presse. Vous avez remarqué ? Il n'y a aucune pendule, ici.

— Ça ne vous dérange pas si je pisse un coup, d'abord ? J'avais déjà envie avant d'arriver chez vous.

— Faites donc.

Joe se leva. Hubbell était toujours assis dans son fauteuil pivotant, face au lit. Les toilettes se trouvaient sur la droite de Joe. Il ouvrit sa braguette et s'avança vers la cuvette en inox.

Dès qu'il eut dépassé le bord du lit, Joe se retourna vivement et, bloquant son pied contre le montant du sommier, il agrippa l'armature du lit en hauteur et tira de toutes ses forces.

— Hé ! s'écria Hubbell en bondissant de son fauteuil.

Mais il n'avait nulle part où aller, coincé par le bureau sur sa droite, et par Joe sur sa gauche. Le lit se mit à vaciller avant de s'écrouler sur Hubbell.

Ce dernier eut beau tendre les bras pour se protéger, les lits superposés en métal avaient franchi leur point de basculement. Le matelas du haut glissa à ses pieds et les lits s'abattirent sur Hubbell.

Joe était encore menotté, mais la chaîne qui le retenait au pied du lit était maintenant libre. Il contourna le lit pour venir passer la chaîne autour du cou de Hubbell, et, l'attrapant par les épaules, il écrasa son horrible visage contre le sol en béton.

— Nooooon ! hurla Hubbell. Arrêtez !

Joe relâcha un peu sa pression.

— Où est la clé ? demanda-t-il.

— Quelle clé ? fit Hubbell.

Joe lui cogna la tête contre le sol. Il ne voulait pas le tuer.

Mais il voulait lui faire mal. Très mal.

86

— Où est la clé ? hurla Joe à deux centimètres du visage de Hubbell, qui affichait un sourire grimaçant. Où est cette putain de clé ?

— Dans mon cul, railla l'autre.

Joe s'empara du couteau qui gisait sur le sol.

— Il m'a l'air parfaitement aiguisé, lança-t-il.

— Non, non. Attendez. Regardez dans le freezer.

Tout en maintenant la pression de la chaîne autour du cou de Hubbell, Joe se déplaça vers le frigo. Il ouvrit la porte et, du bout des doigts, tira sur la poignée du freezer. Le bac à glaçons tomba sur le sol. Après avoir identifié celui qui contenait la clé, il le brisa à l'aide de son talon et récupéra le précieux sésame.

— Sur le ventre ! ordonna-t-il à Hubbell.

L'homme s'exécuta et Joe posa son pied sur sa nuque. Il déverrouilla les menottes en tremblant, et dès qu'il eut les mains libres, il remonta sa braguette.

Il menotta ensuite Hubbell les mains dans le dos, redressa les lits superposés et ramassa son arme pour la ranger dans son holster.

Lorsqu'il força Hubbell à se relever, l'homme n'opposa aucune résistance. Il semblait presque accepter ce qui lui arrivait – le résultat de vingt années passées derrière les barreaux ?

— Ce n'était pas la peine de s'énerver comme ça, fit Hubbell.

— Toutes mes excuses ! retourna Joe.

— Je n'avais pas l'intention de vous faire de mal. Je voulais juste vous parler de ce que j'ai fait.

— Pas de problème. Je suis certain que de nombreuses personnes seront intéressées par votre histoire. Vous aurez largement l'occasion de la raconter, croyez-moi.

Il enroula la chaîne autour de sa main gauche, gardant son prisonnier juste devant lui, presque au contact, puis actionna l'échelle pour la déplier. La trappe s'ouvrit lentement en même temps que l'échelle descendait.

Les deux hommes grimpèrent jusqu'au sous-sol, où Joe enchaîna Clement Hubbell à la chaudière. Il quitta ensuite la pièce et referma la porte derrière lui. De retour dans la cuisine, il téléphona à Lindsay, puis à la baby-sitter pour la prévenir qu'il aurait du retard.

Il se lava les mains, mit le four à deux cents degrés et programma le minuteur pour une demi-heure de cuisson.

Il était en train de déguster des muffins à la myrtille avec Denise Hubbell quand Lindsay arriva au 355 Edgehill Way avec un groupe d'intervention de la police. Ils défoncèrent la porte rouge de la cuisine.

87

J'avais quelques explications à fournir lorsque Joe, les hommes du SWAT et moi-même, débarquâmes au Palais avec un tueur menotté et qui était déjà passé aux aveux : un tueur que personne à la brigade n'avait dans le collimateur, que personne ne connaissait.

Je rancardai Brady pendant que Joe attendait près de mon bureau.

Brady me fusilla du regard quand je lui expliquai que Joe, guidé par son intuition, s'était rendu chez les Hubbell, où Denise Hubbell l'avait invité à entrer, puis lui avait donné carte blanche pour visiter la chambre de son fils.

— Le même genre d'intuition que celle qui t'a poussée à entrer chez un type qui t'a collé le canon de sa Winchester sur la tempe ? me demanda Brady.

— Exactement.

— En mettant de côté mes sentiments personnels, je serais censé faire un rapport. D'un point de vue purement procédural, c'était une intervention dangereuse, pour ne pas dire plus. Tu aurais très bien pu te prendre une balle, ou devoir tirer toi-même pour te défendre. Tu imagines un peu les conséquences ? Et maintenant, c'est Joe qui s'y met. Vous avez monté une sorte de milice familiale, ou quoi ? Tu n'as pas assez pour t'occuper à la brigade ?

C'était bien sûr une question rhétorique, à laquelle je préférai ne pas répondre. Je me sentis rougir des pieds à la tête, humiliée de me faire ainsi botter le cul par Brady. Joe ne risquait pas d'être inquiété car il n'avait aucun lien avec le SFPD. Techniquement parlant, il n'avait pas foutu l'enquête en l'air. Mais je devais désormais me tenir à carreau et me faire oublier.

Je laissai s'écouler une poignée de secondes avant de prendre la parole.

— Pendant que Joe était séquestré, Hubbell a avoué avoir commis cinq meurtres. Je vais essayer de lui faire réitérer ses aveux.

Brady se renversa si profondément contre le dossier de son fauteuil que je crus un instant qu'il allait basculer en arrière. Il se frotta les yeux et poussa un long et profond soupir.

— Préviens Wang et Michaels. Il faut qu'ils assistent à l'interrogatoire : ce sont eux qui bossent sur l'affaire Strichler. Fais les choses dans les règles, Boxer. Enregistrement vidéo et tout le toutim. On n'a plus droit à la moindre erreur.

88

Hubbell était à présent avachi sur une petite chaise grise, derrière une table métallique de la même couleur, dans la salle d'interrogatoire numéro 2. Les inspecteurs Michaels, Wang et moi-même, prîmes place face à lui. Joe assistait à l'interrogatoire derrière la glace sans tain en compagnie de Brady, qui était équipé d'un micro pour pouvoir commenter et me suggérer des questions dans l'oreillette.

J'avais pris connaissance de l'arrestation de Hubbell qui avait fait suite au viol de Tina Strichler, vingt-deux ans plus tôt. Son dossier carcéral faisait état d'un comportement exemplaire, aussi bien dans la prison de Pelican Bay que, par la suite, dans celle de Corcoran. La carte de la ville, où Hubbell avait lui-même indiqué les localisations des cinq meurtres, était étalée devant nous sur la table.

Il y avait également noté différentes informations : noms des victimes, adresses et dates exactes.

Wang et Michaels étaient là en observateurs, mais aussi pour partager la gloire avec moi – en espérant que je parviendrais à obtenir les aveux de Hubbell. J'espérais vraiment pouvoir leur remettre ce « trophée ».

Je commençai par me présenter, ainsi que les deux autres policiers présents dans la pièce.

— Nous apprécions vraiment que vous soyez venu nous parler, monsieur Hubbell, fis-je ensuite sans la moindre trace de sarcasme.

Pourtant, il éclata de rire.

— J'ai eu droit à une sacrée escorte ! s'exclama-t-il.

— Le service première classe, monsieur Hubbell. C'est normal, vous êtes une superstar.

Il rit à nouveau. Vraiment, il semblait beaucoup s'amuser.

— Monsieur Hubbell, vous avez avoué le meurtre de cinq femmes, en cinq lieux différents que vous avez indiqués sur ce plan de San Francisco à l'aide d'étoiles tracées au marqueur. S'agit-il bien de la carte posée devant vous sur la table ?

— Pourrais-je me permettre de vous demander quelque chose à boire ?

— Que voulez-vous ? demanda Wang.

— Un bonne limonade bien fraîche.

Wang quitta la pièce et revint quelques minutes plus tard. J'attendis que Hubbell ait bu quelques gorgées avant de reprendre la parole.

— Vous êtes prêt ?

— J'ai encore une dernière requête.

— Allez-y, fis-je patiemment.

— Je veux être incarcéré à Pelican Bay. Si vous me promettez ça, je vous raconterai tout dans les moindres détails.

— Pourquoi Pelican Bay ?

— Parce que c'est chez moi.

— Dis-lui que tu as l'accord de ta hiérarchie, intervint Brady dans mon oreillette. On fera les démarches auprès du district attorney demain dans la matinée.

Je répétai tout cela à Hubbell, et je m'attendais à ce qu'il me réponde un truc du genre, « O.K., alors on verra ça demain », mais au lieu de ça, il hocha la tête et dit :

— Très bien. Promettez-moi juste de faire de votre mieux pour que ma demande soit acceptée.

— Je vous le promets.

C'était ce que Hubbell voulait entendre. Il avait hâte de me parler de ces cinq dernières années, et je devais tirer mon chapeau à mon mari. Joe avait eu raison dès le départ. Clement Hubbell tuait chaque année à date fixe pour célébrer l'anniversaire de sa condamnation pour viol, qui avait marqué le début, selon lui, de sa merveilleuse existence carcérale.

Quant aux meurtres en eux-mêmes, Hubbell les qualifia d' « opportunistes », à l'exception de celui de Tina Strichler.

— Les quatre premiers, c'était pour me faire la main, ajouta-t-il en se penchant vers moi par-dessus la table, comme s'il tenait vraiment à ce que je comprenne. Je choisissais l'un des couteaux de ma collection, puis je cherchais une femme qui se trouverait au bon endroit, au bon moment. Parfois, elles étaient seules. Parfois, je les repérais parmi la foule, comme celle que j'ai tuée pendant la course, l'année dernière. Je m'étais laissé douze heures pour faire le boulot et pouvoir ajouter une nouvelle étoile sur ma carte. En rentrant chez moi, j'attendais que les médias parlent de mon crime parfait. (Il sourit.) Et j'y pensais ensuite pendant toute une année, en attendant la prochaine victime.

— Mais vous ne pouviez en parler à personne ? Ça devait être difficile de garder ça pour vous.

— Effectivement. Ça me manquait de ne plus avoir de compagnon de cellule.

— Tina Strichler était donc la seule victime que vous connaissiez ?

— Bettina Monroe. La seule fille que j'aie jamais aimée. Avec elle, c'était ma première fois. Bon, c'est vrai, je l'ai menacée avec un couteau, mais juste parce que je trouvais ça excitant. Je ne voulais pas la tuer. Je n'y ai même pas pensé une seule seconde. Je me disais qu'elle accepterait de sortir avec moi. Je vois que vous avez envie de rire, sergent…

— Non, non. Pas du tout. Je suis simplement surprise de découvrir que vous aviez des sentiments pour elle.

— Jusqu'à ce viol, elle ne connaissait même pas mon existence.

— Alors pourquoi l'avez-vous tuée ?

— Pour donner un indice à la police.

— Pourquoi ?

— Parce que le moment était venu.

Une heure plus tard, Clement Hubbell avait évoqué dans le détail chacun des cinq meurtres qu'il avait commis. À aucun instant il n'avait exigé la présence d'un avocat. Au bout d'un moment, il posa sa tête sur la table et commença à s'assoupir. Wang le secoua pour le réveiller et Michaels lui annonça sa mise en examen. Avant d'être reconduit en cellule,

Hubbell me remercia. J'avoue que c'était une première.

— Mais… de rien, répondis-je.

Je quittai la salle d'interrogatoire et allai retrouver Joe et Brady, qui m'attendaient dans la pièce attenante.

— Vous avez fait du bon boulot, tous les deux, nous félicita Brady. Je vous pardonne vos égarements, mais que ça ne se reproduise plus !

Il nous serra la main, et alla même jusqu'à poser la main sur mon épaule.

Somme toute, la journée se terminait bien.

89

Yuki était sur un petit nuage.

Elle venait d'affronter Red Dog Parisi et était parvenue à obtenir un accord portant sur la somme de trois millions et demi de dollars, ainsi que des excuses publiques à la famille Kordell, que ces derniers avaient acceptées, au terme de deux longues et intenses conversations téléphoniques.

Elle envoya un texto à Brady avant de quitter le Palais de Justice, puis un autre une fois dans la rue, et un dernier en arrivant sur le parking de Whole Foods. Mais elle ne reçut aucune réponse.

Tandis qu'elle roulait pour rentrer chez elle, dans le quartier de Telegraph Hill, elle se remémora les temps forts de son entretien avec Parisi – notamment le moment où il avait déclaré « Je pense qu'on peut s'entendre sur deux millions », ce à quoi elle avait rétorqué « Tu rêves, Len ! ».

Yuki regagna son immeuble au radar et, après avoir déballé et rangé ses courses, elle consulta le téléphone de sa ligne fixe et vit que Brady n'avait toujours pas appelé. Elle commençait à se poser des questions.

Elle sortit du frigo une bouteille d'eau de noix de coco et s'installa confortablement dans son fauteuil. Elle venait d'ouvrir sa boîte mail lorsque la sonnette retentit. Elle se précipita vers la porte et jeta un coup d'œil dans le judas : un adolescent se tenait dans le couloir avec un énorme bouquet de fleurs.

Voilà qui lui plaisait davantage.

Elle signa le bon de livraison pour réceptionner le bouquet, et lut le message en chemin vers la cuisine.

J'ai vraiment bien fait de vous engager, Yuki. Félicitations. Zac.

Yuki mit les fleurs dans un vase qu'elle posa sur la console, derrière le canapé. Elle retourna ensuite à son portable : elle avait reçu un mail de Jacobi.

Yuki, je voulais t'informer que l'inspecteur Brand avait été suspendu le temps de l'enquête. Arturo Mendez a été placé sous protection en attendant que je lui trouve un endroit sûr. Désolé de t'apprendre que Li'l Tony Willis est décédé. Quant à toi, félicitations. Tu as vraiment fait du bon boulot.

Yuki sentit monter les larmes.

Elle les refoula en plaquant ses mains sur ses yeux et repensa à Li'l Tony sur son lit d'hôpital, intubé, la suppliant de le faire transférer dans une autre prison. Il ne voulait rien d'autre. Lorsqu'elle rouvrit les yeux, elle vit qu'elle venait de recevoir un nouveau mail.

Yuki, juste un petit message pour vous annoncer que nous allons déménager avec notre enfant. J'aurais tant aimé qu'Aaron-Rey vous rencontre. Je sais qu'il vous aurait adorée. On ne vous oubliera jamais.

Avec tout notre amour, Bea Kordell

Cette fois, Yuki éclata en sanglots. Elle se déshabilla et alla se mettre au lit. Elle dormait déjà profondément lorsqu'elle fut réveillée par un bisou déposé sur sa joue.

Brady était assis à côté d'elle et l'observait avec un regard empli de tendresse, un regard comme elle ne lui en avait plus vu depuis qu'elle avait accepté le poste à la Defense League. Elle se redressa et s'adossa contre la tête de lit.

— Je suis un imbécile.

— Mmh mmh.

— Un pauvre imbécile. J'ai… j'ai été stupide et je m'en excuse.

Elle était encore en colère. Elle prit un kleenex, se moucha et se tourna vers lui :

— On ne pouvait pas se parler de nos jobs respectifs, et ça, ce n'est la faute de personne.

— J'aurais pu préparer du thé. Te proposer d'aller au cinéma ou de faire des batailles d'oreillers. Quelque chose, je ne sais pas…

— Je ne suis pas tant en colère que ça, tu sais.

— Bien sûr que si. En tout cas, tu aurais raison de l'être. Tu sais pourquoi je n'ai pas pu te répondre, aujourd'hui ? Parce que j'ai eu des réunions toute la journée. Tu nous as permis de faire une avancée significative dans cette affaire de ripoux…

— Je n'ai rien fait de tout ça, l'interrompit Yuki.

— Au contraire, tu as fait sauter les verrous. Grâce à toi, on a enfin une chance de boucler cette sale enquête.

— Je suis contente, alors.

Elle adorait sa voix, son irrésistible accent floridien. Elle contempla son visage, subjuguée et incapable de détourner le regard.

— J'ai été vraiment stupide, fit Brady en lui caressant doucement la joue. Tu m'as tellement manqué pendant tout ce temps.

— Toi aussi, tu m'as manqué, murmura Yuki.

Brady se leva pour aller fermer les stores. Il défit ensuite sa cravate, ôta sa veste, détacha son holster et posa le tout sur une chaise. Il se débarrassa aussi de ses chaussures et déboutonna sa chemise.

— Attends, Brady. J'ai un rendez-vous, dit-elle alors qu'il s'apprêtait à détacher sa ceinture.

— Sérieux ?

— Non, je déconne, répondit-elle en riant.

Brady enleva son pantalon et se glissa sous les draps. À partir de là, Yuki se laissa guider.

Il savait toujours comment s'y prendre…

90

Joe et moi étions couchés. Il était tôt, à peine plus de 22 heures, mais je me sentais à la fois trop fatiguée pour aller courir, et trop énervée pour espérer trouver le sommeil. À côté de moi, Joe s'étira en bâillant. Il était d'excellente humeur. À vrai dire, je ne l'avais pas vu aussi radieux depuis la naissance de sa fille.

Pour ma part, j'avais vécu cette journée dans l'effroi.

J'entendais encore la voix de Joe au téléphone, me demandant de venir le plus vite possible – il venait de capturer Clement Hubbell.

J'avais aussitôt contacté le commandant du SWAT pour lui demander d'intervenir en urgence, en espérant que je pourrais obtenir une autorisation par la suite. J'avais sauté dans le véhicule de tête en priant tout le long du trajet éclair jusqu'à Edgehill Mountain pour ne pas arriver trop tard.

Maintenant que tout cela était derrière nous, je me remémorais les hommes du SWAT en train de défoncer la porte rouge, les charnières qui sautaient avec un bruit sec et la porte qui s'effondrait sur le sol comme une grosse langue tandis qu'une dizaine de policiers se déployaient dans la cuisine. Joe était assis à la table, un muffin à la main, en compagnie d'une vieille femme qui nous observait d'un air choqué. « Vous auriez pu frapper », avait-elle balbutié.

Joe, de son côté, s'était mis à sourire comme un gosse qui vient de réussir à débloquer le contrôle parental sur une chaîne pour adultes – et c'était *avant* que Hubbell soit officiellement arrêté.

Plusieurs heures s'étaient écoulées depuis cet épisode, et je ressentais encore les effets de l'adrénaline. Je n'arrêtais pas de me dire que les choses auraient pu très mal tourner. Mon mari était passé tout près de la mort.

— Tu as l'air tendue, fit Joe en passant son bras autour de mes épaules pour m'attirer contre lui.

— Et toi, tu as l'air très content de toi, je me trompe ?

Il éclata de rire.

— Un peu que je le suis ! Après toutes ces années à jouer les gratte-papiers, je n'ai pas perdu le sens du terrain.

Il me serra dans ses bras et je levai mon visage vers le sien pour qu'il m'embrasse. Ses lèvres et ses mains étaient douces ; j'essayai de me détendre et de me laisser aller, mais impossible.

J'étais à cran : le massacre de la famille Calhoun, le gang des coupe-vent, les lâches messages anonymes m'accusant d'être passée dans le camp ennemi.

— Lindsay ?

— Désolée, Joe. J'ai le cerveau qui cogite à cent à l'heure. Ça ne te dérange pas si on remet ça à demain matin ?

— Bien sûr que non, répondit-il en passant sa main dans mes cheveux. Dis-moi ce que tu as sur le cœur.

Je me pelotonnai contre lui.

— C'est cette histoire de ripoux qui me rend dingue. Je ne sais plus à qui faire confiance au SFPD, même au sein de ma propre brigade.

Je poursuivis dans la même veine pendant une ou deux minutes lorsque je me rendis compte que la respiration de Joe s'était ralentie et qu'il avait sombré dans le sommeil.

Je me levai sans faire de bruit pour aller voir Julie dans sa chambre.

Elle me vit penchée au-dessus de son berceau et tendit ses petites mains vers moi en gazouillant. Je la pris dans mes bras et allai m'installer avec elle dans le fauteuil près de la fenêtre. Je la berçai tout en surveillant la circulation dans Lake Street.

Je ne remarquai aucune activité suspecte.

Pas de type louche en train de rôder, ou assis en silence dans une voiture sombre.

Je continuai à la bercer jusqu'à ce qu'elle s'endorme ; apaisée par le bruit régulier de sa respiration, je parvins enfin à me détendre. Après l'avoir recouchée dans son lit, j'allai vérifier que la porte était bien fermée et l'alarme activée, avant de regagner ma chambre, où mon mari adoré dormait sain et sauf. Peut-être rêvait-il à la méga-journée qu'il venait de passer ?

Je dus m'endormir moi aussi, car en me réveillant, je jetai un œil à mon réveil et constatai qu'il était 3 h 15. Après ce qui me sembla durer une minute, je me tournai à nouveau vers mon réveil : 7 h 45 !

J'avais une réunion à 8 heures. Autant dire que j'allais être en retard.

91

J'appelai Jacobi depuis ma voiture pour le prévenir que j'étais en route.

— Bon sang, Boxer, aboya-t-il. Bouge-toi le cul. On n'attend plus que toi !

Il n'avait pas l'air d'humeur à plaisanter, et il raccrocha avant que j'aie eu le temps d'aboyer à mon tour.

J'étais franchement meurtrie par sa réaction.

Cinq ans plus tôt, alors que nous étions coéquipiers, Jacobi et moi avions été blessés par balles dans une ruelle malfamée du quartier de Mission. Nous avions bien failli y laisser notre peau cette nuit-là. J'avais appelé les secours en pensant que j'allais bientôt rendre mon dernier soupir. Depuis cet événement, lui et moi étions unis par un lien indestructible.

La veille, à la suite d'un incroyable enchaînement de circonstances, je m'étais retrouvée à interroger un tueur en série, une épreuve aussi périlleuse que de marcher pieds nus sur un fil coupant comme une lame de couteau. J'avais finalement obtenu ses aveux sous l'œil de la caméra. Une belle journée pour le

SFPD, qui avait vu son taux d'élucidation augmenter d'un seul coup de manière significative !

Et voilà qu'aujourd'hui, pour un simple retard, Jacobi me passait un savon ! Pour un motif aussi futile…

J'entendis la voix de mon père décédé me souffler, *Il faut t'endurcir, princesse !*

J'avais assez peu d'affection pour mon père, mais il avait raison de me répéter ça quand j'étais petite.

Je devais effectivement m'endurcir. Je dus soudain piler pour ne pas emboutir l'arrière d'une camionnette qui venait de s'arrêter au feu rouge. Je pris une profonde inspiration. Puis plusieurs.

Après avoir recouvré mes esprits, lorsque le feu passa au vert, je décidai de ne pas mettre la sirène et de respecter les limitations de vitesse jusqu'à Bryant Street. J'arrivai au 850 à 8 h 46 très précisément.

Je me garai au parking, jetai mes clés à Carl en passant et traversai la rue alors que le feu piéton était rouge. Après le contrôle de sécurité, j'empruntai l'ascenseur pour me rendre au cinquième étage.

En entrant dans le bureau de Jacobi, je me retrouvai face à trois hommes aux mines soucieuses, assis dans des fauteuils en cuir artificiellement vieilli, autour de la table basse en verre transparent. Sur l'un des murs, plusieurs photos encadrées montraient Jacobi au côté de différents politicards. L'un des clichés nous montrait tous les deux en tenue de cérémonie, recevant les éloges de notre ancien supérieur.

Je contournai les jambes de Brady pour aller prendre place sur un fauteuil libre à côté de Conklin.

Je me sentais maintenant beaucoup mieux, ainsi entourée de mes amis en qui j'avais une confiance totale et réciproque.

— Désolée pour mon retard.

Conklin me tendit un gobelet de café froid, dans lequel je savais qu'il avait pensé à ajouter trois sucres.

— Tu veux lui dire ? demanda Brady à Jacobi.

— Me dire quoi ?

— Robertson est mort, lança Conklin.

— Robertson ?

L'espace d'un instant, je ne compris pas de qui ils parlaient, puis la mémoire me revint. Kyle Robertson, le coéquipier de Tom Calhoun, l'ancien flic de terrain âgé d'une cinquantaine d'années qui espérait une retraite anticipée.

— De quoi est-il mort ?

— Il a laissé son chien attaché à la clôture de son voisin, répondit Jacobi. Avec une lettre coincée dans un maillon de la chaîne. Son insigne a été retrouvé sur la table de la cuisine, près de son cadavre. Il s'est tiré une balle dans la bouche.

— Merde… Que disait la lettre ?

— « Je suis désolé. Prenez soin de Bruno. C'est une brave bête. » Il a aussi laissé un chèque de mille dollars à son voisin. La lettre était datée d'hier soir, à minuit. Le voisin a prévenu la police il y a quelques heures.

— Et maintenant ?

— C'est justement ce qu'on va devoir décider.

92

En disant « on », Jacobi s'incluait dans la liste. Tous les quatre, nous allions devoir relier les maigres indices dont nous disposions pour faire tomber ces ripoux que nous traquions.

Brady, qui est du genre à faire des listes, s'empara d'une feuille et entreprit de noter une série de noms sur la partie gauche à l'aide d'un stylo rouge.

Calhoun était le premier sur la liste, suivi de Robertson. Les deux anciens coéquipiers étaient à présent morts.

— On peut imaginer que Robertson s'est suicidé parce qu'il sentait qu'il allait avoir droit au même genre de traitement que celui infligé à Calhoun.

— Quand j'ai interrogé Robertson, il a défendu la mémoire de Calhoun en disant que c'était un mec bien et qu'il n'avait jamais trempé dans des affaires louches. Je n'ai pas eu l'impression qu'il mentait pour se protéger, mais j'ai pu me tromper. (Je marquai un temps de pause avant d'ajouter :) Robertson et Calhoun bossaient sous les ordres de Ted Swanson.

— Je l'ai appelé, fit Jacobi. Il est en train de fouiller la maison de Robertson pour tenter de trouver un élément qui permettrait d'expliquer son geste. Vasquez et lui vont aussi interroger les voisins.

Conklin prit la parole pour mentionner Donnie Wolfe, l'ancien employé de Wicker House qui avait rancardé l'équipe venue braquer le labo, en leur disant quand l'argent et la drogue seraient là-bas.

— Wolfe nous a dit que les gars en question étaient des flics. Le chef se fait appeler Numéro Un et dirigerait une équipe de six hommes.

Brady inscrivit Numéro Un + 5 en haut de sa feuille.

— Le jeune qui a assisté au triple homicide du squat de Dodge Place a évoqué un tatouage sur le cou de l'un des flics en coupe-vent, fit Jacobi. Tatouage qui semble correspondre à celui que porte Will Brand.

Je me souvenais de ce tatouage. *WB*. Comme ces lettres par lesquelles on marque le bétail.

— Dire qu'on bosse avec ces types tous les jours... reprit Conklin. Pour résumer, Brand, Calhoun et Robertson feraient partie du gang des coupe-vent, et il y aurait deux ou trois hommes supplémentaires dans l'équipe. Whitney est lui aussi dans le collimateur, par association avec Brand.

— C'est une piste de travail, fit Brady. Brand est actuellement suspendu le temps de l'enquête. Jacobi et moi devons le rencontrer dans une heure. Boxer et Conklin, vous allez interroger Whitney. N'hésitez pas à lui mettre la pression.

De retour à mon bureau, j'appelai Whitney sur son portable et laissai un message sur son répondeur. Puis deux autres, voyant qu'il ne rappelait pas.

— Je vais aller le voir en personne, fit Conklin. Je reviens dans dix minutes.

En effet, dix minutes plus tard, il était de retour.

— Whitney n'est pas là et il n'a pas appelé, dit-il. Mais je pense qu'il a déjà eu le message.

Nous nous dirigeâmes vers le bureau vitré de Brady. Il leva les yeux à notre entrée :

— Brand n'est pas venu.

— Idem pour Whitney, fit Conklin. Il n'est pas là et il ne répond pas à nos appels.

Il y avait fort à parier que Whitney et Brand avaient pris la tangente chacun de leur côté. Et sans eux, on ne saurait peut-être jamais qui avait tué Calhoun, qui avait effectué le raid à Wicker House et descendu sept hommes, ainsi qu'un mouchard du nom de Rascal Valdeen. On ne découvrirait peut-être jamais qui avait abattu les trois dealers du squat de Dodge Place, ainsi que plusieurs autres trafiquants de drogue et innocents propriétaires de comptoirs d'encaissement. Sans oublier Maya Perez, la gérante du supermarché, qui avait péri alors qu'elle attendait un enfant.

J'avais l'impression que nous étions sur le point de résoudre tout ou rien. Et soudain, une étincelle illumina mon cerveau fatigué. Je savais qui était Numéro Un.

J'avais déjà pensé à lui, mais je m'étais laissé endormir par son beau visage et son côté gendre idéal. D'ailleurs, personne ne l'avait soupçonné jusque-là.

— Et Swanson ?

— Swanson ? Tu es sérieuse ?

— C'est un flic émérite. On nous l'a vendu comme la crème de la crème. Calhoun et Robertson étaient sous ses ordres. Il est forcément dans le coup.

— Suivons ton instinct, fit Brady.

93

Et mon instinct me soufflait qu'il valait mieux la jouer subtil avec Swanson, un point de vue partagé par Conklin.

— Va lui parler, me dit-il. Moi, je vais essayer de retrouver Whitney.

La famille Swanson vivait à Parkmerced, à vingt minutes du centre, un complexe résidentiel privé de soixante hectares, composé d'immeubles et de maisons individuelles. Le crépuscule venait de tomber comme je longeais les rues plantées d'arbres et agrémentées de charmants espaces verts et d'aires de jeux pour les enfants.

Il était facile d'imaginer qu'il ne pouvait rien se passer de grave dans ce genre de quartier.

Swanson habitait dans un petit immeuble à la façade recouverte de stuc dans les tons ocre et bruns, et qui semblait divisé en trois habitations. Je venais de me garer le long du trottoir lorsqu'il sortit pour venir à ma rencontre.

— Désolée de passer à l'improviste, lançai-je, mais il faut absolument qu'on parle.

— Aucun problème. Entrez, Boxer. Ça me fait plaisir de vous voir.

Ted Swanson faisait preuve d'une sympathie désarmante. Décontracté, charmant, comment pouvait-il être à la tête d'un gang de ripoux sanguinaires ? Ma théorie me semblait soudain ridicule.

Dans le salon, je fis la connaissance de Nancy, son épouse.

— Venez, me dit-elle, je vais vous présenter les enfants.

Je la suivis jusqu'à la porte du bureau, où trois enfants en pyjama, tous âgés de moins de dix ans, étaient allongés sur des poufs à regarder un dessin animé.

Nancy me présenta Maeve, Joey et Pat.

— Lindsay est une amie qui travaille avec papa, leur dit-elle.

Elle resta avec les enfants tandis que je regagnais le salon lambrissé, à la moquette épaisse, aux canapés recouverts de tissus à carreaux.

Je pris place sur l'un d'eux et refusai le « café ou autre chose » que me proposa Swanson. J'étais frappée de constater à quel point il avait vieilli ces dernières semaines.

Le teint blême, les épaules affaissées, il avait l'air d'un homme qui se dirige lentement mais sûrement vers la crise cardiaque. Voire plus sûrement que lentement.

— J'ai passé la journée dans la maison de Robertson, me dit-il. J'ai vu la chaise où il était assis quand il s'est suicidé. Je n'arrête pas de repenser à lui. C'était un type bien. Qu'est-ce qui a pu le pousser à faire ça ?

— Selon vous ? lançai-je.

J'eus l'impression qu'il ne m'avait pas entendue.

— J'ai inspecté le talon de son carnet de chèques. Il n'était pas plein aux as, mais ça allait. J'ai fouillé dans ses dossiers et je suis tombé sur ses dernières analyses. Pas de diabète, pas de cancer, pas de problèmes cardiaques. Il avait un peu de tension. Comme moi.

» J'ai inspecté aussi son placard à pharmacie. Je n'ai pas trouvé grand-chose à part de l'Advil, un truc contre les maux d'estomac et une crème contre le pied d'athlète.

Swanson secoua la tête.

— Qu'avez-vous découvert d'autre ? demandai-je.

— Vasquez a interrogé Murray, le voisin à qui Robertson a laissé son chien. Ils étaient potes : ils aimaient boire un verre ensemble en fin de journée, ou regarder des matchs à la télé. Il dit qu'il n'a rien vu venir. D'après lui, Kyle était d'humeur maussade ces derniers temps, mais pas dépressif au point de se foutre en l'air. Honnêtement, sergent, personne n'a rien vu venir. Les techniciens sont repartis avec son ordinateur. Ils trouveront peut-être quelque chose.

— Jouons franc jeu, Ted. Kyle Robertson ne s'est pas suicidé sur un coup de tête. Était-il impliqué dans la série de hold-up sur laquelle on enquête ? Il avait peut-être reçu des menaces ? Ou alors il détenait des informations qu'il aurait préféré ignorer ? Je suis certaine que vous connaissez la réponse.

Le visage de Swanson s'assombrit.

— Moi aussi, je pourrais être une cible. Ce qui est arrivé à Tommy Calhoun et à sa famille pourrait très bien nous arriver. Mettez-vous un peu à ma place. Vous feriez quoi, vous ?

— J'en parlerais à quelqu'un qui serait en mesure de m'aider.

— C'est-à-dire ?

— Vous voyez parfaitement où je veux en venir. Donnez-moi un os à ronger, Ted. Jacobi et moi étions coéquipiers. On se connaît depuis plus de douze ans. Il m'écoutera.

— Je n'ai rien à vous dire de spécial. (Swanson était avachi dans son fauteuil, le buste penché au-dessus des genoux.) On faisait notre boulot, comme vous. Peut-être que Calhoun s'est rapproché de certaines personnes peu recommandables et que Robertson était au courant. Je ne sais pas…

— C'est votre version ? Vous ne savez vraiment rien ?

— Écoutez, Boxer. J'ai eu une rude journée, et je crois que je vais aller me coucher, si ça ne vous dérange pas.

Il avait beau prétendre ne rien savoir, l'expression de son visage suggérait le contraire. J'aurais juré qu'il voulait se confier à moi. Il se leva et quitta la pièce, et je me raccompagnai moi-même jusqu'à la porte. En passant devant le bureau, j'entendis les enfants rigoler. J'étais effrayée de ce qui risquait d'arriver à ces bambins et à leurs parents.

Je repris le volant partagée entre deux sentiments : d'un côté, Swanson me paraissait crédible, pourtant je ne croyais pas un traître mot de ce qu'il m'avait dit.

94

Cette visite chez Swanson m'avait laissé une impression étrange. J'étais persuadée qu'il mentait, et cette troublante certitude ne faisait que renforcer mes soupçons à son égard.

Il disait craindre pour sa sécurité et celle de sa famille, mais il refusait de me dire ce qu'il savait. Je me sentais frustrée ; j'étais incapable d'oublier les terribles images de la scène de crime chez Calhoun. Swanson aussi devait être hanté par ce souvenir.

J'avais la main sur la poignée de ma portière lorsque j'entendis Nancy Swanson appeler mon nom. Je me retournai et la vis traverser la pelouse à grands pas pour venir se planter devant moi.

— Écoutez-moi bien, sergent, lança-t-elle sans préambule. Même si c'est difficile, je m'efforce de ne pas laisser les problèmes de travail envahir notre vie familiale. Si ça n'avait tenu qu'à moi, je ne vous aurais pas laissée entrer.

— Je veux justement protéger votre famille, Nancy. Mais je ne peux rien faire si Ted refuse de me parler. Si vous-même savez quelque chose, je vous en supplie, dites-le-moi.

— Au revoir, et au plaisir, répondit Nancy.

Elle pivota sur ses talons mais je la retins par les épaules avant qu'elle n'ait eu le temps de s'éloigner.

— À votre tour de m'écouter, Nancy. Je sais de quoi je parle. Vous ne pourrez pas vous en sortir seuls.

— Partez et ne revenez jamais, grinça-t-elle en me repoussant.

Elle se retourna brièvement pour me fusiller du regard avant de rentrer chez elle en claquant la porte.

J'étais en ligne avec Brady quand je vis Swanson sortir en trombe de chez lui vêtu d'un coupe-vent du SFPD. *Bordel !*

Il vint toquer contre ma vitre ; je pressai le bouton de commande.

— Vasquez vient de m'appeler. Des voitures suspectes se sont garées près de chez lui. Il se prépare un sale truc. Appelez du renfort.

Il grimpa sur le siège passager et me donna l'adresse de Vasquez, que je transmis aussitôt à Brady, en lui demandant d'envoyer sur place toutes les patrouilles disponibles. C'était l'heure de la relève. J'ignorais combien d'hommes il allait pouvoir mobiliser.

Je démarrai pied au plancher, guidée par Swanson qui hurlait pour se faire entendre par-dessus le cri lancinant de la sirène.

95

La voix grésillante de l'opérateur communiqua l'adresse de Vasquez à toutes les voitures de patrouille du secteur, et plusieurs collègues répondirent qu'ils étaient en chemin.

Swanson gardait les yeux rivés sur la route. Il semblait hypnotisé, comme perdu dans ses pensées tandis que nous nous dirigions vers le quartier populaire de Cayuga Park.

Nous étions presque à hauteur de Naglee Avenue lorsque j'entendis une série de rafales ; j'aperçus plusieurs voitures arrêtées à l'entrée de la rue. Les gyrophares projetaient leurs lueurs bleues et rouges éclatantes sur les façades des maisons de part et d'autre de la chaussée. Des flics en uniforme échangeaient des coups de feu avec plusieurs types répartis dans trois berlines de couleur sombre, probablement les voitures suspectes que Vasquez avait signalées à Swanson.

Naglee Avenue prend naissance au pied d'un pont de chemin de fer adjacent à l'autoroute 280. L'habitat, à ce niveau de la rue, consiste en une enfilade de petites maisons mitoyennes, dont les allées sont séparées les unes des autres par des haies assez basses.

L'aire de jeux située de l'autre côté de la rue était déserte à cette heure de la soirée.

La fusillade avait lieu au niveau d'une maison située au milieu de la rangée, une bâtisse au style indéfinissable à la façade beige, avec un mur de pierres au niveau du garage.

— C'est la maison de Vasquez, fit Swanson.

— Il vit seul ?

— Oui. Il est divorcé sans enfants.

Je me garai à l'écart de la tempête, mais assez près pour surveiller le déroulement de la scène. Il y avait deux gilets pare-balles dans le coffre de mon Explorer. Je demandai à Swanson de ne pas bouger.

Je quittai la voiture et me baissai pour ramper jusqu'au coffre, actionnai le bouton d'ouverture et m'emparai de mon gilet, que j'enfilai par-dessus ma veste. L'autre gilet à la main, je m'apprêtais à ramper jusqu'à la portière lorsque, soudain, Swanson bondit de son siège et se précipita vers la maison de Vasquez.

— Swanson ! hurlai-je. À terre !

Swanson avait atteint la haie qui séparait la maison de Vasquez de celle de son voisin quand je vis son corps agité par une série de soubresauts. Il s'effondra au sol.

Je grimpai sur mon siège et agrippai le micro de ma radio :

— Un policier blessé ! Je répète, un policier blessé !

J'indiquai ma position exacte, même si je savais que l'ambulance ne pourrait pas s'approcher tant que la fusillade était en cours. C'était le protocole.

J'ignorais ce que Swanson avait cherché à faire, mais s'il était vivant, je devais tout faire pour tenter de le récupérer. J'éteignis ma sirène et mes phares, baissai la tête et roulai sur le trottoir jusqu'à apercevoir le corps de Swanson étendu le long de la haie.

Je serrai le frein à main et me glissai sur le ventre pour ouvrir la portière côté passager. Swanson gisait tout près de moi en contrebas.

Il respirait encore.

— Vous êtes un abruti, Swanson ! beuglai-je. Vous le savez, ça ?

Je remarquai son coupe-vent baigné de sang. Pourtant, un sourire éclairait son visage.

— C'est vous qui me dites ça ?

96

Ma voiture constituait un bouclier à peu près efficace pour me protéger de la fusillade qui sévissait sur ma gauche, mais ce n'était tout de même pas la panacée. J'entendis le cri funèbre d'une première sirène d'ambulance, puis d'une seconde, qui s'éteignirent lorsque les véhicules s'arrêtèrent sous le pont de l'autoroute.

Je m'agenouillai auprès de Swanson. Il fredonnait l'hymne national, marmonnant quelques paroles de temps à autre. « *Mmm-mmm. Rockets' red glare. Mmm-mmm, bursting in air.* »

Je pliai ma veste pour lui confectionner un oreiller que je plaçai sous sa tête. Il semblait apaisé. Peut-être était-il en état de choc. Peut-être avait-il reçu une balle au niveau de la colonne vertébrale. Peut-être était-il sur le point de succomber à l'hémorragie.

— J'ai été content de vous connaître, fit-il.

— Pas si vite, Swanson. Un solide gaillard comme vous ne va pas baisser les bras aussi facilement. On est flics ou on ne l'est pas ?

— J'aimerais que vous fassiez quelque chose pour Nancy et les enfants.

— C'est votre job, ça.

— Dites-leur que je suis mort… en service. C'est la vérité.

— Parlez-moi, Swanson. C'est le moins que vous puissiez faire.

— « … *that our flag was still there.* »

— Répondez-moi. Certains vous connaissent-ils sous le pseudo de Numéro Un ?

J'entendis un moteur démarrer, un crissement de pneus. Une nouvelle fusillade éclata. À en juger par les bruits, une voiture tentait de rejoindre l'autoroute, tout au bout de la rue.

— Numero Uno, oui. C'est moi.

Comprenait-il vraiment ce que je lui demandais ?

— Vous étiez le numéro un du gang des coupe-vent, c'est ça ?

Il se mit à rire.

— Qu'y a-t-il de si drôle ?

— Numéro Un et le gang des coupe-vent. Je ne sais pas, ça me fait marrer.

— Pourquoi vous avez fait tout ça, putain ?

Il laissa échapper un soupir.

— S'il s'agit bien de moi, alors c'est un crime sans victime.

— Un crime sans victime ? Avec plus d'une dizaine de morts ?

— Voler de la drogue à des fumiers… Je ne vois pas de victimes.

Comment un homme pouvait-il devenir un policier de premier ordre – presque une superstar – avec une telle mentalité ? Mais je connaissais la réponse. On appelle parfois cela des « crimes d'utilité publique ».

En d'autres termes, à ses yeux, des crimes légitimes et excusables.

— Et Calhoun ? demandai-je.

Il leva la main et pointa son index en direction de la fusillade, qui continuait de faire rage.

— Pauvre Tommy…

Sa voix s'éteignit et son bras retomba mollement.

— Ted ! Ne partez pas, Ted. N'y pensez même pas !

Il cracha un filet de sang. Je serrai sa main dans la mienne.

— *Sortez de la voiture les mains en l'air ! Sortez immédiatement !* entendis-je crier.

— *T'es un homme mort !* retourna une autre voix.

Des rafales d'armes automatiques retentirent pendant plusieurs secondes, laissant place juste après à un silence pesant, chargé de leurs échos. J'entendis la voix de Brady résonner dans l'habitacle de mon Explorer – il demandait aux ambulances de s'approcher.

Je me relevai et hurlai son nom par-dessus le toit de ma voiture. Quelques instants plus tard, le lieutenant à la chevelure flamboyante apparut devant moi.

— Ça va, Boxer ?

— Ça va. Et toi ?

— Bien. (Il se pencha vers Swanson.) Parlez-moi, Ted.

— Yo, lâcha Swanson.

Il avait les yeux fermés et respirait de plus en plus difficilement.

— Il perd beaucoup de sang, fis-je à Brady. Où est l'ambulance ?

Brady s'éloigna pour aller guider les secours pendant que je restais auprès de Swanson. Les ambulanciers ne tardèrent pas à arriver. Je les observai sangler Swanson sur une civière et s'éloigner avec lui jusqu'à leur véhicule.

Contrairement à Robertson, Swanson avait une famille, et le seul moyen pour qu'ils puissent toucher une pension, c'était de le déclarer mort dans l'exercice de ses fonctions. Swanson, dont le coupe-vent du SFPD était à présent criblé de balles, avait vu se profiler une occasion et l'avait saisie.

Je rattrapai l'un des ambulanciers pour lui demander s'il avait des chances de s'en tirer.

L'homme commença par hausser les épaules, puis il secoua la tête et grimpa à l'arrière de son véhicule. Il referma la double porte derrière lui.

J'aurais voulu que Swanson me donne les noms des autres membres de son « gang », mais j'avais le sentiment que même s'il avait survécu, il n'aurait rien lâché.

97

Les ambulances affluaient pour prendre en charge les blessés. La camionnette du légiste était sur place également, et Claire s'entretenait à l'écart avec Clapper. Les techniciens avaient condamné la rue, à l'exception d'une étroite bande de circulation, et installaient à présent une tente, ainsi que les éclairages nécessaires à l'inspection de la scène.

Selon Brady, la fusillade avait fait quatre morts, quatre hommes pour le moment non identifiés. L'une des voitures des tireurs était parvenue à prendre la fuite – on ignorait l'identité et le nombre de passagers à son bord.

Je retournai dans mon Explorer et, après avoir appelé Joe et Conklin pour les rassurer, je téléphonai à Nancy Swanson.

— Il faut qu'on se voie, lui dis-je.

— Que s'est-il passé? Il est arrivé quelque chose à Ted?

— Il est blessé, mais il est en vie.

— Qu'est-ce que… Dites-moi tout de suite ce qui s'est passé!

— Je serai chez vous dans un quart d'heure. Je vous conduirai à l'hôpital. Faites venir quelqu'un pour garder vos enfants.

J'empruntai le chemin le plus rapide pour retourner chez Swanson, en espérant que, cette fois, Nancy me dirait ce qu'elle savait.

À mon arrivée, elle se tenait au bord du trottoir, en chaussons et vêtue d'un jean et d'une chemise blanche masculine.

— Il est à quel hôpital ? me demanda-t-elle en grimpant sur le siège passager. Ses blessures sont graves ?

— Attachez votre ceinture, Nancy.

Je démarrai et pris la direction du Metropolitan Hospital. Les poings serrés, Nancy se frappait les cuisses tandis que je lui narrais la confrontation qui avait eu lieu devant la maison d'Oswaldo Vasquez.

Je lui expliquai que Vasquez avait contacté son mari en panique pour lui signaler plusieurs voitures suspectes garées près de chez lui.

— Il avait peur. Le temps qu'on arrive, une fusillade avait éclaté entre la police et les hommes à bord de ces véhicules. Ted aurait pu rester dans la voiture avec moi, à l'abri des coups de feu, mais il a bondi de son siège pour se précipiter vers la maison de Vasquez.

— Oh, mon dieu ! C'est à ce moment-là qu'il s'est fait tirer dessus ?

Je hochai la tête.

— Il était encore conscient à l'arrivée des secours.

— Tout ça, c'est de votre faute ! grinça-t-elle.

— Je comprends ce que vous ressentez, Nancy. Et je suis désolée pour vous.

— Je me fous pas mal de votre baratin. Ça fait des semaines que vous mettez la pression sur Ted et il n'a jamais rien fait de mal. Tout ce qu'il a fait, c'était pour nous. Pour sa famille.

— Vous comprenez que votre mari est un criminel ?

Elle poussa un ricanement :

— C'est Kingfisher, le vrai criminel.

— Comment ça ?

— C'est lui qui a fait assassiner Calhoun et toute sa famille. Vous ne le saviez pas ?

— Vous en êtes certaine ?

Nancy enfouit son visage dans ses mains. Son cou et ses bras étaient zébrés de traînées rouges.

— Je… Je ne sais pas, sanglota-t-elle. J'ai trois enfants. On fera comment si Ted meurt ? Il faut qu'il s'en sorte, vous comprenez ? Il le faut absolument !

— Nancy, je vous en supplie, avez-vous des renseignements qui pourraient nous aider à retrouver les tireurs ?

Elle tourna vers moi ses yeux embués de larmes :

— Vous êtes folle, ou quoi ? Je suis mariée à un flic. Vous pensez que je ne vois pas clair dans votre petit manège ?

Je me garai face à l'entrée des urgences. Nancy détacha sa ceinture, ouvrit la portière et s'éloigna en courant.

J'avais encore la main sur la poignée de ma portière lorsque mon téléphone se mit à vibrer. C'était Brady.

— Vasquez a disparu, m'apprit-il. Il ne répond pas sur son portable et sa maison est vide. Il s'est barré.

98

Le lendemain matin, à 10 heures, Conklin et moi nous rendîmes à Parkmerced accompagnés de deux flics en uniforme.

Nancy Swanson nous ouvrit la porte. Elle portait les mêmes vêtements que la veille, et à en juger par ses cernes et ses yeux bouffis, elle avait passé la nuit à pleurer.

Je lui présentai Conklin, mais elle ne lui jeta même pas un regard. Je lui remis ensuite le mandat de perquisition et elle s'effaça pour nous laisser entrer.

— Vous lui reprochez quoi, à Ted ? lança-t-elle sèchement. Vous avez de ses nouvelles, au moins ?

— Aviez-vous déjà entendu parler de Vasquez ? lui demandai-je.

— Si c'était le cas, vous seriez la dernière personne à qui je le dirais.

Conklin et moi entreprîmes de fouiller la maison, qui semblait beaucoup plus gaie maintenant que la lumière du soleil entrait par les nombreuses fenêtres donnant sur le verdoyant parc de Villa Merced. Nous enfilâmes des gants et commençâmes notre inspection par le bureau, sous le regard de Nancy

Swanson. Sur l'une des étagères de la bibliothèque, nous découvrîmes un panneau amovible, derrière lequel était dissimulée une multitude de liasses de billets de vingt dollars.

L'un des policiers en uniforme mit la main sur d'autres liasses dans le congélateur, sous des sacs de légumes surgelés. Conklin, de son côté, tomba sur une cache d'armes dans le placard de la chambre. Quant à moi, je découvris de l'argent dans le lave-vaisselle.

Nancy l'y avait dissimulé en hâte avant de venir nous ouvrir la porte.

Notre mandat concernait également la voiture personnelle de Swanson. J'y découvris cinq passeports et une forte somme en liquide, dissimulés derrière une trappe au niveau du tableau de bord. Nous plaçâmes le tout dans des sachets étiquetés, puis je contactai Jacobi pour le tenir au courant de la perquisition.

Il poussa un long soupir :

— Je t'adore, Lindsay.

Je ne pus m'empêcher d'éclater de rire. Et lui aussi.

De retour au Palais, nous nous rendîmes aussitôt dans son bureau avec les cartons contenant l'argent, les armes et les passeports. Jacobi décrocha son téléphone et composa un numéro.

— Nous vous attendons, sergent, dit-il à son interlocuteur.

Quelques minutes plus tard, confortablement installés dans les fauteuils en cuir de Jacobi, nous dressâmes le bilan de notre perquisition à Phil Pikelny.

Pikelny était mince et âgé d'environ trente-cinq ans. Un flic de la côte est, New York ou Boston. Bien coiffé, vêtements et chaussures de marque, il s'exprimait sans accent particulier. Swanson, Vasquez, Calhoun et Robertson avaient travaillé sous ses ordres.

— C'est hallucinant. Combien d'argent au total ?

— Environ un million. Ça, plus les armes et les passeports… Apparemment, Swanson comptait mettre les voiles dans un avenir proche.

— J'avais une totale confiance en lui.

Jacobi demanda à Phil ce qu'il savait concernant Vasquez.

— Je l'appréciais beaucoup. Mais mon opinion sur Vasquez importe peu. Je n'ai aucune idée de l'endroit où il peut être, et je vous garantis qu'il ne m'a pas téléphoné.

Conklin et moi nous dirigeâmes ensuite vers la salle des scellés pour y consigner l'argent et la demi-douzaine d'armes saisis chez Swanson.

Après ça, nous allâmes informer Brady du butin découvert chez Swanson.

Il venait de recevoir un coup de fil de l'hôpital :

— D'après ce que j'ai compris, sa vie ne tient plus qu'à un fil.

Il nous apprit également que Brand et Whitney étaient aux abonnés absents : ils ne répondaient pas sur leurs portables et n'étaient pas rentrés chez eux.

— Idem pour Vasquez, ajouta-t-il. Il est toujours porté disparu. La voiture qui a pris la fuite a été retrouvée dans un fossé en contrebas de l'autoroute 92. La carrosserie était criblée de balles – une centaine d'impacts au total. Il y avait des traces de sang sur la banquette arrière. Le labo est en train de les analyser.

Vasquez avait-il été assassiné, kidnappé, ou bien avait-il simplement quitté la ville ?

— Pourquoi vous ne profiteriez pas de la fin de la journée pour vous détendre un peu ? nous suggéra-t-il ensuite.

Il était 17 heures, et cela faisait belle lurette que je n'étais plus rentrée chez moi aussi tôt. Tant mieux.

J'avais des plans pour la soirée.

99

J'avais dans mon armoire une splendide robe rouge que j'avais achetée avant ma grossesse, sans avoir en tête une occasion particulière. Je n'avais même pas encore enlevé les étiquettes.

Joe était sorti avec Martha et Julie quand j'arrivai à l'appartement. Je pris une bonne douche puis entrepris de me maquiller – avec eye-liner et mascara, s'il vous plaît !

La robe en crêpe rouge possédait un décolleté et un ourlet asymétriques, et une taille ajustée. Je l'enfilai, chaussai une paire de talons bas et contemplai mon reflet dans le miroir.

Ouah. C'était moi, ça ?

Je n'avais plus rien de la femme vêtue de son éternel ensemble pantalon en toile et blazer bleu marine.

Le Women's Murder Club se réunissait ce soir-là au Local Edition, un bar qui faisait aussi restaurant. Officiellement, il s'agissait d'une soirée pour fêter le retour de Cindy, mais nous célébrions également l'élogieuse critique de son livre parue dans le *L.A. Times*.

Je laissai un message à Joe et me mis en route pour le restaurant. J'avais parcouru à peine deux cents mètres que la sonnerie de mon téléphone retentit dans l'habitacle. Un coup d'œil à l'écran m'apprit que l'appel provenait d'un numéro masqué. Coincée entre une Porsche et une camionnette, je répondis.

La voix était sourde mais le message parfaitement clair.

— Tu as franchi la limite, Boxer. Tu auras ce que tu mérites. Ta famille et toi, vous ne serez plus jamais en sécurité. Méfie-toi.

Mon sang se glaça dans mes veines.

— Qui est à l'appareil?

La communication n'était pas coupée. J'entendais des bruits de parasites. Aucune réponse.

Je fixais l'arrière de la Porsche mais je ne le voyais pas. Le visage d'un homme s'était imposé à mon esprit. Un flic.

— Et toi, Vasquez, c'est de moi que tu devrais te méfier.

Il y eut un clic ; l'homme venait de raccrocher. Au même instant, le conducteur de la camionnette me klaxonna.

J'enfonçai la pédale d'accélérateur en me demandant si mon intuition concernant Vasquez était bonne.

Au fond, peu importait l'auteur de cet appel malveillant, je comptais bien ne pas le laisser me gâcher la soirée. Mais j'avais beau me dire ça, j'étais profondément bouleversée, comme si j'avais été ravagée par un tremblement de terre. Ce type menaçait ma famille, et cela, pour moi, s'avérait insupportable.

Qu'allais-je faire à présent?

100

Yuki avait choisi l'endroit idéal pour trinquer en l'honneur de notre amie journaliste de retour d'une triomphale tournée promotionnelle.

Je me garai sur une place payante de Market Street et remontai à pied les quelques blocs qui me séparaient de Hearst Building, un immeuble historique de la ville.

Le portier me conduisit jusqu'à la salle située au sous-sol, qui abritait autrefois les presses d'imprimerie du *San Francisco Examiner*.

Avec ses plafonds hauts et ses machines à écrire alignées le long des murs, l'endroit accueillait à présent un club chic à l'ambiance feutrée. Au-dessus du long comptoir en bois poli, des verres à vin s'alignaient par dizaines, suspendus tête en bas. Je promenai un regard circulaire autour de la salle. Des banquettes en cuir rouge couraient le long des murs, face à des fauteuils pivotants assortis, de part et d'autre de tables en marbre blanc. Plusieurs presses avaient été conservées, ce qui ne faisait que renforcer l'ambiance très *fifties* de ce lieu singulier.

Je poussai un profond soupir.

Ce soir, je ne comptais rien faire d'autre que boire et prendre du bon temps.

Le portier m'accompagna jusqu'à notre table, et je m'apprêtais à m'asseoir lorsque Yuki apparut et traversa la salle d'un pas joyeux.

À peine trente secondes plus tard, c'était au tour de Claire de faire son entrée.

— Salut, les filles ! lança-t-elle en nous apercevant.

Nous échangeâmes des accolades avant de prendre place autour de la table et de nous écrier à l'unisson, « On éteint les portables ! ».

Claire se tourna vers Yuki :

— J'ai entendu dire que tu avais une grosse actu ?

Yuki m'avait déjà téléphoné pour m'annoncer qu'elle avait réussi à obtenir un accord pour son client, mais c'est avec plaisir que je l'écoutai raconter toute l'histoire à Claire, me délectant de ses imitations de Parisi.

— Quand il a signé l'accord, il m'a glissé, « Tu sais que tu es une vraie saloperie, Yuki ? ». Du tac au tac, je lui ai rétorqué que c'était lui qui m'avait tout appris.

Elle ponctua sa phrase de son rire merveilleux, et si communicatif que nous éclatâmes de rire à notre tour. Lorsqu'elle eut repris son souffle, Yuki ajouta :

— À la fin, il m'a quand même fait un petit clin d'œil.

— Vraiment ? demandai-je.

— Oui, vraiment. Un clin d'œil et même un sourire. Et puis il m'a remis le document en me souhaitant une bonne journée.

— Il t'adore, fit Claire. Tu as toujours été sa chouchoute.

Ressentant sa présence avant même de la voir, nous levâmes les yeux vers Cindy, sexy tout de noir vêtue. Une délicieuse senteur de muguet flotta jusqu'à nous lorsqu'elle se pencha pour nous embrasser.

— La chouchoute de qui, au juste ? demanda-t-elle en se glissant sur la banquette à côté de Yuki.

Yuki répéta son histoire, mais cette fois en version longue, car Cindy était absente depuis pas mal de temps et avait raté plusieurs épisodes. Elle rit beaucoup et l'interrompit à plusieurs reprises pour poser de (très) nombreuses questions, ce qui gâcha un peu l'effet dramatique – journaliste un jour, journaliste toujours, pourrait-on dire à propos de Cindy.

— Moi aussi, j'ai des nouvelles à vous annoncer, fit-elle.

— On sait déjà que ta tournée a été un succès et que ton livre a reçu des super critiques. À part ça ?

— J'ai trouvé ceci sur ma table de nuit ce matin.

Elle sortit de son sac un écrin de velours noir qu'elle déposa devant elle sur la table. Nous en restâmes bouche bée. Le scénario se répétait. Lors de la première version, Richie lui avait fait sa demande genou à terre au beau milieu de la Grace Cathedral. Dans le récit qu'elle nous avait fait à l'époque, les anges s'étaient mis à chanter et les colombes à voler autour d'eux dans l'église.

Et puis durant la période de pré-lune de miel, un jour que la conversation tournait autour du sujet des enfants, leur couple avait foncé droit dans le mur.

La situation avait-elle changé ?

Cindy ouvrit la boîte et en sortit une fine chaîne en or avec un pendentif en diamant.

— C'est le diamant qui était sur la bague, expliqua-t-elle. Richie l'a fait transformer pour moi.

Elle attacha la chaîne autour de son cou et fit rouler le diamant entre ses doigts. La pierre précieuse était toujours d'une beauté à couper le souffle.

— Donc, tu n'es pas fiancée ? lui demanda Yuki.

Cindy était désormais la seule du groupe à être encore célibataire.

— Il y avait un message avec le collier. « Quand on sera prêts à se marier, on choisira la bague ensemble. »

— *So romantic*, lâcha Claire d'une voix rêveuse.

— Et si on trinquait à tout ça ? proposa Yuki.

Le serveur nous recommanda plusieurs cocktails maison dont les noms étaient liés à des personnes, des lieux et des événements en rapport avec l'histoire de la presse écrite.

Nous portâmes un toast à l'engagement renouvelé de Cindy et Richie, au succès de Yuki dans l'affaire Kordell, à l'entrée en CP de la fille de Claire, et, en ce qui me concernait, à ma silhouette retrouvée, neuf mois seulement après la naissance de Julie, et au fait que je pouvais de nouveau entrer dans une robe aussi ajustée.

Nous avions coutume d'évoquer nos affaires en cours lors de nos réunions, mais je ne me sentais pas prête à parler de Numéro Un et du gang des coupe-vent. Pas ce soir. Au bout d'un moment, je rallumai mon téléphone.

— J'appelle simplement Joe pour lui dire que je suis en route.

Je composai son numéro.

— Joe ? C'est moi. Juste pour te dire que je serai à la maison vers 21 heures. Bye !

101

Rich Conklin patientait dans une voiture de patrouille garée en face d'une rangée d'immeubles de trois étages à ossatures en bois, dans Stockton Street, à Chinatown. Tous les bâtiments étaient occupés par des commerces au rez-de-chaussée, les étages supérieurs accueillant principalement des logements.

Depuis l'endroit où il se trouvait, Conklin voyait parfaitement l'épicerie-traiteur et la porte voisine, qui donnait accès au Sylvestrie, un hôtel délabré où l'on pouvait louer des chambres à l'heure.

Il connaissait bien ce lieu pour y avoir plusieurs fois arrêté des prostituées et des dealers à l'époque où il patrouillait en uniforme – avant que Lindsay ne lui fasse intégrer la brigade criminelle.

Il se souvenait des chambres miteuses, des draps sales tendus aux fenêtres en guise de rideaux. L'hôtel tout entier semblait vibrer en permanence à cause des climatiseurs hors d'âge de l'épicerie située au rez-de-chaussée.

Ce soir-là, Conklin rentrait chez lui lorsqu'il avait reçu une info de l'un de ses indics, K.J. Herkus, un dealer de petite envergure. Herk vivait et trafiquait dans le quartier de Chinatown, et il avait reconnu le stup à la barbe courte et aux petites lunettes rondes à la John Lennon qui avait pris une chambre au Sylvestrie.

Herk espérait que Conklin pourrait le mettre en contact avec le stup aux lunettes, en échange d'un service de temps en temps.

— Ne l'approche pas tant que tu n'as pas mon signal, O.K. ? Il est en infiltration. Je te trouverai du travail.

Conklin planquait depuis presque deux heures lorsque l'inspecteur Stan Whitney quitta le Sylvestrie. Il entra dans l'épicerie, en ressortit dix minutes plus tard avec un sac en plastique et regagna l'hôtel.

Il y avait de fortes chances pour que Whitney ait acheté de quoi dîner et ne ressorte plus de la soirée. Conklin songea à aller demander le numéro de sa chambre, histoire de lui rendre une petite visite.

Une idée qu'il abandonna bien vite.

Whitney se trouvait dans une situation suffisamment désespérée pour que la conversation vire à la fusillade. Conklin savait qu'il valait mieux continuer à surveiller l'hôtel et se tenir prêt à le prendre en filature.

Il contacta Brady pour lui décrire la tenue de Whitney : jean, chemise en denim et casquette bleue qui dissimulait en partie son visage. Il demanda des hommes en renfort dans une voiture banalisée.

Brady nota les informations.

— Ne le perds pas, Conklin, fit-il avant de raccrocher.

Conklin se replongea dans sa surveillance, et au même instant, comme par un fait exprès, Whitney sortit de l'hôtel et tourna à gauche en direction de Vallejo Street.

Conklin laissa passer une voiture avant de s'insérer dans la circulation. Le feu passa au rouge devant lui. Il redémarra au vert et retrouva Whitney un peu plus loin. Mains dans les poches, nez au vent, l'homme semblait être sorti pour flâner le long des commerces.

Conklin le fila sans incident, le regarda tourner à gauche dans Clay Street, puis de nouveau à gauche dans Kearny Street. Il continua à le suivre sur une centaine de mètres, et il se trouvait juste derrière lui lorsque le policier s'engouffra dans le Portsmouth Square Garage, face au Hilton.

Conklin s'arrêta sur un stationnement interdit d'où il pouvait observer le parking. Une Chevrolet grise passa lentement à côté de lui. L'homme au volant n'était autre que l'officier Allen Benjamin, un flic que Conklin connaissait bien. Conklin se mit en contact radio avec Brady et Benjamin sur un canal qui leur avait été réservé.

Benjamin se gara devant une bouche d'incendie et attendit. À 20 h 15, un pick-up bleu immatriculé dans le Texas quitta le parking.

C'était Whitney.

Conklin démarra et passa devant Benjamin. Les deux suivirent le pick-up à tour de rôle. Whitney tourna dans Washington Street, puis dans Stockton Street, l'artère principale qui traversait Chinatown, encore encombrée à cette heure par des camions de livraison, ses trottoirs bondés de piétons et de touristes en taxi venus admirer les devantures illuminées.

Soudain, le pick-up de Whitney s'arrêta au croisement de Stockton Street et de Bush Street, juste le temps qu'un type baraqué grimpe sur le siège passager.

Conklin le reconnut immédiatement. Il s'agissait de Will Brand, le coéquipier de Whitney.

Ni Whitney ni Brand n'avaient commis d'infraction à la loi – les arrêter n'aurait donc servi à rien. Suivi par deux voitures de police, le pick-up s'engagea dans Sutter Street, parcourut un kilomètre jusqu'à Polk Street et se gara devant un salon de manucure.

Lorsqu'ils quittèrent leur véhicule, Whitney et Brand portaient tous deux des coupe-vent du SFPD. Ils traversèrent la rue et marchèrent jusqu'à un immeuble à la façade en stuc gris agrémentée d'auvents. Une enseigne lumineuse indiquait PRÊT SUR SALAIRE, ENCAISSEMENT DE CHÈQUE, WESTERN UNION.

La lumière était allumée à l'intérieur ; le comptoir était encore ouvert. Tandis qu'ils se dirigeaient vers la porte, Whitney et Brand sortirent les masques de leurs poches et les enfilèrent. Le carillon retentit lorsqu'ils entrèrent.

102

J'entrai dans notre appartement au son de la musique qui s'échappait de la porte ouverte de la chambre. Assis sur le lit en tee-shirt et caleçon, Joe pianotait sur son ordinateur portable en écoutant une playlist de blues urbain.

Il leva les yeux et poussa un petit sifflement en me découvrant dans ma robe rouge cintrée. J'effectuai une pirouette en riant.

— Je sais encore être séduisante après toutes ces années à ne porter que des pantalons, tu ne trouves pas ?

— Oh que si, Blondie.

— Je reviens, fis-je en quittant la pièce pour aller embrasser Julie.

— Elle est chez Mme Rose, en face. Martha aussi.

— Ah bon ? Pourquoi ?

— J'avais besoin de quelques heures pour travailler et je lui ai demandé si ça ne la dérangeait pas de les garder. Elle m'a répondu, « Au contraire, je serai raaavie d'avoir de la compagnie ».

Son imitation de l'accent anglais était si réussie que je fus prise d'un fou rire.

Il tapota le matelas à côté de lui et je le rejoignis sur le lit.

— C'était sympa, ce dîner entre copines ?

— Sans rire, c'est la meilleure soirée qu'on ait passée depuis des mois. Tout le monde était là, de bonne humeur. Richie a offert à Cindy le diamant de sa mère, mais monté en pendentif.

J'avais le visage détourné tandis que je racontais à Joe ma soirée ; je relevai mes cheveux sur ma nuque, et il descendit lentement la fermeture Éclair de ma robe. Ma respiration se fit haletante. J'étais surprise de sentir une telle chaleur monter en moi, comme surgie de nulle part.

— Lève-toi, me dit-il. Il ne faudrait pas froisser cette robe magnifique.

Je m'exécutai et le regardai rabattre l'écran de son ordinateur portable sans me quitter des yeux. Je laissai glisser le décolleté de ma robe, qui tomba à mes pieds en formant une flaque de soie rouge.

Joe tendit les bras vers moi. Je me débarrassai de mes chaussures et, la seconde d'après, je me retrouvai allongée sur le dos, en sous-vêtements, les yeux levés vers son regard bleu profond.

Oui, j'entendis sonner mon portable dans la pièce voisine.

Mais non, je ne me relevai pas pour aller répondre. Je savais que l'appel provenait du détraqué qui me harcelait, et il était hors de question que ce type vienne me voler cet instant magique. Il y avait si longtemps qu'on ne s'était pas retrouvés au lit sans être dérangés par le babyphone.

Et nous en profitâmes pleinement.

Les vêtements de Joe volèrent à travers la pièce et la couverture se retrouva en boule au pied du lit. Je fermai les yeux et me délectai de l'odeur de sa peau, de la douceur de ses lèvres, de ses mains.

Je m'appliquai à mon tour à susciter son désir.

Nous nous lançâmes dans de fougueux ébats, comme des jeunes mariés, et Joe dut me rattraper à un moment car je manquai de tomber du lit. Nos rires s'entremêlèrent et nous échangeâmes un baiser profond et langoureux. Notre symbiose était aussi parfaite qu'au début de notre histoire.

Fébrile, mon corps en sueur entremêlé à celui de Joe, je posai ma joue contre son épaule et me serrai tout contre lui.

Je lui répétai plusieurs fois à quel point je l'aimais, et il me répondit qu'il ne m'avait jamais autant aimée. Délicieusement épuisée, je me laissai gagner par le sommeil. Je savais que Joe irait bientôt chercher Julie et sa copine à fourrure et que je n'avais pas à m'inquiéter.

Je dormais, et j'étais peut-être en train de rêver lorsque Joe me secoua doucement le bras.

— Lindsay, ça fait au moins dix fois que ton téléphone sonne.

Il me tendit mon portable.

Je le pris à contrecœur, et en baissant les yeux vers l'écran, je constatai que les appels provenaient tous de Conklin.

— Bon sang, qu'est-ce que tu foutais? lança-t-il lorsque je le rappelai. Brand et Whitney ont fait une tentative de hold-up dans un comptoir de Polk Street. Il y a plusieurs morts et une prise d'otages est en cours.

En fond sonore, j'entendis quelqu'un parler dans un mégaphone : « Sortez les mains en l'air. Vous ne voulez pas qu'il y ait d'autres victimes, non ? »

Conklin me communiqua l'adresse exacte, située à environ cinq kilomètres de chez moi. Je pouvais y être en cinq minutes. Quatre en mettant le turbo. Je commençai à fouiller dans mon armoire à la recherche de vêtements et Joe alluma la lumière.

— Sois prudente, Linds. Pense à ta famille qui t'attend et qui t'aime.

Il me serra dans ses bras et nous restâmes ainsi quelques secondes, blottis l'un contre l'autre.

Je devais partir, mais je savais que Joe et moi pensions la même chose. Nous avions encore beaucoup de choses à partager.

103

Un flic en uniforme me laissa franchir la zone délimitée par un ruban jaune. Je roulai jusqu'au milieu du bloc et aperçus Conklin et Brady l'un à côté de l'autre devant un salon de manucure, les yeux rivés sur le Checks Cashed de l'autre côté de la rue.

Je me garai derrière un pick-up Ford bleu immatriculé au Texas, à quelques mètres de Brady et Conklin. En ouvrant la portière, j'entendis résonner des sirènes tout autour de moi.

— Qu'est-ce qui s'est passé ? demandai-je à mon coéquipier.

Il repoussa une mèche de cheveux qui lui tombait devant les yeux, s'éclaircit la gorge et répondit :

— J'avais obtenu une info selon laquelle Whitney était descendu au Sylvestrie, alors je suis allé planquer en face de l'hôtel. Il est sorti aux alentours de 20 heures et je l'ai suivi jusqu'à un parking de Kearny Street, d'où il est ressorti au volant du pick-up Ford qui est garé juste là. Ensuite, il est allé chercher Brand au croisement de Stockton et de Bush. Les deux étaient habillés en civil, mais quand ils sont ressortis de leur voiture, ils portaient des coupe-vent du SFPD.

Les portières claquaient au fur et à mesure que mes collègues se déployaient pour encercler le comptoir, certains sur le trottoir, d'autres observant la scène par-dessus le toit de leur véhicule. Tout le long de la rue, les radios grésillaient dans une cacophonie assourdissante. Malgré mon gilet pare-balles et mon arme rangée dans son étui, je me sentais nue et vulnérable.

J'observai le comptoir plus attentivement. L'enseigne lumineuse était encore allumée, mais l'intérieur était plongé dans l'obscurité.

— J'ai pu voir ce qui s'est passé avant qu'ils éteignent, me dit Conklin. Il y avait deux clientes. Ils leur ont demandé de s'allonger et Brand les a ensuite menottées. Pendant ce temps-là, Whitney tenait le vigile en respect avec son arme. Il l'a fait reculer jusqu'aux guichets, et j'imagine qu'il a demandé aux employés d'ouvrir sous peine de descendre le type.

— Merde. Ils l'ont laissé entrer ?

— Oui. Entre-temps, quelqu'un a actionné l'alarme.

La voix de Brady s'éleva, amplifiée par le mégaphone :

— Whitney. Brand. Je vais appeler sur la ligne du comptoir. Décrochez.

Il ne faisait pas plus de quinze degrés, pourtant Brady transpirait à grosses gouttes – la sueur perlait sur son front et sa lèvre supérieure. Mais ni sa voix ni ses gestes ne trahissaient son stress. J'étais contente qu'il soit à la tête des opérations.

— Et ensuite ? demandai-je à Conklin.

— J'ai vu l'employé ouvrir la porte sécurisée, et là, boum, Whitney a descendu le vigile. Les employés se sont précipités vers la porte de derrière, et j'ai vu Whitney tirer plusieurs coups de feu. Je ne sais pas s'il a paniqué ou s'il n'en avait plus rien à foutre. Je crois qu'il en a tué deux. Je ne les ai plus revus depuis.

Le comptoir était à présent complètement encerclé. Le SWAT n'allait pas tarder à balancer des bombes fumigènes pour envahir le Checks Cashed.

— Écoutez-moi, reprit Brady dans le mégaphone. Les choses vont très mal se terminer si vous ne respectez pas mes consignes. Vous êtes cernés. Il y a des snipers sur le toit. Vous n'avez aucune chance de vous échapper. Posez vos armes et sortez les mains en l'air.

Quelques instants plus tard, la porte s'entrouvrit de quelques centimètres.

— Ne tirez pas ! lança Whitney. On sort avec des otages.

— Jetez vos armes ! ordonna Brady.

La porte s'ouvrit brusquement et deux femmes terrifiées furent poussées dehors par Brand et Whitney.

Je vis qu'ils portaient tous les deux des sacs en toile sanglés sur leurs épaules – ils devaient probablement contenir leur dernier et ultime butin.

Le visage toujours dissimulé derrière d'horribles masques, les deux ripoux emmenèrent leurs otages jusqu'au pick-up, garé à une quinzaine de mètres du Checks Cashed. Ils devaient pour cela passer devant l'endroit où je me tenais aux côtés de Conklin et Brady.

J'ignore ce qui s'est passé à ce moment-là dans la tête de Richie. Peut-être n'a-t-il tout simplement pas pu supporter ce qu'il voyait.

— Vous êtes des ordures! hurla-t-il soudain. Des sous-merdes!

Whitney pointa son arme sur Conklin. Je vis mon coéquipier lever le bras, et le temps que retentisse la détonation de l'arme de Whitney, j'avais dégainé mon pistolet. Je savais que Conklin était touché.

Mon angle de tir me permettait difficilement de viser la tête ou le torse; je posai donc un genou à terre et tirai au niveau de la hanche de Whitney. Avant même que son corps ait touché le sol, des centaines de balles venues du toit le transpercèrent.

Les otages s'enfuirent en hurlant, l'une d'elles chutant lourdement sur le bitume.

Brady rattrapa Brand dans une action qui me parut se dérouler au ralenti, et lui colla le canon de son arme dans la nuque.

— Ne tirez pas, fit Brand en lâchant son pistolet. Je me rends.

Deux coups de feu retentirent, mais je n'en vis pas davantage. Mon esprit tout entier était accaparé par Conklin qui gisait sur le sol, inerte. Je m'accroupis à côté de lui et lui secouai l'épaule.

— Richie! Parle-moi, Rich.

104

La petite salle d'attente des urgences, avec ses murs peints en beige fadasse, était éclairée par un plafonnier qui projetait sur ses occupants une aveuglante lumière blanche.

Richie se trouvait encore en salle d'opération. Cindy et moi étions assises côte à côte, et je voyais bien, même si elle s'efforçait de contenir ses émotions, qu'elle avait peur pour lui. Les larmes ne tardèrent pas à inonder son visage. Je pris sa main dans la mienne et tentai de la rassurer en lui disant les choses que tout le monde dit dans ce genre de situations, quand on ignore quelle sera l'issue.

— Ne t'inquiète pas, Cin'. Je suis certaine qu'il va s'en sortir.

Yuki faisait les cent pas et Claire attendait dans le couloir d'avoir des nouvelles. Elle s'était renseignée pour connaître le nom du chirurgien, et nous avait assuré que le docteur Starr était le meilleur de tout l'hôpital.

Joe était parti chercher des cafés, et Brady, qui était resté plusieurs heures avec nous, avait été contraint de retourner au Palais pour un rendez-vous avec les bœuf-carottes.

Les événements de la soirée tournaient en boucle dans ma tête.

J'entendais encore le crépitement des rafales et les hurlements stridents des otages. Je revoyais les corps de Brand et de Whitney, et plus j'y repensais, plus je me disais que ce hold-up s'apparentait à un acte désespéré et qu'ils n'avaient jamais envisagé de s'en sortir vivants.

Je me rappelais avoir tendu mon arme à Brady avant de sauter dans l'ambulance qui emmenait Richie à l'hôpital. J'étais censée rester sur place, mais j'en aurais été incapable. Les blessures au niveau de la nuque étaient souvent graves, la plupart du temps fatales. Richie, mon ami, mon coéquipier, mon frère, risquait de mourir d'un instant à l'autre.

Je me rappelais avoir téléphoné à Cindy depuis l'ambulance ; ses cris affolés, sa panique. Et je me rappelais avoir appelé Joe pour lui dire que j'allais bien.

Joe revint dans la salle d'attente avec un plateau contenant plusieurs gobelets de café, qu'il déposa sur une petite table. Il s'assit à côté de moi et me prit la main.

Nous bondîmes de nos chaises lorsque le chirurgien entra dans la pièce. C'était un petit homme, avec une barbiche et de longs doigts fins.

— L'inspecteur Conklin vient de quitter le bloc opératoire, nous dit-il. Et j'ai de bonnes nouvelles. La balle a touché son avant-bras gauche, ce qui a eu pour effet de dévier sa trajectoire. Un coup de chance pour lui : elle n'a fait qu'érafler le cou au lieu d'endommager une artère ou la colonne vertébrale. La blessure était suffisamment profonde pour provoquer une hémorragie importante, ce qui a causé sa perte de conscience, mais je l'ai recousu et il n'y aura pas de séquelles pour son bras. Tout va bien.

» Qui parmi vous est Cindy ?

Cindy fit un pas vers lui, les joues roses et ruisselantes de larmes.

— C'est moi.

— Vous n'avez vraiment aucun souci à vous faire, lui dit le docteur Starr. Il va s'en sortir. Il m'a demandé de vous dire qu'il vous aimait.

— Dieu soit loué, soupira Cindy.

Submergée par l'émotion et le soulagement, elle se laissa tomber sur sa chaise.

Nous étions tous émus et en pleurs, à remercier Dieu et le docteur Starr.

Lorsque mon téléphone sonna, je me tournai vers Joe :

— C'est sûrement Brady.

Mais j'eus un choc en voyant le nom qui s'affichait sur l'écran. L'appel provenait en réalité de Vasquez.

Où était-il ?

Savait-il que son coéquipier, Ted Swanson, était actuellement hospitalisé en soins intensifs ? Que Kyle Robertson était mort ? Que les corps de Whitney et de Brand reposaient désormais à la morgue ? Je pressai la touche verte d'une main tremblante.

— Boxer, j'écoute ?

La voix qui me répondit n'appartenait pas à Vasquez. C'était une voix masculine inconnue, à l'intonation neutre.

— Il y a eu un terrible accident, sergent Boxer, fit l'homme. Vasquez ne pouvait pas vous appeler en personne.

— Qui est à l'appareil ?

— Contentez-vous de m'écouter. Vasquez n'est plus en mesure de contacter qui que ce soit, si vous voyez ce que je veux dire. Vous trouverez son corps sur le parking de Wicker House. Mais là n'est pas l'important. Ce que je veux, c'est récupérer ce qu'on m'a volé. Trois millions de dollars en liquide. Quatre-vingt-dix kilos de marijuana synthétique et cent kilos d'héroïne pure.

— J'ignore de quoi vous voulez parler, répondis-je.

— Bien sûr que si, vous savez. C'est vous qui êtes en charge de ce dossier. J'espère que vous savez à qui vous avez affaire.

— Qui êtes-vous ?

— Je m'appelle Kingfisher. Renseignez-vous à mon sujet si vous ne me connaissez pas. Vous aurez bientôt de mes nouvelles, Lindsay Boxer. Je vous le garantis.

L'homme raccrocha.

— C'était qui ? demanda Joe.

— Rien… Un connard qui s'amuse à me harceler.

Si seulement Kingfisher avait été un simple « connard ». Mais il était bien plus que cela. C'était l'un des barons de la drogue les plus puissants de tout le pays. Recherché pour trafic de stupéfiants, meurtres et actes de torture, il gérait un empire qui s'étendait du nord au sud de la Californie, avec des ramifications vers l'est.

Le King était maintenant à San Francisco.

Sa marchandise et son argent avaient été dérobés à Wicker House par des flics véreux et il ne comptait pas mettre ce vol sur le compte des « risques inhérents au métier ». Il n'avait pas pu récupérer son bien auprès de Calhoun et de Vasquez. Robertson, Whitney et Brand étaient morts eux aussi.

La seule personne vivante susceptible de pouvoir lui indiquer où retrouver le butin était un ripou du nom de Edward « Ted » Swanson, également connu sous le pseudonyme de Numéro Un. Et Swanson, gravement blessé par balles, était entre la vie et la mort, avec un pronostic vital engagé.

Kingfisher avait donc décidé que je serais sa prochaine cible…

REMERCIEMENTS

Un grand merci à l'avocat new-yorkais Philip R. Hoffman, au capitaine Richard Conklin, commissaire au sein du Stamford, Connecticut, Police Department, et au Dr Humphrey Germaniuk, médecin légiste et coroner dans le comté de Trumbull, Ohio. Leurs conseils nous ont été précieux pour l'écriture de ce livre.

Nous voulons aussi remercier nos fantastiques collaboratrices Ingrid Taylar et Lynn Colomello, ainsi que Mary Jordan, sans qui rien ne serait possible.

Du même auteur
aux éditions Lattès :

Dans la série « Alex Cross »

Le Masque de l'araignée, 1993.
Et tombent les filles, 1995.
Jack et Jills, 1997.
Au chat et à la souris, 1999.
Le Jeu du furet, 2001.
Rouges sont les roses, 2002.
Noires sont les violettes, 2004.
Quatre souris vertes, 2005.
Grand Méchant Loup, 2006.
Des nouvelles de Mary, 2008.
La Lame du boucher, 2010.
La Piste du Tigre, 2012.
Moi, Alex Cross, 2013.
Tirs croisés, 2014.
Tuer Alex Cross, 2015.
Cours, Alex Cross, 2016.
Cross, cœur de cible, 2017.

Dans la série « Women's Murder Club »

1er à mourir, 2003.
2e chance (avec Andrew Cross), 2004.
Terreur au 3e degré (avec Andrew Cross), 2005.
4 fers au feu (avec Maxine Paetro), 2006.
Le 5e Ange de la mort (avec Maxine Paetro), 2007.
La 6e Cible (avec Maxine Paetro), 2008.
Le 7e Ciel (avec Maxine Paetro), 2009.
La 8e Confession (avec Maxine Paetro), 2010.
Le 9e Jugement (avec Maxine Paetro), 2011.
10e anniversaire (avec Maxine Paetro), 2012.
La 11e et dernière heure (avec Maxine Paetro), 2013.
12 coups pour rien (avec Maxine Paetro), 2014.
13e malédiction (avec Maxine Paetro), 2015.
15e affaire (avec Maxine Paetro), 2017.
La 16e Séduction (avec Maxine Paetro), 2018.

La Diabolique, 1998.
Souffle le vent, 2000.
Beach House, 2003.
Bikini, 2009.

PAPIER À BASE DE
FIBRES CERTIFIÉES

Le Livre de Poche s'engage pour
l'environnement en réduisant
l'empreinte carbone de ses livres.
Celle de cet exemplaire est de :
600 g éq. CO_2
Rendez-vous sur
www.livredepoche-durable.fr

Composition réalisée par Lumina Datamatics, Inc.

Achevé d'imprimer en mars 2020 en France par
La Nouvelle Imprimerie Laballery
N° d'impression : 001337
Dépôt légal 1re publication : novembre 2018
Édition 02 - mars 2020
LIBRAIRIE GÉNÉRALE FRANÇAISE
21, rue du Montparnasse – 75298 Paris Cedex 06

61/6369/6